Kronik

HESAP LÜTFEN!
Özgün, Dengeli ve Lezzetli Bir Yaşamın Peşinde

—

VEDAT MİLOR

KRONİK KİTAP: 209
Kişisel Gelişim Dizisi: 4

YAYIN YÖNETMENİ
Adem Koçal

SÖYLEŞİ
Nurhak Kaya

PROJE EDİTÖRÜ
Yenal Bilgici

EDİTÖR
Tuğçe İnceoğlu
Melisa Ceren Hasmaden

KAPAK FOTOĞRAFI
Fethi Karaduman

KAPAK TASARIMI
Kutan Ural

MİZANPAJ
Kronik Kitap

1. Baskı, Mayıs 2021, İstanbul

ISBN
978-625-7631-14-3

KRONİK KİTAP
Şakayıklı Sk. N°8, Levent
İstanbul - 34330 - Türkiye
Telefon: (0212) 243 13 23
Faks: (0212) 243 13 28
kronik@kronikkitap.com

Kültür Bakanlığı Yayıncılık Sertifika No: 49639

www.kronikkitap.com
kronikkitap

BASKI VE CİLT
Optimum Basım
Tevfikbey Mah. Dr. Ali Demir Cad. No: 51/1
34295 K. Çekmece / İstanbul
Telefon: (0212) 463 71 25
Matbaa Sertifika No: 41707

VEDAT MİLOR

Hesap Lütfen!

ÖZGÜN, DENGELİ VE LEZZETLİ BİR YAŞAMIN PEŞİNDE

SÖYLEŞİ: NURHAK KAYA

Kronik

VEDAT MİLOR

1955 İstanbul doğumlu. Aslen Konyalı olan dedesi Tahir Bey ve babaannesi Handan Hanım ile büyüdü. Galatasaray Lisesi'nde okurken iki merakı vardı. Biri, masa tenisi. Okulun Türkiye birincisi olan masa tenisi takımında yer aldı. Diğeri ise dünya sineması. Onat Kutlar'ın başında bulunduğu Sinematek'e gelen her filmi izlemek için gerektiğinde demir parmaklıklardan atlayıp okuldan kaçardı. O sıralar biraz Marx okudu, "Her şeyin başı iktisat," diye düşündü ve Boğaziçi Üniversitesi'nde ekonomi okudu. Üniversitedeyken aldığı politika ve sosyoloji derslerini iktisattan daha ilginç buldu ve yüksek lisansını politika sosyolojisi üzerine yapmaya karar verdi. Bu amaçla önce Londra'ya London School of Economics'de (LSE) okumaya gitti ama Berkeley burs olanağı sağlayınca doktora için Kaliforniya'ya taşındı.

Doktorasını Sosyoloji Bölümü'nde Prof. Michael Burawoy ile yaptı. Doktora yıllarında Jurgen Habermas, Michel Foucault, Paul Feyerabend, Fernando Henrique Cardoso'nun derslerini takip etti. Dersler, tenis, tavla ve sinema dışında şarap sevgisi gelişti ve hiçbir tadımı kaçırmamaya çalıştı. 1989'da girdiği Dünya Bankası'nda iki sene çalıştıktan sonra akademiye döndü ve Brown Üniversitesi'nde akademisyenlik yaptı. Princeton'daki Institute for Advanced Study'de fellow olarak bir sene geçirdi ve Albert O. Hirschman'ın seminerlerine katıldı. Daha sonra hukuk okumaya karar verdi ve "The Order of the Coif" (yüksek başarı derecesi) üyeliğine de seçilerek 1998'de Stanford Üniversitesi'nden J.D. (*juris doctor*-hukuk alanında doktora öğrencisi) derecesi aldı. Silikon Vadisi'ndeki start-up'larda çalıştı. Daha sonra Georgia Tech Üniversitesi'nin Kamu Yönetimi Bölümü'nde öğretim üyesi oldu. 2005'te Koç Üniversitesi Uluslararası İlişkiler Bölümü'nde misafir öğretim üyesi olarak ders verirken o âna kadar hobisi olan gastronomi yarı mesleğe dönüştü ve *Milliyet* gazetesinde lokanta eleştirileri yazmaya başladı. O dönem gazetelerde şarap hakkında da yazmak mümkündü ve en çok bu yazılarından keyif alıyordu. NTV televizyon kanalında sekiz yıl boyunca *Vedat Milor ile Tadı Damağımda* programı yayımlandı. Bu arada NTV Yayınları'ndan *İtalya: Lokanta ve Şarap Rehberi* ve *İstanbul: En İyi 100 Lokanta* kitapları çıktı. 2021'de Gain Medya tarafından yayımlanan *Vedat Milor ile En İyisi* ve *Sofrada Havan Olsun* adlı yapımlarda yer aldı. Hâlen gastronomi yazılarına *Hürriyet* gazetesiyle Mizanplas.com ve Gastromondiale.com sitelerinde devam ediyor. Sosyal medyada da oldukça aktif.

Linda Susan ile evli. Çiftin 2002 doğumlu Ceylan Handan adlı bir kızları var.

NURHAK KAYA

1992 doğumlu. Marmara Üniversitesi İletişim Fakültesi'nden mezun oldu ve yüksek lisansını da aynı üniversitenin İletişim Bölümü'nde yaptı. 2015-2017 arasında, kültür sanat dergisi *OT*'u yönetti ve genel yayın yönetmenliği görevini üstlendi. Bu görevinden ayrılarak 2017 yılında *Tuhaf* markasını kurdu ve Türkiye tarihinin en çok okunan dergilerinden birini oluşturdu. Yayıncılık alanında, yönettiği dergilerle çok sayıda ödül alan Kaya; Ara Güler, Zülfü Livaneli, Zeki Demirkubuz, Haluk Bilginer, Ludovico Einaudi, Olafur Arnalds gibi isimlerle söyleşiler gerçekleştirdi. Türkiye sinemasının unutulmaz filmi *Gemide*'nin oyuncu ve yönetmen kadrosunu, filmin çekimlerinden yirmi yıl sonra bir araya getirdi. Fotoğraf sanatçısı Ara Güler ile Prof. Dr. İlber Ortaylı'yı *İstanbul Üzerine Konuşmalar* başlığıyla buluşturdu. 2019 yılında başlattığı *Tuhaf Bir Pazar* adlı etkinlikler serisiyle, kültür sanat dünyası başta olmak üzere, Türkiye'nin alanlarında öncü isimlerinin bir araya gelmesine ön ayak oldu. 2020 yılında Prof. Dr. İlber Ortaylı'nın yüzü olduğu çocuk programı *Bi' Sorum Var!*'ın yapımcılığını üstlendi. Yaşamına İstanbul'da devam etmektedir.

Eşim Linda, minik kızımız Ceylan ve
ortak sevgilimiz Dafne için…

İÇİNDEKİLER

ÖNSÖZ

Hayatta her şeyi önceden planlayarak yapanlardan mısınız? Ben şahsen işlerini planlamayı seven biriyim. Doktora tezimi bile kapitalist planlama üzerine yapmış olmam bu husustaki titizliğimin bir göstergesi sayılabilir! Zaten ilerleyen sayfalarda da bu konudaki detaylı görüşlerimi ve planlamanın gündelik yaşamımdaki izdüşümlerini göreceksiniz.

Ama yaşam bizlere hep önceden görmediğimiz ve göremeyeceğimiz sürprizler hazırlıyor. Biri bana, "Bir gün gelecek, sen Türkiye'de gastronomi alanında çalışacaksın ve bilinen biri olacaksın," dese gülüp geçmek bir yana, bunu söyleyeni "zırdeli" olarak nitelendirirdim. Bunun nasıl gerçekleştiğini de bu kitapta anlattım.

"Tanınan biri olmak istemezdim," demiyorum. Ama ne yalan söyleyeyim, tamamen farklı bir alanda öne çıkmayı arzulamıştım. Bir zamanlar akademik kimliğimle ekonomi ve politika üzerine olan uzmanlığımın ülkemde bilinmesini istemiştim. Bunun nedeni 1980'lerde Kaliforniya Berkeley Üniversitesi'nde Fransa ve Türkiye'yi temel alarak "kapitalist ekonominin planlanması" üzerine bir doktora tezi yazmış olmam. Tezimdeki temel argüman; -sanılanın aksine- ülkemizde devletin güçlü değil, zayıf bir devlet olduğuydu. Kurumsallaşma tamamlanmamış, yasa önünde eşitlik ilkesi yaşama geçmemişti. Bunun sonucunda planlama olsun olmasın, sağlıklı bir ekonomik gelişmenin önündeki en büyük engel olan *crony-capitalist*[1] ekonomik sistem değişmeyecek; tam tersine bir ahtapotun kolları gibi toplumun her hücresine nüfuz ederek kronik, öldürmeyen ama süründüren bir hastalık hâline gelecekti.

Öngörülerim doğru çıktı ama isteklerim gerçekleşmedi. American Sociological Association (Amerikan Sosyoloji Derneği) tezimi o senenin en iyi doktora tezi seçerek beni ödüllendirse de basın-yayın yurt dışında aldığım ödülün bir haber değeri olmadığını düşündü. Etkili çevreler de bu konuları tartışmak istemedi. Ailevi bazı sorunlar da bunlara eklenince yurt dışında kalmaya karar verdim. Akademi, özel sektör ve Dünya Bankası arasında mekik dokudum. Bu arada Stanford Üniversitesi'nde hukuk okudum ve hobilerimi geliştirdim. Özellikle de şarap ve gastronomi üzerine yoğunlaştım. Sonrasını biliyorsunuz.

Ülkemde sonradan yarı meslek hâline gelen hobilerimle tanındım ama gençliğimde beklentilerime yön veren, kendimi uzmanlık alanımda ispat etme hevesi kursağımda kaldı. Öte yandan gastronomi yazılarıma mümkün olduğunca farklı boyutlar katmaya çalıştım ve bu bir ölçüde başarılı oldu. Bazıları yaptığım işi tam olarak tanımlamakta zorlanmaya başladılar. Adımı bile doğru telaffuz etmiyorlar, Milor yerine "Milör" diyorlardı. Kolayca tanımlanıp kategorize edilememek aslında hoşuma da

---

1 *Crony-capitalism* devlet yetkilileri ile imtiyazlı iş çevreleri arasında karşılıklı avantajlara dayanan bir ekonomik sistem. Rekabetçi pazar ekonomisinin gelişmesini ve bunun için gerekli olan yasa önünde eşitlik ilkesinin yaşama geçmesini önlüyor. Devletin üst kademelerinde yolsuzluk ve toplumun her hücresine yayılan yozlaşma *crony-capitalist* bir politik-ekonomik sistemin doğal sonuçları. Orta Doğu'da çok yaygın. Yeni bir çalışma için bknz.: *Crony-Capitalism in The Middle East*, Edited by Ishak Diwan, Adeel Malik, Izak Atiyas, Oxford University Press, 2019.

gitti. Ülkemde kamplaşmanın ötesinde kabilecilik çok yaygındı ve bu durumun sonuçları oldukça vahimdi. Bunun dışında kaldığım için sevinmesine seviniyordum ama öte yandan farklı alanlarda içimi dökmek için de yanıp tutuşuyordum.

Yanıp tutuşmak başka, bunu icra edebilmek başka. Başta söylediğim gibi planlama konusundaki ilgim ve uzmanlığım bu konuda bana yardımcı olmadı. Ama güzel bir sürpriz beni bekliyordu. Bu sürpriz karşıma Nurhak Kaya'nın şahsında çıktı. Gıyaben tanışıyorduk ve Kaya, *Tuhaf* dergisi için benimle çok takdir ettiğim film yönetmeni Nuri Bilge Ceylan üzerine konuşmuştu. Sonra bir kahvaltıda bir araya geldik ve bir kitap üzerine birlikte çalışma fikri konusunda ne düşündüğümü sordu.

Başta tereddüt ettim ama konuştukça ilgim arttı. Önerdiği; gerçekleştirmek için can attığım ama nasıl yapacağımı tam olarak bilemediğim bir projeydi. Ucu açık olmakla birlikte ana teması son derece belirgindi. Genel olarak yaşam ve benim ilgi duyduğum alan ve konular üzerine konuşacaktık. Gastronomi de işlediğimiz konulardan biri olabilirdi ama bir zorunluluk değildi. Dahası anlattıklarımı istediğim ölçüde kişisel anekdotlar ve gözlemlerle renklendirebilecektim, bunların ölçüsü ve niteliği de bana kalmıştı. Bir zorlama söz konusu değildi.

Aynı kahvaltıda Kronik Kitap'tan Cüneyt Dalgakıran da vardı. Koşulsuz bir şekilde projeye destek veriyordu. El sıkıştık.

Bundan sonrası daha da güzel. Pandemi süreci, benim çoğunlukla yurt dışında olmam vs. derken Nurhak Kaya'yla telefonda konuşmaya başladık. Sorularını soruyor, söylediklerimi kayda alıyordu. Konuştukça beyin dalgalarımızın tahminimin de ötesinde tuttuğunu gördüm. Soru soruyu açıyor, sohbet koyulaştıkça yeni temalar ortaya çıkıyordu. Temaları konuşma öncesinde birlikte belirliyorduk ama sohbet uzadıkça önceden kestiremediğimiz yönlere de kayıyorduk. Hani hafif dalgalı ve akıntılı bir denizde bazen sırtüstü yatar ve gözlerinizi kapayarak kendinizi mavi suların akışına bırakırsınız ya... Onun gibi. Çok keyifliydi. Sohbet ettikçe ve Kaya veciz ifadelerle beni farklı yönlere çektikçe hafızamın alt katmanlarında kalmış anılar ve hikâyeler de su yüzüne çıkmaya başladı. Unuttuğum heyecanları yeniden hatırlayıp bunları âdeta tekrar yaşamaya ve süreçten haz almaya başladım.

Başka bir zevk de önceden belirlenen temaları bazen eşimle ve kızımla tartışıp söyleyeceklerimi elimden geldiğince daha berrak bir şekilde formüle etmeye çalışmaktı. Bunun da ötesinde gerek bu tartışmalar gerek de Kaya ile olan diyalog benim için Nietzsche'nin *life-enhancing* dediği, yaşamı zenginleştirip insana kendisini daha iyi ve daha bütün hissettiren bir deneyime dönüştü. Tek üzüntüm Türkçe bilmeyen eşimin hiçbir zaman bu kitabı okuyamayacak oluşu.

* * *

Peki neler konuştuk? Neler konuşmadık ki... Üniversitede hocayken de disiplinlerarası gidip gelmekten, sosyoloji disiplininin sınırlarını zorlamaktan hoşlanırdım. Ayrıca soyut kavramları basit ve anlaşılır bir dille izah edip gündelik yaşamdan örnekler vermeye çalışırdım. Burada da aynı çabayı gösterdim. Soyut kavramlar, kitabi bilgiler, bilimsel veriler gündelik yaşam pratiğimizi yönlendirip yaşamımıza bazen anlam kattıkları bazen de pratik fayda sağladıkları için önemli. Nurhak Kaya ile hangi konuyu irdelersek irdeleyelim bu anlam ve pratik fayda ilkelerini göz önünde tuttum. Arkadaşlık. Aşk. Boş zamanı değerlendirme. Yalnızlık. İş hayatı. Ev yaşamı. Kariyer seçimi. Hobiler. Günümüz kapitalizminde yeni trendler ve prekarya. Ülkemizin ekonomi politiği ve tufeylilik konusu. En sevdiğim kitaplar ve filmler. Gastronomiye giriş öyküm.

Bunlar ve çok daha fazlasını konuştuk ve ben her bir başlıkta söylediklerimin pratik taraflarını vurgulamaya çalıştım. Bunu yaparken başkalarına aktardığım görüş ve deneyimlerimin her zaman mukayeseli bir zemine oturduğunu ve bunu başarmak için de ayrıca çaba gösterdiğimi belirteyim. Bir konu hakkında fikir yürütürken nesnelle öznel olanı ayırmak ve referans noktalarına sahip olmak önemli. Bu sadece gastronomide değil, hayatın her alanında böyle. Örneğin "Bu ekmek çok iyi!" yargısına varmak için yaşamınızda farklı un ve mayalardan farklı şekillerde pişirilmiş birçok ekmek yemeniz ve referans noktalarına sahip olmanız gerekir. Bu prensip yaşamın her alanına uygulanabilir. Bir şey neye göre iyi ya da kötüdür? Neye göre doğru ve arzulanır olarak kabul edilir ya da neye göre yanlış ve arzulanır olmaktan uzak bulunur?

Bazen söylemime direkt olarak yansımasa da kitabı okudukça bu mukayeseli düşünüp referans noktaları oluşturma çabamın yaşam felsefemi yönlendirdiğini de göreceksiniz. Gelelim madalyonun diğer yüzüne. Didaktik bir şekilde başkalarına "Yaşam nasıl yaşanmalı?" konusunda öğüt vermekten kaçınmak bir diğer ilkem. Kaya'nın bu konuda beni çok iyi anladığını ve yardımcı olduğunu söylemeliyim. O konuda da kendisine müteşekkirim.

"Bu kitabın başarısını nasıl ölçersiniz?" diye sorarsanız onu da cevaplayayım. Gerek benim amacım gerekse Nurhak Kaya ile ortak amacımız bir konuda son sözü söylemek değil. Amaç; söylediklerimizin ve bazı iddialarımızın okuyucuda merak uyandırması, onları düşünüp daha da derine inerek araştırmaya motive etmesi. Bunun dışında gündelik pratik ve seçimlerinizde işe yarayabilecek farklı görüş ve stratejilerin varlığını vurgulayıp yeni bir bakış açısı kazandırabilirsek ne mutlu bize!

Bütün bunları başarıp başaramadığımıza karar verecek olan elbette ki sizlersiniz.

TEŞEKKÜR

Elbette ki her şeyden önce fikri ortaya atıp benimle konuşan Nurhak Kaya'ya teşekkür borçluyum. Projeye inanan ve son derece titiz çalışan Kronik Kitap ekibinden Adem Koçal ve Cüneyt Dalgakıran ile çalışmak çok zevkliydi. Bir gizli kahraman da Yenal Bilgici. Kitabı defalarca okudu, boşlukları gördü ve bana yönelttiği ek sorularla daha kapsamlı ve zengin hâle gelmesinde ciddi emeği geçti. Eşim Linda ve kızım Ceylan Handan da ilham kaynağım olmalarının ötesinde yapıcı eleştirileri ile beni yönlendirdiler ve yönlendirmeye devam ediyorlar.

Vedat MİLOR

SUNUŞ

Para, statü, aile, iş…

İnanç, toplum, ideoloji, entelektüalite…

İlişkiler, eğitim, cinsellik…

Mutluluk, hüzün, varoluş…

Sevgi, yalnızlık, saygı, aşk…

Öfke, sevinç, nefret ve haz…

Hepsi bize, biz insanlara özgü.

Tüm bu denklemlerin ortasında, *yaşamımızı keyifle sürdüreceğimiz makul bir denge nasıl yakalanabilir?*

1940'lı yıllara dönelim: O yıllarda Fritz Perls, Laura Perls ve Paul Goodman bir araya gelerek psikoloji literatürüne damga vuracakları *Gestalt Terapi* modelini geliştirdiler. *Gestalt*'ın temelinde; insanların çevreleriyle karmaşık bir bağlantıları olduğunu, bu çevreden etkilendiklerini ve bütün insanların büyürken makul bir denge için çabaladıklarını vurgulayan bütüncül bir bakış açısı vardı. Geçmişe uzanan bu yolculuk sizi yaşadıklarınızın derinliklerine doğru ilerletiyor; anılarınızı uyandırıp unuttuğunuz hikâyenizi, çocukluk ve gençlik dönemlerinize dair kırılma anlarınızı size hatırlatıyordu.

Bu kitap çıktığında yirmi dokuz yaşında olacağım. Kendi geçmişime odaklandığımda çoğu zaman oldukça sıkıldığımı, bana sunulanla yetinmekte güçlük çektiğimi, genellikle yalnız hissettiğimi hatırlıyorum. Sanırım merakımı tetikleyip beni arayışa iten de bu can sıkıntısı ve yalnızlık duygusuydu.

Zaman içinde yaşamımı anlamlı kılacak düşüncelerin ve insanların peşine düşme imkânı edindim. On altı yaşımdan bugüne dek ülkemizin kültürel tarihinde iz bırakmış birçok insanla çalışma fırsatı buldum: Ara Güler, Zeki Demirkubuz, Zülfü Livaneli, Gülse Birsel, İlber Ortaylı, Tuğrul Eryılmaz, Hakan Günday, Ahmet Mümtaz Taylan, Ebru Ceylan, Küçük İskender ve daha nicesi. Bazıları dostum, bazıları ise mesai arkadaşlarım oldu.

2018 yılında tanıştığım Vedat Milor da bu arayış sonucunda karşıma çıktı: Olaylara bakışındaki öznellik ve söylemlerindeki nitelik hemen fark ediliyordu. Birçoğumuzun gastronomi uzmanı olarak tanıdığı Milor, çalıştığı alanlar dışındaki bilgi birikimi ve derinliğiyle de sizi hemen kendine çekiyordu. 2018 yılında, kurucusu olduğum *Tuhaf* dergisi için gerçekleştirdiğimiz, "İlkesiz İnsanların Sorgulama Yeteneği Yoktur!" başlıklı söyleşi epey ilgi uyandırmıştı. Doğrusu Milor'un gastronomi dışındaki alanlara dair gözlemleri şahsıma da oldukça heyecan verici geliyordu.

Zaman içinde iletişimimiz pekişti: Sinemadan edebiyata, felsefeden ekonomiye farklı alanlar üzerine yaptığımız sohbetler merakımı ve hevesimi daha da artırır hâle geldi. Konuştukça fark ediyordum ki her insan gibi biz de ikilemler yaşıyorduk; yer yer yaşadığımız dünyaya yabancılık hissediyor, iyi ve nitelikli olana özlem duyuyor, güzel olanın peşinden gitmeyi arzuluyorduk. Zorbalarla mücadele ederken kimi zaman yorgun düşüyor, yaşadığımız coğrafyaya dair iyi niyetli hayaller kuruyor, gündelik ilişkilerimizde istismara uğrayabiliyor, yaşamı anlamlı kılmak için dirençle yeni adımlar atabiliyorduk.

Peki ama çözüm neydi? Nasıl olacaktı ve nereden başlamak gerekliydi?

Vedat Bey, merakla yönelttiğim bütün sorularıma, bilge bir rehber bilinci ve ağırlığıyla, oldukça gerçekçi ve üzerine düşünülmesi gereken cevaplar veriyordu. Bir an için bu zihin açıcı konuşmaların yalnızca bizimle sınırlı kalmadan herkese ulaştığını ve insanların hayatlarına dokunduğunu hayal ettim, etkileyiciydi.

İşte birazdan okuyacağınız kitap, bu hayalin gerçeğe kavuşmuş hâlidir.

İzninizle en başa, o malum soruya dönelim:

"Sahi Vedat Bey, yaşamımızı keyifle sürdüreceğimiz makul bir denge nasıl yakalanabilir?"

TEŞEKKÜR

Öncelikle fikrimi ve önerimi aynı heves, arzu ve duygularla karşılayan, bu projeye yürekten inanan ve şahsıma güvenerek birlikte uzun bir yolculuğa çıktığımız sevgili Vedat Milor'a müteşekkirim. Değerli vaktini bu proje için ayırdı ve iki yıl emek verdi. Derin bilgisi ve içgörüsüyle, incelikli çalışmaları ve eşsiz gözlemleriyle, en önemlisi de eşine az rastlanır türden bilgece bir yaşam sevgisiyle bu kitabı ortaya çıkardı.

Yayıncılık alanına dair öngörüleri ve düşünme biçimiyle fikirlerine güvendiğim Kronik Kitap Genel Yayın Yönetmeni Adem Koçal'a, gözlemleri ve bilgi birikimiyle bizleri yönlendiren ve yolculuğumuza dışarıdan bir göz olarak nitelikli katkılar sunan editörümüz Yenal Bilgici'ye, bu düşüncemi ortaya attığım ilk günden itibaren heyecanı yüzünden okunan yayıncımız Cüneyt Dalgakıran'a teşekkür ederim.

Nurhak KAYA

BİRİNCİ BÖLÜM

ZOR ZAMANLARDA AYAKTA KALMA STRATEJİLERİ

"Okurlara önerimdir: Daha sonra çözülür diyerek isteklerinizi ve düşüncelerinizi asla ertelemeyin. Böyle risk anlarında kaygılarınızı ve heveslerinizi baştan belirtin. Sizden beklenilene uyum sağlamak yerine, yapmak istediğinizin cesurca peşinden gidin. Risk, beklenti oluşturmadığınız bir alanda, insanları kendinize inandırmayı başarmaktır. Bu da ancak özgüvenle ve tutarlı hareket etmenizle mümkün olabilir."

Vedat Bey, sizinle ilk tanışmamızdan itibaren, sinemadan edebiyata, ekonomiden gündelik hayata farklı alanlar üzerine çok keyifli sohbetler ettik. Bu açıdan kendimi şanslı sayıyorum. Samimiyet arttıkça üzerine konuştuğumuz alanlar da giderek çoğaldı. Bir şey itiraf etmeme izin verin: İlgilenmediğinizi düşündüğüm bazı konular üzerindeki bilginizin de açıkçası beni şaşırttığını söylemeliyim. Sanırım sizi tanıyan birçok insan da bu yönünüzden etkileniyor. Televizyondan, yazılı basından ve son olarak sosyal medyadan sizi takip edenlerin evvela sizin bu çok çeşitli alanlardaki bilginize rağbet ettiğinin farkındayım. Bana kalırsa Vedat Bey, taşıdığınız

akademik unvanlar, kariyeriniz, gastronomi dünyasındaki konumunuz bir yana, esas uzmanlık alanınız hayat: İstiyorum ki bu yakından tanıma şansı yalnızca bana ait olmasın; hayat üzerine edindiğiniz tecrübe ve birikimler, yakın çevrenizle sınırlı kalmadan, herkese ulaşsın. Size, bu tecrübe ve birikiminiz ışığında, bana göre uzmanlık alanınız olan hayatı nasıl yaşamayı tercih ettiğinizi sorarak sohbetimize başlamak istiyorum.

Altmış beş yaşındayım. Hayatımı *roller coaster*'a binmek gibi tanımlayabilirim. Senenin beş ayını Atlanta'da, bir ayını Amerika'nın çeşitli yerlerinde, üç ayını Türkiye'de, kalan üç ayını da Avrupa'da geçiriyorum. Atlanta'daki hayatımda kendime ayıracak çokça zamanım oluyor. Eşim Linda, Georgia Institute of Technology'de elektronik profesörü. İşi sebebiyle çok yoğun olduğu için Atlanta'da sosyal hayatımız yok denecek kadar az. İnsanlar güçlü arkadaşlıklarını ya çocukluklarında ya da gençlik yıllarında kuruyorlar. O dönemlerimde Amerika'da yaşamadığım için burada pek arkadaşım olduğu söylenemez.

Türkiye'de aşırı sosyalim, Amerika'da ise dünyanın bütün zamanı bana kalıyor. Linda'nın işi her zaman sahip olduğu vakitten daha çoktur ama bir yandan benimle ve kızımızla da ilgileniyor. Kızım Ceylan bütün çocuklar gibi kendi yaratmadığı bir stresin içinde yaşamını sürdürüyor. Amerika, insanları her alanda yarışmacı olmaya zorlayan bir ülke. Ayrıca Stanford gibi üst düzey bir okulda okuyup kendini hem akademik hem de başka alanlarda devamlı ispatlamak zorunda olmak kolay değil. Ailemizdeki konumum eşime ve kızıma destek olmaya çalışmak.

Türkiye'de bulunduğum zamanlarda çok fazla işle meşgul oluyorum, benimle görüşmek isteyen pek çok insan oluyor. Bir yandan işlerime kanalize oluyorum, bir yandan da arkadaşlarıma ve aileme vakit ayırıyorum.

Neticede ABD ve Avrupa, tabii en çok da Türkiye arasında mekik dokuyorum. Demek ki iki kutupta yaşıyorum. Sadece mesafeyle ilgili değil bu söylediğim.

Türkiye'den ne zaman ayrılmıştınız?

Epey zaman oldu. Ben dedem ve babaannemle büyüdüm. On altı yaşına geldiğimde ikisini de kaybetmiştim. Sonraki yıllar benim için iç açıcı değildi ve yurt dışına gitmek zorunda kaldım. Gençlik yıllarımda Türkiye'de kalsam, devamlı ailevi sorunlarla mücadele etmek zorunda kalacaktım. Annemle babamın seçimlerinin bana yansımalarından doğan sorunlarla hayatım daha yaşanılmaz olabilirdi. Türkiye'nin dışına çıkmakla, çözümü olmayan, benden bağımsız ama bana dayatılmış sorunlardan kurtulmuş oldum.

Bir yandan şunu da söylemeliyim: Kültür ve dünyaya bakış açısı olarak Amerika'ya hiçbir zaman tam anlamıyla uyum sağlayamadım. Biraz iki dünya arasında kaldım diyebilirim. Belki az önce tarif ettiğim, şu anki bol seyahatli hayatıma kıyasla daha yerleşik ve düzenli bir hayatı tercih edebilirdim. Amerika'da yaşadığım boşluk duygusu ve Türkiye'ye geldiğimdeki aşırı tempo yerine daha dengeli bir hayatım olsun isteyebilirdim. Ama bu gelgit ve dengesizliklerin de kendi içinde bir denge yaratarak hayatıma ve benlik duyguma biraz olsun katkıda bulunduğunu düşünürüm.

Bu denge meselesi önemli, çünkü ben hayatım boyunca uçlarda yaşadım. Hiçbir zaman kurulu düzenim ve geniş bir arkadaş çevrem olmadı. Memnun muyum, değil miyim bilmiyorum ama genel olarak durumum böyle... Bu yaşantı içinde, deneyim ve gözlemlerim sonucunda daha makul, daha iyi ve daha anlamlı bir yaşam sürmek için bugüne dek stratejiler geliştirdim. Mucizevi bir çözüm olmadığını baştan söyleyebilirim.

Bu stratejilerin, çözümlerin üzerine epey düşündüğünüzü tahmin ediyorum. Onları ben kendi adıma çok merak ediyorum. Eminim okurlarımız da merak ediyordur.

Gözlemlerim oldu elbette. Onlara dayanarak daha makul, daha iyi ve daha anlamlı bir yaşam sürmek için stratejiler geliştirdim. Bunları aktarmayı da isterim. Ama dedim ya, mucizevi çözümler olarak alınmasın. Yaşadığım hayatın bana deneyimlettiği belli stratejiler var. Arzu edersen böyle tek tek, madde madde olmasa da sohbet boyunca, geçmişime ve hayatıma dair belirlediğim yöntem ve çözümlerden bahsedeyim. Kendime yakınlaşma isteğiyle, bir yandan da "Nasıl daha verimli var olabilirim?" diye düşünerek attığım adımları paylaşmayı deneyeyim.

Çok sevinirim. Önce şunu sorayım o hâlde: Size göre daha anlamlı, verimli bir hayatın temelleri hangi dinamikler üzerine oturmalı? Yaşamımızı keyifle sürdüreceğimiz makul bir denge nasıl yakalanabilir?

Çok kapsamlı ve önemli bir soru. Önce meseleleri saptayarak başlayalım. Jean-Paul Sartre'ın bir tiyatro oyununda geçen "Cehennem başkalarıdır,"[2] sözünü çok önemsiyorum. Dünyanın neresinde olursanız olun sosyal yaşam insana bazı kısıtlamalar ve zorluklar getiriyor. Başkalarının size dair beklenti ve istekleri bazen olmadığınız birine dönüşmeniz tehlikesini yaratabiliyor. Bazen de siz kendinizi başkalarına dair duyduğunuz beklenti ve isteklere göre yaşarken bulabiliyorsunuz. Yaşamak çoğu zaman taviz vermek anlamına gelebiliyor.

2 Bu cümle, sanılanın aksine, Fransız düşünür Sartre'ın felsefi metinlerinde ya da konuşmalarında yer almaz. Sartre'ın kaleme aldığı, ilk kez 1944 yılında sahnelenen *Gizli Oturum* adlı dramanın karakterlerinden Garcin'in bir repliğinden alıntıdır.

Türkiye'de tüm bu genellemelere ek olarak karşımıza çıkan bazı zorluklarla karşı karşıyayız. Bu zorlukların kökenine indiğimizde de çoğu zaman karakteristik problemlere, zayıf özgüvenlere, güçlü önyargılara ve basmakalıp düşüncelere rastlıyoruz. Örneğin insanlar, onlara temellerini sağlama aldığınız yeni fikirlerle gittiğinizde, size şiddetli tepkiler gösterebiliyorlar ve bu tepkiler kendi doğrularımızdan anında vazgeçebilmemize sebep oluyor.

Nasıl oluyor da kendi doğrularımızdan bu kadar hızlı bir şekilde vazgeçebiliyoruz?

Çünkü boyun eğme eğilimi taşıyoruz. "Başkası ne der?" kaygısıyla yaşamak çoğu zaman değerli olduğuna inandığımız fikirlerin çürümesine ve gerçekleşmemesine sebep olabiliyor. Çünkü kendimizden çok başkalarını önemsiyoruz.

Bir başka meselemiz de egoizm. Hatta egoizmin gündelik hayatta rastladığımız en büyük problemlerden biri olduğunu söyleyebilirim. Çünkü yaşamlarımızı doğrudan olumsuz etkiliyor. Bir örnekle açıklamak istiyorum: Eskiden Türkiye'ye geldiğimde dayımın İstanbul Moda'da, 2. Çıkmaz Sokak'taki dairesinde kalırdım. On apartmanlık, yaklaşık bin kişinin yaşadığı bir çıkmaz sokak düşünün. Bir gün bavullarımla havaalanından geliyordum ve bindiğim taksi, park edilmiş bir araç sokağın girişini kapattığı için yola devam

İnsanlar, onlara yeni fikirlerle gittiğinizde, size şiddetli tepkiler gösterebiliyorlar ve bu, kendi doğrularımızdan anında vazgeçebilmemize sebep oluyor. Neden? Çünkü boyun eğme eğilimi taşıyoruz. "Başkası ne der?" kaygısıyla yaşamak çoğu zaman değerli olduğuna inandığımız fikirlerin çürümesine ve gerçekleşmemesine sebep olabiliyor. Kendimizden çok başkalarını önemsiyoruz.

edemedi. Araçta kimseler yoktu. İki bavul ve bir çantayla sokağın başında inmek zorunda kaldım. Biraz bekledim ve genç bir adam, yanında kız arkadaşıyla park edilmiş araca yöneldi. Arabayı sokağın başında bırakıp dondurma yemeye gitmişler. Kibar olmaya çalışarak, "Arabayı park ettiğiniz yere biraz dikkat edemez misiniz? Bir ambulansın da sokağa girmesi gerekebilir," dedim. Genç adam kendini rencide edilmiş hissetmiş olacak ki bir anda üzerime yürüyüp kavga çıkarmaya çalıştı. Oysa rencide olması için gerekli bir durum, bir ithamım yoktu. Ona yalnızca kurallara uymadığını hatırlatmış ve kuralların ekstrem durumlar ortaya çıktığında doğabilecek zararları ortadan kaldırmak için var olduğunu kibarlıkla ifade etmiştim.

Sizce nezaketle hatırlattığınız bir kural neden size dönük bir saldırıya dönüştü?

Bu örnekteki anlayışsızlık ve bencillik, kökleri toplumsal bir egoizme dayanan ve her an hayatımızı olumsuz anlamda etkileyebilecek sayısız örneğin, çatışmanın, kabalığın ve riyakârlığın özeti aynı zamanda.

İzninle başka meselelerle devam edelim. Türkiye'de insanların kişiliklerine yönelik saldırılar birçok alana yayılmış durumda: Kültür, din, otoriter aile yapıları, cinsel baskılar, ezberci eğitim sistemi birçok çocuğu psikolojik olarak sakatlayarak büyütüyor. Kişiliklerinin gelişmesine izin verilmeyen çocuklar, tıpkı konulduğu kabın şeklini alan su gibi, yaşadıkları toplumun olumsuzluklarını davranışları hâline getiriyorlar ve tüm bunların sonucunda baş edilmesi güç bir toplumsal öfke doğuyor. Her an kendinizi tehlike altında hissediyorsunuz. "Acaba başıma bir şey mi gelecek?" duygusu sizi sosyal yaşamdan soyutlamaya başlıyor. Psikolojik ya da fiziksel olarak zayıf bir tarafınız olduğunda, insanlar sizinle zayıflıklarınızı istismar ederek iletişim kurma yolunu seçebiliyorlar. İlginç olan, her zaman kötü niyetle de yapmıyorlar bunu: Öyle görmüşler ve ne yazık ki geçmişte başkalarından gördüklerini doğru zannediyor, onlar da başkalarına aynı yanlışları uyguluyorlar.

Yetiştirdiğimiz çocuklar olumsuzluklarımızı miras olarak mı taşıyorlar?

Evet. Kendimden örnek vermek istiyorum. Ben Tremor hastasıyım. Tremor; semptom olarak ellerde, bacaklarda, seste, gövdede ve kalçada görülen ritmik titremelere yol açabilen, nörolojik bir hastalık ve tedavisi yok. Bana yolda rastlayıp iyi niyetle yardım etmek isteyen biri, doktor olmadığı hâlde Parkinson olduğum teşhisini koyabiliyor. Hatta beni yolumdan çevirip, "Annem de Parkinson hastasıydı. Şu doktorun tedavisi çok iyi geldi," deyip henüz gerçeği öğrenmeden beni yönlendirmeye çalışabiliyor. Çünkü biz, toplumsal olarak, ihtiyaç duyduğumuzu belirtmeden bize akıl verilmesine çok alıştırılmışız. Bu da, belki kötü niyetle olmasa bile, toplumsal hayatta bilgisizliğin meşru ve baskın olmasına sebep oluyor.

> Toplumsal olarak nezaketi zayıflık zannediyoruz. Zayıflık gösterdiğiniz konu ve durumlarda üzerinize şiddetli bir baskı uygulayan bir toplumda yaşıyoruz. Hâlbuki hiçbir insanın bir başka insanı, o insanın kendini düşündüğünden daha çok düşünmeye hakkı yoktur.

İbn-i Haldun, "Fazla tevazunun sonu vasat insandan nasihat dinlemektir," diyor. Sizce neden bilgi sahibi olmayanların sesi bilgi sahibi olanlardan daha gür çıkıyor?

Bilmek neticede nezaketi doğuruyor ve biz sanırım toplumsal olarak nezaketi zayıflık zannediyoruz. Tam olarak böyle. Gerçekten de zayıflık gösterdiğiniz konu ve durumlarda üzerinize şiddetli bir baskı uygulayan bir toplumda yaşıyoruz.

Bir insanı, bize müsaade ettiğinden çok düşünmek fedakârlık ya da özveri zannettiğimiz bir tür sınır ihlali mi?

Hiçbir insanın bir başka insanı, o insanın kendini düşündüğünden daha çok düşünmeye hakkı yoktur. Öncelikle bunu kavramalıyız. Farklı örneklere rastladıkça bir konuda bilgi sahibi olduğunu düşünen insanların baskı yapıp sizi suçlayacak raddeye gelebildiklerini bile gözlemliyorum.

Peki, bu sorunlarla nasıl mücadele edebiliriz?

Uygar toplumlarda haysiyet gereği hak sahibi olunmayan konulara karışılmaz. Birinin biz sormadan bize akıl vermeye ya da "Sana mavi değil, yeşil yakışıyor," demeye hakkı yoktur. Bu durumun aksi patavatsızlığa girer. Bu sebeple sevdiğimiz insanların onlarda gördüğümüz eksikliklerini düzeltme hakkını kendimizde görmek çoğu zaman zorbalığa tekabül edebilir.

İyilik yapmakla bir insanın sınırlarını ihlal etmeyi birbirine karıştırmamanın bir yolu var mı?

İnsanlara yapılabilecek bir iyilik varsa bu, o eksikliklerle yüzleşmelerine uygun zeminler hazırlamak ya da onlara daha çok kendilerini ifade hakkı tanımaktır.

> Sevdiğimiz insanların onlarda gördüğümüz eksikliklerini düzeltme hakkını kendimizde görmek çoğu zaman zorbalığa tekabül edebilir. O insanlara yapılabilecek bir iyilik varsa bu, o eksikliklerle yüzleşmelerine uygun zeminler hazırlamak ya da onlara daha çok kendilerini ifade hakkı tanımaktır.

Belki yeterli özgüveni taşımadığımızdan, başkalarının özel alanlarına müdâhil olmayı ve kendi üstünlüklerimizi başkalarının zayıflıkları üzerinden göstermeyi iyilik zannediyoruz. Bu yüzden de sevdiklerimize farkında olmadan kalıcı zararlar veriyoruz.

Dünyanın her yerinde saldırıyı sevgi zanneden önyargılı insanlar var ve çoğu zaman, kendi değerlerine sahip çıkmayı başarmış düzgün insanlara kıyasla, senin de söylediğin gibi daha gür sesler çıkararak, gücünün yetebildiğini ezmeye çalışan bir zorba gibi yaşıyorlar. Hocam da olan Albert Hirschman *Exit, Voice and Loyalty* adında çok önemli bir kitap yazmıştır. Hayatımı derinden etkileyen bu kitaptaki stratejileri anlatmak istiyorum. Söz konusu stratejiler hoşnutsuz olduğun bir mal veya hizmet ya da süregelen bir durumla karşılaştığın zaman elinde olan seçeneklerle ilgili. Bu farklı seçenek ya da stratejilerin her birinin de maliyetleri var. Yine bu stratejilerin olumlu etkileri var ama onları uygulamayı göze alanlar için ödenecek bedelleri de var. İlaçların bir şeyi düzeltirken başka şeylere zarar vermesi gibi...

İlk strateji: Sistemden çıkmak. Yani yaşanılmaz bulduğunuz coğrafyayı tamamen terk etmek.

Bu, sanıldığı kadar kolay mıdır? İnsan bu uğurda neler kazanır, neler kaybeder?

Öncelikle belli bir yaştan sonra, alışkın olmadığınız başka bir coğrafyada kökleşmek kolay değildir. Çok genç yaşta ülke değiştirmemişseniz gideceğiniz ülkede her zaman ikinci sınıf vatandaş olarak anılmanız ve algılanmanız kaçınılmazdır. Bu kaygılar sizin için önemli değilse gönül rahatlığıyla gidebilirsiniz.

> Yakın çevrenizi, yaşayacağınız evi tuğlalarla örer gibi bir duyguyla, sizi çöp tenekesi gibi kullanmayacak kişilerden oluşturmalısınız! Hayatınızı kendi doğrularını size dayatmayan, daha iyi hissetmek için sizi yerin dibine sokmayan insanlarla paylaşmalısınız.

Her şeyden önce kendi doğrularınızı geliştirmek zorundasınız. Kendi arkadaş grubunuz olmalı ve çevrenizi uygar insanlarla doldurmalısınız. Yakın çevrenizi, yaşayacağınız evi tuğlalarla örer gibi bir duyguyla, sizi çöp tenekesi gibi kullanmayacak kişilerden oluşturmalısınız! Hayatınızı kendi doğrularını size dayatmayan, daha iyi hissetmek için sizi yerin dibine sokmayan insanlarla paylaşmalısınız. Kendi bağımsız adacıklarını yaratmaktan bahsediyorum. Türkiye'deki hayatımda bunu kısmen de olsa gerçekleştirebildim.

Üstelik sistemden çıkmak sadece bir yerlere çekip gitmek değildir. Bu konu başlığı altında başka yöntemler de var.

Merakla dinliyorum.

Mesela televizyon izlemek sizi olumsuz etkiliyorsa televizyonunuzu kapatın. Ben gastronomi alanında 144 program yaptım, en fazla 15'ini seyretmişimdir. Çünkü televizyonu açtığım an programın ortasından "Son dakika!" ibaresiyle siyasetçiler çıkabiliyordu ve onları görmek istemediğime, onları gördükçe rahatsız olduğuma emindim. Bir gün, kendimi onlardan tamamen uzak tutmak için zevk aldığım futbol maçları dışında televizyon izlememeye karar verdim. Bu kararımı geçmişe dönük olarak sorguladığımda hayatımı olumsuz yönde etkileyen birçok detayın farkına vardım. Onlara katlanmak zorunda olmadığımı ayırt edebildim. Benim televizyon izlememem gibi siz de size rahatsızlık verdiğine emin olduğunuz olay ve durumlardan uzak kalmak için kararlar alıp bu kararları hayatınızda uygulayabilirsiniz.

Devamlı mücadele edeceksiniz. Örneğin benim sosyal medyada yaptığım gibi, yeri geldiğinde hödüğe hödük diyeceksiniz ve korkmayacaksınız. Korkarsanız daha çok üzerinize gelirler.

İkinci strateji: Sesini duyurmaktır. Devamlı mücadele edeceksiniz. Örneğin benim sosyal medyada yaptığım gibi, yeri geldiğinde hödüğe hödük diyeceksiniz ve korkmayacaksınız. Korkarsanız daha çok üzerinize gelirler. Kimi zaman sabırla anlatacak, gayretle izah edeceksiniz. Mümkün olduğu kadar toplumun içinde olmaya özen göstererek herkesi masum görmeyeceksiniz. Marksistlerin "İnsanların kişisel kabahati yoktur, toplumun kabahatleri vardır," düşüncesi insanların kusurlarını bağışlayıp sisteme yüklenilmesini teşvik eder. Ama hayata Sigmund Freud ve Friedrich Nietzsche gibi de bakılabilir. Öyle hâllerde, Marksistler kadar iyimser olamadığımız dönemler ortaya çıkabiliyor. Demek ki bizleri sürekli domine etmeye çalışan bir güce karşı bu stratejiyi uygulamak kolay değil ama uygulayabildiğiniz ölçüde hayatınıza katkı sunabileceğini söyleyebilirim. Bu stratejideki tek handikap ise agresifleşmek.

Sesimizi duyurma arzusu öfkeyle bir araya geldiğinde bize zarar mı veriyor?

Elbette. Sesinizi duyurmak için çaba sarf ederken kimi zaman bataklığa sürüklenebilirsiniz. Ayrıca iş karşı tarafa öğretmen gibi içindekileri anlatmaya varınca da kimi zaman zayıf düşebilirsiniz. Ama bağımsızlığın yolu da basitlikten geçmiyor.

Üçüncü strateji: Sadakattir. Sadakat burada iki anlamda kullanılabilir. İlki, benim gibi ülkenizi ve sosyal yaşamınızı seviyorsunuzdur. Bütün olumsuzluklara rağmen yaşadığınız coğrafyada sıcak ilişkileriniz vardır ve birçok insanla aynı mizah duygusunu paylaşıyorsunuzdur. Ve Sartre'ın aksine, "Cehennem başkaları olsa da aslında cennet de başkalarıdır," diye düşünüyorsunuzdur. Bu noktada en azından hayatınızda değerli gördüğünüz ne varsa onlara sadık kalmalı, sistemden çıkmakla sesini duyurmanın dengesini iyi tutturmalısınız. Vedat ve Nurhak'ın bulduğu denge farklı olabilir. Bana kalırsa şu an bu sohbetimize kulak veren herkes, bahsettiğim bu üç strateji içinde kendi dengesini aramalı ve kendi dengesine göre hayat mücadelesini yaratmalıdır.

Vedat Bey bu söyledikleriniz birçok insan için yönlendirici etkiye sahip ama kolay da sayılmazlar. Dengeyi kurmaya çalışırken yorgun düşenler için neler söylemek istersiniz?

Hayat hepimiz için ağır olabilir. Ağır gördüğümüz hayata karşı biz de kendi ağırlıklarımızı geliştirmek zorundayız. Maddi kaygılarımızın dışında, "Neler bizlere haz veriyor?" meselesi üstüne düşünmeliyiz. Hayatımızı güzelleştirmenin yolu, bize dayatılanı önemli hâle getirmekten değil, kendi iç sesimize daha çok kulak kabartmaktan geçiyor.

İnsan nasıl başkalarından çok kendi sesine kulak verebilir?

Kendimiz için doğru ve bize iyi hissettirecek seçimler yapmaya çabalayarak. Bunun da ölçütü, mümkün olduğu kadar yaşadığımız andan zevk almaktır. Eğer hazlarınızı ve heveslerinizi gelecek ya da geçmişte arıyorsanız, şu an yaşadıklarınızla aranızda aşılması gereken ciddi sorunlar vardır.

Bana kalırsa şu anda var olmanın en önemli koşulu bir insanın nelerden keyif aldığının bilincine varmasıdır. Maddi amaçlar uğruna her şeyi ertelemek doğru değildir. Hobilerinizi ve nelerden zevk aldığınızı düşünün. Mesela benim için sinema, roman ve iyi yazılmış siyasi kitapları okumak çok önemlidir. Bir başkası için aynı zevk ve ihtiyacı müzik karşılar. Kimileri bir tabloya dakikalarca bakmaktan ve o resmi uzun uzun yorumlamaktan zevk alır. Bazıları geliri ve sosyal statüsü ne olursa olsun yaşadığı evi güzelleştirmeyi sever. Gerçekte nelerden zevk

> Eğer hazlarınızı ve heveslerinizi gelecek ya da geçmişte arıyorsanız, şu an yaşadıklarınızla aranızda aşılması gereken ciddi sorunlar vardır. Şu anda var olmanın en önemli koşulu bir insanın nelerden keyif aldığının bilincine varmasıdır.

aldığınızı bilirseniz hayatın ağırlıklarının giderek hafiflediğini bizzat görecek ve daha huzurlu hissedeceksiniz.

Kendimiz olarak var olmayı başarmak, istediğimiz ölçüde sistemden çıkmak, sesimizi duyurmak ve sadakatimizi korumak. Makul, verimli ve dengeli bir yaşam bu üç reçete üzerine inşa edilmeli diyorsunuz.

Kesinlikle. Yalnız bir noktayı daha eklememe izin ver: Bildiğim bir şey var ki stratejiler benzer olsa da reçeteler herkes için farklıdır. Bu noktada kendimizi daha iyi tanımanın yollarını aramamız gerekiyor. Hepimiz kendi dengemizi bulmak için çaba sarf etmeliyiz. Maddi dayatmalardan, dışa dönük hırstan ve bizi yiyip bitiren öfkeden kendimizi uzak tutacak birtakım ferahlama alanlarına ihtiyacımız var. Bu alanları bulmak için de arayışa, arayış için de içimizdeki hevesi uyandırmaya çabalamalıyız. Bunun da yolu makul bir denge oluşturmaktan geçer.

> Maddi dayatmalardan, dışa dönük hırstan ve bizi yiyip bitiren öfkeden kendimizi uzak tutacak birtakım ferahlama alanlarına ihtiyacımız var. Bu alanları bulmak için de arayışa, arayış için de içimizdeki hevesi uyandırmaya çabalamalıyız. Bunun da yolu makul bir denge oluşturmaktan geçer.

Az önce verdiğiniz örneği düşünüyorum. Arabasıyla yolu tıkayan, uyarınca da üzerinize yürüyen zorbayı... Her gün böyle sayısız örnek yaşanıyor. Birçok insan, bırakın hünerlerini ortaya dökmeyi ya da denge kurmayı; kendini savunmaktan, zorbalığa direnmekten yaşamaya vakit bulamıyor. Bu yüzden özel olarak şunu sormak istiyorum: Zorbalarla nasıl mücadele edebiliriz ya da zorbalara ve zorbalığa rağmen kendimiz olarak var olmanın makul bir yolu var mıdır?

Bu ilginç bir soru. Yine kendi ailemden yola çıkarak cevaplamayı deneyeceğim. Kızım Ceylan Amerika'da insanlara, topluma saygılı bir birey olarak yetişiyor. Amerikan okul sistemi zorbalık konusunda çok hassas. Çocuklara arkadaşlarıyla ilişkilerinde ya da günlük yaşamlarında zorbalık yapmamaları özellikle öğretiliyor.

Kendi geçmişimizi ve çocukluğumuzu düşünelim: Kısa boylu arkadaşlarımıza "Bodur", uzun boylularımıza "Sırık" diye seslendik. Bir bacağı aksayan bir tanıdığımız olduysa onu "Topal" diye çağırdık.

Çocuklar zaafları dile getirme konusunda oldukça pervasız ve acımasız oluyorlar.

Hepimizin geçmişinde benzer anılara rastlarız: Bilhassa çocukluğumuzda, hangimizin baş edilmesi imkânsız bir özelliği varsa, bir zaaf gibi yüzümüze vuruldu. Çocukken öğrenilen bu zorbalık, yetişkinlik çağında kötülüğe, istismara ve hırsa dönüşüyor. Hayatımızı mahveden de tam olarak budur. Farklı arzuları ve hayalleri olan insanların bu zorbalıklarla baş edebilmek için devamlı stratejiler geliştirmeleri gerektiğini düşünüyorum.

Zorbalıkla mücadelede çocukların nasıl bir önemi var?

Bence zorbalıkla mücadeleye çocuklarımızdan başlamalıyız: Onlara diğer çocuklarla ilişkilerinde, farklılıklar üzerinden acımasız lakaplar kullanmamaları gerektiğini öğreterek yola koyulabiliriz mesela. Çocuklar bu anlamda büyük önem arz ediyor, çünkü geçmişte "Sen bilmezsin!" denilen çocuklar bugün artık bilirkişi konumundalar ve ebeveynleri üzerinde daha baskın bir otoriteleri var.

Yine ailemden bir örnek vereyim. Eşim Linda ilkokulda öğrenciyken Amerika'da sokağa atılan çöpler çok önemli bir sorun hâline gelmiş. İlkokullarda ciddi bir kampanya yürütülmüş. Ebeveynleri üzerinde baskı kurmaları için çocuklar bilgilendirilmiş ve cesaretlendirilmiş. Kampanya böyle böyle, yani çocukların ebeveynlerine telkinleri sayesinde başarıya ulaşmış. "Anne, baba! Yere çöp atma!" diyen çocuklar, sokaklardaki çöpler konusunda büyükler üzerinde olumlu bir hâkimiyet kurmuş. Bu sayede duyarlılık da kitleselleşmiş. Yerinde bir müdahale.

Tabii önyargılar ve zorbalık yalnızca çocuklara özgü değil. Çok alışık olduğumuz bir örnekle açıklamak istiyorum: Mesela memleket meselesi ülkemizin en gözde tartışma konularından biridir. Kalabalık bir masada oturursunuz. Biri çıkıp, "İzmirliyim," der; bir başkası çıkıp, "İzmirliler ikiyüzlü olur," der. Durup dururken gereksiz bir sataşma. Üstelik işin içinde önyargılar da var. İşte bu tür önyargılar, çevremizdeki insanların kişiliklerine, yeteneklerine ve gerçekte kim olduklarına körleşmeye başlamamıza neden oluyor. Şikâyet ettiğimiz yalnızlık tam da burada, en çok kalabalıklar arasındayken hissediliyor.

Bu durum bütün coğrafyalara özgü mü?

Gözlemlerime dayanarak bunu aşan toplumların olduğunu da söyleyebilirim. Örneğin Amerika'da biri hakkında konuşurken onun değiştirilemez bir özelliğine vurgu yapılmaz. Yapılırsa da bunun bir adabı vardır. Örneğin "İşte şuradaki şişman zenci kadın" denmez. "İşte şuradaki kırmızı elbiseli Afrika kökenli kadın" gibi bir ifade kullanılır. Demek istediğim şişmanlık genetik ya da bir hastalıktan kaynaklı olabilir ama elbise rengi nötr bir olgudur. "Zenci" söylemi küçümseme olarak algılanılabilir ama "Afrika kökenli" ifadesi bir önyargı içermez. Biz de toplumca bu konulara hassasiyet göstermeli ve üzerlerine daha çok eğilmeliyiz. Bu yolda değişime önce kendimizden başlamalıyız. Kendi önyargılarımızla dürüst bir şekilde yüzleşip onları değiştirmeye çalışmalıyız. "İzmirliler ikiyüzlü olur," diye düşünüyorsak ve karşımızda İzmirli bir tanıdığımız varsa, bu tuhaf önyargıyla onu rencide edecek duruma gelmeden önce, "O gerçekte kim? Nasıl biri? Memleketiyle genelleştirdiğim gibi gerçekten ikiyüzlü mü?" diye düşünmeliyiz.

İnsanları tanımak ve anlamak için emek vermek gerektiğinden, önyargılarla bir yere varılamayacağından bahsediyorsunuz.

Aslında çok basit; insanları gerçekten tanıma ve anlama arzusu taşıdıkça genellemeler bir bir yıkılır. Her insanın kendi değeriyle ortaya çıkışı ve algılanışı kolaylaşır.

Geçtiğimiz günlerde, ilk gençlik yıllarıma ait bir anı aklıma geldi. Ben İstanbul Dragos'ta yetiştim. Gençlik günlerimiz... Dragos'ta zaman zaman bizim arkadaş grubuyla oturmaya gelen bir kız vardı. Ben on dokuz yaşındaydım, o da on sekizinde olmalı. Bir gün otururken bacağını benim iki bacağımın arasına, iskemleye doğru uzattığını fark ettim. Hafif de uyukluyordu. Neden bilmiyorum, o an benimle alay ettiğini düşünerek öfkelendim. Birlikte vakit geçirdiği arkadaşları diğer insanlara genellikle üstten bakardı ve oldukça züppe çocuklardı. Kendilerinden olmayanlarla dalga geçer, diğer insanları sürekli incitmeye çalışırlardı. Ben şaşkın hâlde ona bakarken kız gözünü açtı ve bana gülümsedi. Beni rahatsız ettiğini söyleyerek ona hakaret etmeye başladım. Şaşırdı, utancından kıpkırmızı oldu, donakaldı.

Doğrusu çok hoş bacakları vardı, ondan hoşlanıyordum ve onunla beraber olmayı da çok isterdim. Fakat benimle alay ettiğini düşünerek, kendi canım acımasın diye, ağzımdan çıkanlar bambaşka şeyler oldu. O günden sonra da bir daha yüzüme bakmadı. Aynı kız yıllar sonra tanıdığım birinin eşi olarak tekrar karşıma çıktı. Aslında o gün benimle alay etmek istemediğini, aksine beni beğendiğini ama çok kötü bir şekilde terslendiği için şaşırdığını, bu üzüntüyle de bir daha benimle görüşme cesaretini kendisinde bulamadığını itiraf etti.

Kendinizi saldırı altında hissettiğiniz için karşınızdaki insanın niyetini anlamanız zorlaşmış ve farkında olmadan savunmaya geçmişsiniz.

Evet. Bilhassa çocukluğuma ve ilk gençlik yıllarıma baktığımda hep defansta kaldığımı görüyorum. Gençlik yıllarım bu korku ve zorbalıkla uğraşmakla geçmiş. Kendimi doğrulamanın en iyi yolunu başkasını küçük görmek zannettiğim zamanlar olmuş. Karşımdaki insanın beni yaralamaya mı, yoksa sevmeye mi çalıştığını bir türlü anlayamadan yıllar geçirmişim. Geçmişime baktıkça, çoğu zaman, çevremdeki insanların niyetlerini iyi okuyamadığımı görüyorum.

Canımızın acıyacağını düşündüğümüz her an önce biz acıtmak istiyoruz. Başkaları da fırsat bulduğunda bizi acıtmaya çalışıyor olabilir, hatta bizi hakir de görebilirler. Bu duyguyu içselleştirdiğimizde kendi duygularımızdan korkar hâle geliyoruz. Ya karşımızdakini acıtıyoruz ya da bize yaşatılan acının ağırlığı altında eziliyoruz.

Acıyı öyle bir kişiselleştirmişiz ki canımızın acıyacağını düşündüğümüz her an önce biz acıtmak istiyoruz. Başkaları da fırsat bulduğunda bizi acıtmaya çalışıyor olabilir, hatta bizi hakir de görebilirler. Bu duyguyu içselleştirdiğimizde kendi duygularımızdan korkar hâle geliyoruz. Ya karşımızdakini acıtıyoruz ya da bize yaşatılan acının ağırlığı altında eziliyoruz.

Kötü diye tabir edebileceğimiz birçok davranışın kökeninde; örneğin yıkıcılığın, aşağılamanın, hor görmenin temelinde, kötülüğe maruz kalma korkumuzun saldırganlığı mı gizleniyor?

İnsanlar bazen bizi yaralayabilirler. Bizim de hissettiklerimizi içimize attığımız dönemler olabilir ve biriken duygularımız zaman içinde öfkeye dönüşebilir. Bu kadar tecrübeden kendi adıma ben şunu öğrendim: Başkalarına biriktirdiğimiz öfkeyle sevdiklerimizi yaralamamak, bizi sevenleri çöp kutusu gibi kullanmamak gerekiyor.

Söylediklerinizi çok iyi anlıyorum, çok tanıdık geliyor. Kendi canı yanmasın diye başkalarının canını acıtmak ilişkileri bir saldırı temeline oturtuyor ve gündelik hayat da bu yüzden bir savaşa dönüşüyor. Peki, insanlar kendilerini de huzursuz eden bu savaşa girmekten neden imtina etmiyorlar?

Güçlü görünmek kaygısı sebebiyle. Kendi hayatımızı inceleyelim: İlkokuldan başlayarak hayatımız zorbalarla uğraşarak geçiyor ve bu konuda bırakın çocuklarımızı temelden yönlendirmeyi, neredeyse kılımızı bile kıpırdatmıyoruz. Bireysel bir şekilde duyarlılık geliştirenlerimiz zorbaların tahakkümüne boyun eğmek zorunda kalıyor.

Eğitim konusuna geri dönmek istiyorum. Altını biraz daha kalın bir çizgiyle çizmenin sırasıdır. İş, ilk ve orta öğrenimden başlamalı. İlkokuldan itibaren zorbalık konusu üzerine ciddi şekilde yoğunlaşmalıyız. Hiçbir şey için geç kalmadığımızı, aksine zorbalara karşı sistemli bir şekilde hareket etmenin hepimize iyi geleceğini düşünüyorum. Peki ama nasıl? Okullardan başka, ileri görüşlü bir hükümet cuma namazlarındaki vaazları bile, toplumu sosyal anlamda bilinçlendirmek ve bu gibi konularda duyarlı hâle getirmek için değerlendirebilir.

Türkiye'de herkes kendini her konuda haklı zannediyor ve asıl yalnızlaşma, haklı olduğumuzu düşünürken zorbalara karşı hiçbir şey yapamamanın çaresizliğini yaşadığımız anda başlıyor. Apartman hayatımız mesela: Komşunuz bir sorun çıktığında kendini tek haklı olarak görüyor ve üzerinizde zorbaca bir hâkimiyet kurmaya çalışıyor. Bu yüzden çözüm bulmak bir yana, kavga etmeden sorunları konuşmak bile imkânsızlaşıyor. Gürültüden rahatsız olup uyardığınızda, "Sana ne!" cevabıyla karşılaşıyorsunuz. Yaşadığınız apartmanda ortak bir mülk varsa, bir zorba siz ses çıkarana kadar ortak mülkün tamamını işgal etmeye çalışıyor. Bu da ses çıkarırsanız tatsızlığa, sessiz kalırsanız da pişmanlığa dönüşerek hayatınızı yaşanmaz kılıyor. Herkesi olduğu gibi kabul etmeye çalışmak da bir çözüm değil: Bu ancak sözgelimi bir Budist'seniz mümkün olabilir. Aksi takdirde günden güne öfke biriktirir, biriken öfkenizi de farkında olmadan yakınlarınızdan çıkarmaya başlarsınız.

Sosyal statümüz ne olursa olsun, toplumun her kesiminden insanla iletişim kurabileceğimiz ortak diller geliştirmek zorundayız. Bu da ancak izole kalmayarak, kendi hayatımızı nasıl yaşıyorsak yaşayalım sokağın içinde de var olarak mümkün hâle gelebilir.

Peki, bunun çözümü nedir? Bana göre gündelik hayata daha çok dâhil olmaktır. Bir başka deyişle asla izole olmamaktır. Sosyal statümüz ne olursa olsun, toplumun her kesiminden insanla iletişim kurabileceğimiz ortak diller geliştirmek zorundayız. Bir iş insanıyla, bir akademisyenle, bir bakkalla ya da bir temizlikçiyle konuşacağımız ortak dillerimiz olmalı. Bu da ancak izole kalmayarak, kendi hayatımızı nasıl yaşıyorsak yaşayalım sokağın içinde de var olarak mümkün hâle gelebilir.

Statüler ve imkânların bize refah getirdiğini düşünürken farkında olmadan yaşam alanımızı mı daraltıyoruz?

Biraz açayım. Yalnızca bir zümreye ait olmak ve o zümrenin dilini kullanmak bizleri toplumun farklı kesimleri karşısında savunmasız gösterebilir. Bilhassa her sınıftan zorbayla mücadele ederken kolay kolay yara almayacağımızı onlara göstermeli ve şahsiyet geliştirmeliyiz. Aksi hâlde kendini her konuda haklı gören insanların arasında yaşamak bizi sessiz kalmanın ve hakkı yenilmiş olmanın mutsuzluğuna itecek ve bu da zamanla öfkeye dönüşecektir.

Burada çok basit bir şey söyleyeceğim Nurhak. Kavga etmeyi sevmeyen, zorlu durumlardan kaçınan pek çok insan tanıyorum; "Büyüklük bende kalsın!" diyorlar fakat ondan sonra içinde bulundukları durumdan ya da karşılaştıkları sonuçtan çok rahatsız oluyorlar. Çünkü sonunda karşı taraf onları istismar ediyor. İşte bu yüzden benim için hayatın ve sokağın içinde var olabilmek iki açıdan geçerli. Birincisi; kişinin her kesimden insanla zaman zaman konuşması, içinde bulunduğu toplumun nabzını mümkün olduğunca tutmaya çalışması gerektiğini düşünürüm. İkincisi de şu; sokak farklı gördüğü insanlara karşı her zaman üstünlük kurmak, yani onları bir şekilde istismar etmek ister. Hayatta ne yaparsan yap, başkalarına ne kadar iyi davranırsan davran, yine de bununla karşılaşırsın. Eğer çok iyi davranırsan belki daha çok istismar edilirsin. Çünkü birçok insana göre kibarlık zayıflıktır.

> Her sınıftan zorbayla mücadele ederken kolay kolay yara almayacağımızı onlara göstermeli ve şahsiyet geliştirmeliyiz. Aksi hâlde kendini her konuda haklı gören insanların arasında yaşamak bizi sessiz kalmanın ve hakkı yenilmiş olmanın mutsuzluğuna itecek ve zamanla öfkeye dönüşecektir.

Ben kendi adıma şunu öğrendim; fikir ayrılıklarından, zıtlaşmaktan, çatışmalardan, sokaktaki zorluktan kaçmamak gerek. Buna mecburuz. Sokağın içinde olmak derken biraz bunu kastediyorum. Yani karşı taraf çirkefse maalesef senin de temiz kalma şansın yok. Eğer ondan daha zekiysen bir şekilde yakayı kaptırmamak için karşındakinden daha sert bir şekilde tepki göstermeye mecbursun. Bunu yaptığın zaman hayatta hemen hemen her zaman kazanırsın. Bu söylediğim en az bin kere başıma gelmiştir ve kendimi artık daha iyi hissediyorum. Çünkü daha önce, gençken, bir tokat sonrası öteki yanağımı uzattıktan sonra kendimi hep daha kötü hissederdim. Artık "Büyüklük bende kalsın!" dememek gerektiğini düşünüyorum, oradaki felsefem bu.

Yaşadığımız toplumun bizden beklentileri var; ailemizin, arkadaşlarımızın, birlikte olduğumuz insanların beklentileri çoğu zaman kendi heveslerimizin önüne geçebiliyor. Toplumun bizden beklentileriyle istediğimiz insan olma, bağımsızlık arzumuz arasında bir denge, bir uzlaşma noktası bulmak mümkün mü sizce? Siz hayatınızda bunu başarabildiniz mi?

Her insanın, hayatı algılayış biçimine göre bir tercih sıralaması vardır; yoksa da olmalıdır. Bu tercih sıralaması ülkemizde genellikle toplum tarafından hepimize dayatılıyor. Bu yüzden hayatlarımız giderek birbirine benziyor. Ayrıksı olan, farklarıyla kabul görmek yerine dışlanıyor. Aynılar, farklı olan herkesi kendileri gibi olmadıkları için suçlar hâle geliyor ve aynıların, "Neden benim gibi değilsin?" sorusu farklarıyla var olmak isteyenlerin kâbusu hâline geliyor.

Kendi hayatımdan örnek vermek istiyorum: Maddi yetersizlikler sebebiyle radyo bile alamadığım bir dönemim olmuştu; yine de paramı denkleştirerek, gerekirse öğünleri azaltıp iyi yemekler yemeye çalışırdım. Evlendim. Bu defa ev almak için yeterli paramız yoktu. Ama ben yine para biriktirip başka harcamalardan kısarak iyi şaraplar satın almaya çalışıyordum. Bu davranışım kayınpederim ve kayınvalidemle aramın bozulmasına yol açtı. Kendileri şarap içmedikleri gibi bu kültüre önem de vermiyorlardı, bu yüzden ben sanırım onlara bir tür deli gibi görünüyordum. Bu arada şu notu düşmeme de izin ver sevgili Nurhak; Amerikan toplumundaki beklentilere göre saygıdeğer bir insan olmak için tıpkı Türkiye'deki gibi kirada oturmamanız, yani bir ev almanız gerekir. İşte ben o evi almak için biriktirmem gereken parayı şaraba harcadığım için son derece ters tepkiler aldım. Çünkü insanlar kendi tercihlerinden ayrı düşenlere olumlu gözle bakmıyorlar. Her zaman görüştüğünüz ya da görüşmek zorunda olduğunuz kişiler bile, bazen onların düşüncelerine yeteri kadar önem vermediğinizi düşünerek, size alınganlık gösterebiliyorlar.

Böyle durumlarda ne yapmalı?

Toplumdan ayrı düşüp benimsenmediğimizi hissettiğimiz anlar yaşıyorsak ve davranışlarımızı benimsemeyen kişiler sevdiklerimizse, onlara tercihlerimizi anlatma çabamızın en makul çözüm olduğunu düşünüyorum.

Örneğin yaşları bizden büyük olan yakınlarımız büyük ve çok odalı evlerde yaşamaya alışmış olabilirler. Bizse artık genellikle daha küçük ve kompakt evlerde yaşamayı uygun buluyoruz. Onlara, "Biz küçük bir aileyiz. Büyük evde yaşarsak ısınma, temizlik giderleri çok olur," gibi empati kurabilecekleri bir dille yaklaşmak, kendi durumumuzu onların da özdeşlik kurabilecekleri bir yerden ifade etmek anlaşılmamıza yardımcı olabilir. Konu, sevdiklerimizin hakkımızdaki düşünceleriyse diyalog kurmaya çabalayan taraf her zaman biz olmalıyız. Ortak bir payda bulmak için emek vermeliyiz.

Peki, nereye kadar? Yapılabilecek her şeyi denediysek ama yine de diyalog kurmayı mümkün kılamamışsak ve tüm çabamıza rağmen hâlâ anlaşılmadığımızı düşünüyorsak maalesef ilişkiyi sonlandırmaktan başka çözüm gözükmüyor.

Kendi hayatıma baktıkça sevdiklerim tarafından ayrıksı bulunduğum zamanlar olduğunu görüyorum. Ama şunu da fark ettiğimi söylemeliyim: Böyle zamanlarda onlarla diyalog kurmak için çaba sarf ettikçe çoğunlukla ortak noktalar yakalayabildim.

Dedim ya, Linda ve Ceylan'la yemeğe harcadığımız parayı eşimin ailesi tasvip etmiyordu. Ben de ince bir noktadan gittim. Kayınpederim yemeğe bizler kadar önem veren biri değil ama dondurmayı çok seviyor. Ona iyi dondurmalar bulup ikram etmeyi denedim ve aldığım dondurmaların normal dondurmalardan daha pahalı olduğunu sebepleriyle ifade ettim. Elbette anladı ve yediklerinden zevk aldı. Yani iyi şaraptan aldığım hazzı ona dondurmalarla anlatmaya çalıştım. Çünkü şarap açık ara daha pahalı olsa bile, sıradan şarapla iyi bir şarabın farkı dondurmalar için de geçerlidir. Formül aynıdır.

Bununla beraber aynı konuyu kayınvalideme anlatmakta maalesef kayınpederimdeki kadar başarılı olamadım. Çünkü eşine kıyasla onun meseleye çok daha katı bir bakışı vardı. Ama en azından denedim. İlişkilerimiz de zamanla iyileşti. Onlara hayattaki tercih sıralamamı anlattım. Benim için iyi bir şarap içmenin ev ve araba almaktan daha önemli olduğunu ifade ettim. "Alacağım arabanın beni yolda bırakmayacak kadar iyi olması yeterli, alt tarafı A noktasından B noktasına gideceksin," dedim. İnsanların, "Ne kadar güzel bir arabası var!" demesinin benim için önemli olmadığını söyledim. Ne güzeldir ki iletişim için çaba sarf ettikçe zamanla anlaşıldığımı da fark ettim. Bunu kazanç sayarım.

Tercihler konusunda kararlı durmuşsunuz. Bir de yakınlarımızın bize biçtiği roller, kimlikler vardır. Girmemiz beklenen roller karşısında nasıl bir duruş sergilemeli?

Evet, bu önemli. Sadece yakınlarımızın değil, toplumun da bize biçtiği roller vardır. Anne ya da baba olmak, öğrenci olmak, evlat olmak, arkadaş olmak, eş olmak, belli bir mesleği edinmek ilk akla gelen roller. İnsan bu rollerin bütünüyle tanımlanır. Gündelik hayatımızdaki rollerimiz başkalarının bizden beklentilerini de beraberinde getirir.

Bazı insanlar bu beklentilere göre hareket eder, kendi beklentilerine önem vermezler. Çevrelerindeki insanları mutlu ettikçe kendileri de mutlu olurlar. Toplumun ve yakınlarının onlardan bekledikleriyle, kendi beklentileri arasında çoğu zaman hiçbir çatışma yaşanmaz. Neden biliyor musun? Çünkü yalnızca başkalarının beklentilerine göre yaşarlar.

Bana kalırsa makul olan, kendi beklentilerimizi yok saymak değil, kendi beklentilerimizle insanların bizden beklentileri arasında bir denge yaratmaktır.

Hepimizin bildiği ve zaman zaman şahit olduğu senaryolardan gidelim. Bir baba, edebiyatla meşgul olmak isteyen ve kitap okumayı çok seven çocuğuna, "Neden edebiyatla ilgileniyorsun? Bu, geçimini sağlamana yardımcı olmaz! Avukat ol, doktor ol," diyebilir. Şimdi kendimizi o çocuğun yerine koyalım. Sevdiklerimizin beklentilerine göre hareket etmek belki onları sevindirecektir ama bizi de hayat boyu mutsuz kılacak bir mesleğe yönlendirebilir. Bu beklentilerin her zaman öyle çok sessiz yaşanmadığını da biliyoruz. Bazen dayatmaya dönüşebiliyorlar. Hayat bu dayatmalara karşı iç sesimizi dinlemeyi ve bazı zamanlarda toplumun bizden beklentilerine karşı dik durmayı gerektirir. Bununla beraber kendi iç sesimizin güvenilirliğinden de emin olmalıyız. O sesten emin oldukça dayatmaya dönüşen beklentiler karşısında bile özgüvenli bir duruş sergileyebiliriz.

> Makul olan, kendi beklentilerimizi yok saymak değil, kendi beklentilerimizle insanların bizden beklentileri arasında bir denge yaratmaktır.

Daha inceltilmiş örnekler de var. Bir evlat olarak sosyoloji doktorası yapmak istiyorsunuz ama aileniz hukuk doktorası yapmanızı istiyor. Annenizi ve babanızı karşınıza alıp, "Benim mutsuz olmamı ister misiniz? Sırf siz istediğiniz için avukat olsam belki mesleğimde verimsiz bir avukat olacağım ve mutsuz yaşayacağım," demelisiniz. Size dair beklentileri anlayıp sorgulamalı ve ortak bir payda bulmaya çalışmalısınız. Asla rest çekmeden, kendilerini sizin yerinize koymayı deneyebilecekleri bir empati diliyle fikirlerini değiştirmeye çalışmalısınız. Kendi tutkularınız için buna mecbursunuz.

Gel bir de başka bir açıdan bakalım. İlla meslek dayatmak gibi yaşamsal konulardan konuşmaya gerek yok. Biliyorsun, televizyon programım için Anadolu'yu epey dolaştım. Bu dönemde önüme yağsız ve kuru yemekler koyan sayısız usta, şef ve işletmeciyle karşılaştım. Bu kişiler bana bir rol biçmiş ve beğenilerimi o role göre kafalarında çizmişlerdi. "Hem İstanbul'dan gelmiş hem de gurme adam, yağlı yemek yer mi şimdi bu!" yanılgısıyla hareket ediyorlardı. Çünkü kim olduğumu, nelerden zevk aldığımı düşünmek yerine beni zihinlerinde ezber bir kalıba oturtmak onlar için daha kolaydı. Bana bir rol yakıştırıyorlardı ve kafalarında biçtikleri o role göre muamele ediyorlardı.

Yine yemek eleştirmenliğinden gidelim. Popüler bir eleştirmenseniz, sizden herkesin yediği yemekleri yememenizi, yalnızca köfte ve döner eleştirmenizi bekliyorlar. Bu konuda toplumun benden beklentileri yerine çoğu zaman kendi ilgilerimin peşinden gittiğimi ve bunun bana çok iyi geldiğini söyleyebilirim.

Biliyorsun; gastronomi alanındaki çalışmalarımla, yemek eleştirmeni olarak tanınan biriyim. Bir derginin benden yazı yazmamı istediğini düşünelim, yüksek ihtimalle Türkiye'deki lokantaları değerlendirmemi bekleyecekler. Oysa aynı dönemde sinema tarihi üzerine çalışıp filmler hakkında yazmak istediğimi varsayalım. Başkaları size dair, kimliğiniz üzerinden oluşmuş beklentilere göre hareket ederken ne istediğinizi onlara baştan söylemeniz gerekiyor.

Temelini sağlama aldığımız stratejilerle, bize dayatılan rollerin dışına çıkıp bambaşka işlerin peşinde koşabiliriz.

> Yapacağımız radikal değişimler ve alacağımız kararlar çevremizi değiştirmemizi bile gerektirebilir. Çünkü hayatımıza dair risk aldıkça en yakınımızdaki insanların bile bize yeteri kadar inanmadığı gerçeğiyle yüzleşebiliriz.

Örneğin işinden sıkılmış bir bankacıysanız doğru bir stratejiyle Kaz Dağları'nda butik otel işletmeye karar verebilmeniz mümkündür. Nitekim bunun benzeri birçok örnek günden güne hayatımıza daha çok giriyor. Dahası bu radikal değişimler ve kararlar çevremizi değiştirmemizi bile gerektirebilir. Fiziki çevreden değil, yakınlarımızdan bahsediyorum. Neden dersin? Çünkü hayatımıza dair risk aldıkça en yakınımızdaki insanların bile bize yeteri kadar inanmadığı gerçeğiyle yüzleşebiliriz.

Zaman içinde kendi yaşamım üzerinden rollerimi ve bana dair beklentileri tekrar tanımladım. Giderek kendi kişiliğimi, istek ve beklentilerimi ön planda tutmaya çalıştım. İç sesimle daha az çeliştiğim bir alana doğru yaşamımı yönlendirdim.

Okurlara önerimdir: Daha sonra çözülür diyerek isteklerinizi ve düşüncelerinizi asla ertelemeyin. Benim sinema alanında çalışmak istemem gibi, sizin de hayatınızda insanların sizden beklentilerine uzak düşen yenilik arayışlarınız olabilir. Böyle risk anlarında kaygılarınızı ve heveslerinizi baştan belirtin. Sizden beklenilene uyum göstermek yerine yapmak istediğinizin cesurca peşinden gidin. Risk, beklenti oluşturmadığınız bir alanda, insanları kendinize inandırmayı başarmaktır. Bu da ancak özgüvenle ve tutarlı hareket etmenizle mümkün olabilir.

Mutsuzluğun temelinde gerekli anlarda "Hayır!" demeyi bilmemenin pişmanlığı mı yatıyor?

Başkalarını mutsuz edeceğimizi düşünerek kendi istek ve heveslerimize sırt çeviriyoruz. Pişmanlıkla gelen mutsuzluğun asıl sebebi bu. Yürütemediğimiz ilişkilerimizi kesip atamıyoruz. Evlilikler örneğin; çocuk sahibi olduğu için boşanamayan ve huzursuz ilişkileriyle çocuklarını yıllarca hırpalayan sayısız aile gözlemliyorum.

O çocuklar, ebeveynlerinin kendileri için istemeyerek sürdürdükleri beraberliklerde, mutsuzluğa şahit olarak büyüyor; büyürken yaralanıyor, büyüyünce de başkalarını yaralıyorlar.

Kesinlikle. Mutsuzluğumuzun en büyük sebebi devamlı başkalarına uyum göstermeye çalışmaktır. İlişkilerde nerede taviz verip nerede vermeyeceğinizi başkaları değil, siz belirlemelisiniz. Sözgelimi sen ve ben sinema seven iki arkadaşız. Senin Ken Loach sinemasını çok sevdiğini biliyorum. Ben de Michelangelo Antonioni'nin filmlerini severim. "Haydi bir film seyredelim!" desek, canım Antonioni istese bile seninle Loach filmi seyretmem makul bir tavizdir. Ortak bir zevk üzerinden birbirimize uyum gösterebiliriz.

Ama burada meselemiz sınırdır. Soru da şu: Tavizin sınırını nereye çekeceğiz? Örneğin kendini iyi hissetmeyen bir arkadaşımın çat kapı evime gelmesi, benden o an her şeyi bırakıp dertlerine çözüm üretmemi beklemesi kendimden ciddi bir ödün vermemi istemesi anlamına da gelir. Bunu asla yapmam, çünkü planlı olmayı severim. Planlılık benim hayata dair önem verdiğim prensiplerimden biridir. Aynı şey benim başıma gelse, yani kendimi baş edemediğim sorunların içinde çaresiz hissetsem ve yardım arayışına girişsem sana önce telefon ederim. "Nurhak yarın uygunsan görüşebilir miyiz? Sana anlatacaklarım var," derim. Bu prensip benim için son derece önemlidir. Kendi adıma, planlılık prensibimin yakın çevrem tarafından algılanması ve bu tavrıma saygı duyulması kişiliğimin de kabul gördüğü anlamına gelir. Sağlıklı ilişkiler içinde olduğumu düşünürüm.

Bazen yanlış algılanacak olsanız da bencil gözükmeyi göze almak mı gerekiyor?

Konu kırmızı çizgilerden ibaret. Hayata dair beklentilerinize karşı başkalarından saygı beklemek bazen o başkalarına sizi egoist gösterse bile ilişkilerinizde kırmızı çizgilerinizi baştan çekin. Aksi hâlde size rahatsızlık veren davranışlar dünyanıza dönüşebilir. Siz, "Hayır!" demeyi öğrenmedikçe kendini gerçekleştirememenin huzursuzluğuyla hayatınıza mutsuz devam edebilirsiniz.

Anlattıklarınız, başkalarının istekleri yerine kendi isteklerimizi tercih etmemizin bencillik değil, özerklik olduğunu gösteriyor.

Hayata dair beklentilerinize karşı başkalarından saygı beklemek bazen o başkalarına sizi egoist gösterse bile ilişkilerinizde kırmızı çizgilerinizi baştan çekin. Aksi hâlde size rahatsızlık veren davranışlar dünyanıza dönüşebilir. Siz, "Hayır!" demeyi öğrenmedikçe kendini gerçekleştirememenin huzursuzluğuyla hayatınıza mutsuz devam edebilirsiniz.

Çok doğru ifade ettin. Örneğin, "Bana Amerika'dan gelirken falanca ilacı getirebilir misin? Türkiye'de bulunmuyor," diyorlar; "Tabii ki," diyorum. Çünkü konu sağlıksa yakın çevremiz için yapabileceklerimizi taviz olarak düşünmemek gerekir. Ama yurt dışından döneceğimi bilen bir başkası, bavulumda yer olup olmadığını sorma nezaketine bile girişmeden, benden golf sopası ve cep telefonu isteyebiliyor.

Türkiye'de olduğumu düşünelim: Bir yere yemeğe davet ediyorlar ve kabul ediyorum. Yemekten hemen sonra, "İşletmemizi Instagram hesabınızda paylaşabilir misiniz? Bu yemeği şu şu şu tarihlerde üç kere daha tekrarlayabilir miyiz?" türünden ek isteklerle karşılaşıyorum. İşte bu; düşüncesizlik değil, istismardır. İstek değil, bencilliktir.

Ancak böyle anlarda tepki gösterdiğinizde size kendinizi suçlu ve kötü hissettirmeye çalışıyorlar. Karşı tarafın beklentilerine cevap vermediğinizde durumu kişiselleştiriyorlar.

İstekleri gerçekleşmediğinde zorbalaşan insanların saldırganlığından bahsediyorsunuz.

Mesela, "Vedat seni arkadaş sanıyorduk, amma da egoistmişsin!" diyebiliyorlar. Siz suçlandığınızı düşünerek kötü hissediyor ve kendinizi savunmaya çabalıyorsunuz. Ben artık konuyu uzatmadan hemen suçlamayı kabul ediyorum. "Evet, ben çok egoist bir insanım ve bunu istiyorum. Sorun var mı?" diyorum. Çünkü kendi bencilliğinin farkında olmadan sizi istismar eden insanların arasında yaşamak bazen bu katılıkta sınırlar çizmenizi gerektiriyor ve sizi istismar edenler siz kendinizi savundukça bencilliği kendilerinde hak görmeye devam ediyorlar.

İhtiyaçlar etrafında bir araya gelmekle gerçek bir ilişkiyi nasıl ayırt edebiliriz?

Size yaklaşırken sizden çok kendini düşünene, kararlarınıza saygı duymadan kendi kararlarına göre hareket edene hiç düşünmeden sınır çizerek. Sınırladığınız dostluk değil, çıkar ilişkisi olacaktır. Size duyulan; hayal kırıklığının öfkesi değil, menfaatlerine karşılık bulamamanın ihtiraslı bencilliğidir.

"Gün gelir, yaptığın yardım görevin olur," sözü aklıma geldi.

Güzel söz! Bu söylediğin bana trajikomik bir anımı hatırlattı: Orta ikiye giderken okulumu değiştirmiştim. Saint Michel Fransız Lisesi'nden Galatasaray Lisesi'ne geçiş yapmıştım. Neticede orada yeni bir çevreye giriyordum. Yaşıtlarıyla güzel arkadaşlıklar kurmak isteyen, iyi niyetli, kaygısız bir çocuktum. Bir de yatılı kalan öğrencilere nazaran daha korunaklı yetişmiştim ve hayat konusunda onlar kadar deneyimli değildim. Herkesi mutlu etmek, iyi ilişkiler kurmak, kabul görmek istiyordum. Arkadaşlarımın isteklerini kendi isteklerimden daha çok önemserdim.

O yıllarda taze portakal suyunu çok sevdiğimi ve okula giderken babaannem Handan Milor'un her sabah çantama bir şişe portakal suyu koyduğunu hatırlıyorum. Portakal suyunu arkadaşlarımla paylaşmaya başladım, çünkü sevdiğim bir içeceği insanlarla bölüşmek bana iyi geliyordu. Çok zaman geçmemişti ki okula portakal suyu götürmek seçimim değil, görevim oldu. Her gün sayıları giderek artan arkadaşım portakal suyu için yanıma geliyordu. Önce şişeler iki oldu, sonra üç, sonra dört. Her sabah çantamda dört şişe portakal suyunun ağırlığıyla okula gidiyordum, yine de kimse yetinmiyordu. Bir gün portakal suyumu paylaşmadığım öğrenciler tarafından hakarete uğradım ve tartaklandım. Bu olay çocuk yaşta bir aydınlanma yaşamama sebep oldu. Okuldaki öğrenciler beni, ben ise farkında olmadan babaannemi istismar ediyordum. Altmış yaşındaki babaannem, ben insanlara sınır çizemediğim için, bir tostçu gibi her sabah bir saat portakal

> Size yaklaşırken sizden çok kendini düşünene, kararlarınıza saygı duymadan kendi kararlarına göre hareket edene hiç düşünmeden sınır koyun. Sınırladığınız dostluk değil, çıkar ilişkisi olacaktır. Size duyulan; hayal kırıklığının öfkesi değil, menfaatlerine karşılık bulamamanın ihtiraslı bencilliğidir.

sıkar olmuştu. Herkesi memnun edeyim derken kimseyi memnun edemeyeceğimi işte ilk kez o zaman fark ettim.

Peki, size göre taviz hangi zamanlarda insana, "Bana bir faydası olmasa da iyi ki böyle yapmışım," dedirtebilir?

İş büyük seçimlere geldiği zaman kendi doğrularımızı yapmak önemlidir. Örneğin ailenin istediği kişiyle evlenirsen, sevdiklerinin yapmanı istediği işi seçersen, bir de üzerine mutsuz olursan sana kimse acımaz. O aklı verenleri ara ki bulasın. O noktada kendi istediğini yapacaksın. Fakat hayatta birçok şey var ki birtakım tavizler vermeniz gerekiyor. Aksi takdirde kimseyle bir şey yapamazsınız ve yalnız olursunuz.

"Uyum gösterin ama uzlaşmayın," mı demek istiyorsunuz?

Tam olarak! Çünkü uzlaşmakta kendini yok saymak ve anlaşmaya oturmak vardır. Uyum ise kendiliğin dönüşümüdür. Kimse yalnız olmak istemez, bu yüzden yeri geldiğinde uyum göstermeniz gerekir. Burada ne zaman ve ne için taviz verildiği çok önemli. Belli bir şeyi yapmak istemesem de sevdiklerimi mutlu etmek için taviz verdiğim zamanlar oluyor. Özellikle aileyle ilgili konularda bunu yaşıyorum. Kızım lise orkestrasındayken konserler veriyorlardı ve o konserlerden hiç zevk almıyordum. Çünkü orta düzey oluyordu ve koltuklar çok rahatsızdı. Genellikle de ayakta kalıyorduk. Ancak eşimi ve kızımı mutlu etmek için o konsere gidiyordum. Gitmezsem çok mutsuz olacaklarını biliyordum. Seviyormuş, beğeniyormuş, hoşlanıyormuş gibi yapıyordum.

> Uzlaşmakta kendini yok saymak ve anlaşmaya oturmak vardır. Uyum ise kendiliğin dönüşümüdür.

Bazı yemeklerde de benzer bir durumu yaşıyorum. Bazen eski mahalle ya da lise arkadaşlarımla buluşuyoruz. Yemek için seçtikleri yer benim ilk seçimim olmuyor ama gidiyorum. Onlarla birlikte olduğum için mutlu da oluyorum. Sorduklarında beğenip beğenmediğimi söylüyorum ama beğenmesem de bir tavır alıp onları mutsuz etmiyorum. Bu durumlarda taviz vermezsek sosyal hayatımız negatif olarak etkilenir, hem de surat asıp diğerlerini huzursuz ederiz.

Öyle durumlar var ki Nurhak, günah keçisi olmayı dahi göze alıyorum. Şarap benim için çok önemli. Özellikle yurt dışında arkadaşlarla yemekteyken benim asla seçmeyeceğim bir şarabı seçiyorlar. Mesela istedikleri bana göre beş para etmez ama yüksek skorlu bir şarap oluyor ya da çok ucuz, keyif almayacağım şarapları seçiyorlar. Ben listedeki şahsiyetli şarapları hemen seçerim ama insanlar onu istemeyebiliyor. İşte ben de daha iyi bir şarap varken kötüsünü içmek durumunda bırakıldığımda gerçekten çok mutsuz oluyorum ve surat asıyorum. Bu da insanlara yansıyor. Şarap tercihini ben yaptığımda onlar mutsuz oluyorsa bu sefer de kendimi suçlu hissediyorum. Bu yüzden yakın arkadaşlarım hariç tanımadığım insanlarla yemeğe çıkmaktan hoşlanmıyorum.

Sinema da benim için çok önemli. Kötü film izlemek için hayat çok kısa. Arkadaşlarımla önce film izleme, sonra lokantada yemek yeme planımız varsa ve ben seçtikleri filmi izlemek istemiyorsam, "Arkadaşlar ben lokantaya gelirim," diyorum. İzlediğim film entelektüel olarak beni stimüle etmeli, üzerine düşünebilmeli ve konuşabilmeliyim.

Aynı şekilde kahve ve müzik eşliğinde yaptığım sabah okumaları benim için çok kıymetli. Bu sırada yanıma biri gelince ve benimle konuşmaya çalışınca önemli bir vaktimi çalmış oluyor. Cuma namazına gidecek birini lafa tutarsan geç kalır ya, bu da onun gibi bir şey. Başkaları bu tercihlerim hakkında, "Bu da ne biçim adammış, burnu büyükmüş!" deseler de umurumda değil. "Şu anda gazetemi okuyorum, isterseniz kırk beş dakika sonra konuşalım," diyorum.

Futbol seyretmeyi çok sevdiğimi biliyorsun. Entelektüeller arasında, "Futbol bir uyuşturucudur. Entelektüel boyutu yoktur," diyen bazı ukalalar oluyor. Kardeşim, ben ondan zevk alıyorum ve o anda teori duymak istemiyorum. Ayrıca futbol diğer sporlar gibi entelektüel bir oyun bence. Strateji gerektiriyor ve derinliği var. Bu yüzden futbolu da yalnız seyretmeyi tercih ediyorum.

Buradaki en önemli nokta, her zaman kendi önceliklerimizin söz konusu olmaması. Hepimiz sosyal birer hayvanız. Önceliklerimizi seçmemiz gerekiyor. Dedim ya, istemediğim şeyleri yaptığım da oluyor. İstemediğim o şeyleri yapmazsam duyacağım pişmanlığın, en çok istediğimi yaparken duyacağım hazdan fazla olabileceğini de biliyorum. Bazı anlar böyledir, karar vermek gerekir. Herkes bu tip durumlara dair muhasebesini kendi yapmalı.

İKİNCİ BÖLÜM

İNSAN DÜNYAYA NASIL AÇILIR?

"Merak duyan bilginin peşinden gider, bilgi ise hareketle birleştiğinde hayatı anlamlı kılar. Her insandan öğrenilecek bir şeylerin olduğuna inanarak yaşıyorum. Değer verdiğim bir insanın bilgili olduğum bir konuda bana hak vermesindense ondan yeni bir şeyler öğrenmeyi yeğlerim."

Bu bölümde ipleri ele almaktan, harekete geçmekten konuşmak istiyorum. İnsanın kendinden beklenenlerle istekleri arasındaki dengeden söz ettiniz. Peki, insan kendini, kendi isteklerini nasıl gerçekleştirebilir?

Yapmak gereken evvela kişisel alanı güçlü kılmaktır. Bunu anlatabilmek için biraz dolaylı olacak ama önce toplumsal bir meseleden başlamak isterim. Anne ve baba olarak önceliklerimiz çoğu zaman çocuklarımızın önceliklerinden çok farklı ve nesiller arasındaki uyumsuzluk günden güne artıyor. Yaşlı insanların, gençlerin önceliklerini anlayıp dünyayı onların gözünden görmeleri, onlarla empati kurmaları çok zor. Bunu genellikle başaramıyorlar ve çocuklar zor durumda kalıyor. Ben de önceliklerimin anlaşılmadığı bir ailede yetiştim. Annem ve babamın kendi dert ve öncelikleri her zaman benimkilere baskın geliyordu ve çocuklarıyla pek ilgili oldukları söylenemezdi.

Bu sebeple babaannem ve dedemle büyüdüm ama genç yaşımda ikisi de vefat etti. Ben de yine yalnız kaldım.

Ama neticede insan her zaman kendisiyle beraberdir. Erişkinlik yaşına yaklaşan gençlere, kendi geçmişime ve gözlemlerime dayanarak kişisel alanlarını güçlü kılmayı tavsiye ediyorum. İnsan, rolleriyle olduğu kadar, hobi ve ilgi alanlarıyla da anlam kazanır. Hepimiz rutin işler yapmaya mecbur olabiliriz ama başkalarının beklentilerine göre yaşayarak robotlaşmak yerine kendi ayrıcalıklarımızı ve yetenekli olduğumuz alanları keşfetmemiz gerekiyor. Bunun da ilk ve en önemli yolu hobilerimizi bulmaktır. Artık çok geç diye düşünmeden, bugünü ve yapabileceklerimizi göz önünde bulundurarak ilgi duyduğumuz alanlarda harekete geçmeliyiz. Yeni yerleri ve tatları keşfetmek de hobiye girer; pul koleksiyonu yapmak, at binmek, yeni arkadaşlıklar kurabileceğiniz sosyal kulüplere üye olmak da. İlgili olduğunuz alanlar üzerine düşünerek yola koyulun, o alanları tespit edin ve harekete geçin. Bireyselliğimizi korumak, gazeteci yazar Metin Münir'in tabiriyle kütlenin parçası olmamak için ruhumuza iyi gelecek hobiler edinmemiz gerekiyor. Maruz bırakıldığımız düşünce ve olaylardan sıyrılmak içinse özerklik alanımızı genişletmemiz gerekli.

İnsan, rolleriyle olduğu kadar, hobi ve ilgi alanlarıyla da anlam kazanır. Hepimiz rutin işler yapmaya mecbur olabiliriz ama başkalarının beklentilerine göre yaşayarak robotlaşmak yerine, artık çok geç diye düşünmeden, kendi ayrıcalıklarımızı ve yetenekli olduğumuz alanları keşfetmemiz gerekiyor.

Sizin özerkliğinizi oluşturan hobileriniz nelerdi?

Geçmişte en çok keyif aldığım hobim tenis oynamaktı. Tenisin, spor yapmak dışında hayatıma büyük katkıları olduğunu söyleyebilirim. Elime raket aldıkça iyi hissediyordum.

Başarılı sayılabilecek bir oyuncuydum ve teniste iyi olmamı sağlayan en önemli motivasyon her zaman kendimden daha iyilerle oynamaktı. Kendimden düşük performansta bir oyuncuyla oynadığımda bariz farklarla galibiyet alsam da yerimde saydığımı fark etmiştim. Kendimden iyilerle oynadığımda açık ara yenilsem de, rekabet duygumun ortaya çıkardığı çabayla, kısa zamanda onların seviyesine yükselebiliyordum. Tenis sayesinde farkına varıp yaşamımın her alanına yaydığım bu durum her zaman alanlarında verimli insanlarla iletişimde olmamı ve yüksek hedeflerle hayata bağlanmamı sağladı.

Bilgiye yaklaşımınız da böyle sanırım. "Herkesle konuşmayı bilmek gerekir," demiştiniz. Sizden daha iyi tenis oynayanlarla mücadele ederek kendinizi geliştirdiğiniz gibi sizden farklı bilgileri olanlarla da bir araya gelmeye çalıştığınızı tahmin ediyorum.

Çok doğru. Çocukken bana, "Sorgu yargıcı olman gerekir," derlerdi. İyi soru sormayı, yaşınız kaç olursa olsun her zaman meraklı olmayı bilmek lazım. Merak duyan bilginin peşinden gider, bilgi ise hareketle birleştiğinde hayatı anlamlı kılar. Her insandan öğrenilecek bir şeylerin olduğuna inanarak yaşıyorum. Değer verdiğim bir insanın bilgili olduğum bir konuda bana hak vermesindense ondan yeni bir şeyler öğrenmeyi yeğlerim. Bir futbolcuysa karşımdaki, futbol piyasasında nelerin döndüğünü sorgularım; bir sinemacıyla oturuyorsam son yılların parlayan yönetmen ve filmlerini sorarım. Başkalarının bilgileriyle varlığını sürdüren ve kendini geliştiren canlılar olarak, en azından doğru insanlardan doğru bilgileri alma yoluna girebiliriz. İnandığımız doğruları sürekli başkalarına tekrar etmek yerine kime ne soracağımızı bilmeliyiz.

Eşimle İtalya seyahatindeyken bir butiğe girmiştik. Linda kıyafetleri denerken Moldovalı bir tezgâhtar eşime yardımcı oluyordu. Alışveriş esnasında sohbet ederken o dönem ilgili olduğum mülteciler konusunda belki de en hatırı sayılır bilgileri o genç kızdan edindiğimi hatırlıyorum. Moldovalı tezgâhtar, kendi hayatı üzerinden, İtalya'daki mültecilerin sorunlarına dair birçok önemli anekdotu bizimle paylaşmıştı. O gün o alışveriş esnasında tesadüfen edindiğim bilgileri kitaplarda, gazetelerde ya da akademik makalelerde bulamazdım.

İşte bu yüzden anadilimiz dışında lisanlar bilmek bugün yaşadığımız dünya için olmazsa olmazımızdır. Dünyaya evrensel bir duyguyla adapte olmak adına bilhassa yabancı basını takip etmeli, gezegenimizde neler olup bittiğini farklı kaynaklardan bilgileri kıyaslayarak öğrenmeliyiz. Ülkemiz bilgi ekosistemi açısından dünyanın epey gerisinde ve çoğu zaman manipüle edilmiş kirli bilgilerin ortasında doğruyu ve gerçeği arama savaşı veriyoruz. Yine birçok akademik alanda yerli bilgi kaynağımız kısıtlı; dünyanın bütünüyle değil, yalnızca yaşadığımız yerle iletişimde olduğumuzda, çaresi yok, çağın gerisinde kalıyoruz. Bu yüzden başta İngilizce olmak üzere anadilimiz dışında konuşmak, yazmak ve okumak artık bir ayrışma unsuru değil; hepimiz için bir zorunluluk hâline geldi.

Ama elbette her şeyden önce meraklı olmak gerekir. Merak en iyi öğrenme motivasyonudur. Lisedeyken beni hayata bağlayan üç merakım vardı. Elimden ping pong raketini düşürmezdim, dünya sinemasından yeni filmler için Sinematek'e giderdim ve çok fazla kitap okurdum. Çehov'u, Dostoyevski'yi ve Balzac'ı o dönemlerde dedemin hediye ettiği kitaplardan okudum. Yine aynı dönemde birçok

Anadilimiz dışında lisanlar bilmek bugün yaşadığımız dünya için olmazsa olmazımızdır. Dünyaya evrensel bir duyguyla adapte olmak adına bilhassa yabancı basını takip etmeli, gezegenimizde neler olup bittiğini farklı kaynaklardan bilgileri kıyaslayarak öğrenmeliyiz.

önemli yönetmenin bugün klasik olarak kabul edilen filmlerini seyretme şansı buldum. Özellikle klasik sinemayı bilmenin ve dünya klasiklerini okumanın, insanı ve hayatı anlama çabamız içinde bize en büyük yardımcılar olduğunu düşünüyorum.

Nitelikli öğrenme, yani insanın kendi kendini yetiştirme arzusu nerede ve nasıl başlar?

İnsanın öğrenmesi için her şeyden önce kendine güvenmesi, kendini değer verilen biri olarak görmesi lazım. Kökleri çocukluğa ve aile yaşantısına uzanan bir süreçten bahsediyorum. Hal Hartley'nin *Trust* filminde görmüştüm: Erkek karakter kız arkadaşına, "Aile silah gibidir, bazen insanın yüzünde patlar," diyordu. Aileden gelen eğitim toplumumuzdaki birçok sorunun kaynağıdır. Mutsuzluk endeksinde ülkemiz ilk sıralarda yer alıyor. Neden? Çünkü öfkemiz çok, değer görmemişiz ve birçoğumuz yaptığımız işi sevmiyor.

Dil bilmekten, dünyayı merak etmekten, yabancı basını takip etmekten söz etmişken... Sohbetimizin önceki bir bölümünde gazete okurken rahatsız edilmeyi hiç sevmediğinizi de söylemiştiniz. Demek ki iyi bir gazete okuyucususunuz. Neler okuyorsunuz? Nasıl okuyorsunuz? Genç nesillerin yazılı basınla iletişimi giderek azalmışken sizin neden ısrarla gazete okumayı tercih ettiğinizi merak ediyorum.

Her sabah gevşemek için kahve içerken *The New York Times*, *The Guardian* gibi iyi bir gazete okumayı çok severim. İyi bir gazete okumayan kişinin de çok şey kaybettiğini düşünürüm. Ama dedim ya, iyi gazetelerden bahsediyorum. Ülkemizde durum biraz sıkıntılı. Bunun ilk nedeni malum, yandaş basın meselesi var. İkincisi de içerik. Bizde iyi analiz yerine endoktrinasyon söz konusu. Hâlbuki ciddi gazetecilik analiz demektir, analiz yeteneği demektir, bir konuya çok farklı açılardan yaklaşmak demektir.

Gazete okuduğunuz zaman üzerinde otorite olamayacağınız ama okuyunca anladığınız konularda ciddi fikir sahibi oluyorsunuz. Çünkü iyi gazetelerin, ABD'de *The New York Times*'ın, İngiltere'de *The Guardian*'ın ya da Fransa'da *Le Monde*'un ortak tarafı yazanların kalitesi ve sizin düşünemeyeceğiniz şeyleri bilmeleri, söylemeleri, analiz etmeleridir.

Bugün okuduğum bir yazıdan örnek vereyim; Fransızların COVID-19'a karşı aşılanmak konusunda neden tedirgin olduğunu, nüfusun yarıya yakın kısmının neden aşı olmak istemediğini analiz ediyor. Şimdi bana niye diye sorsalar ya fikrim yoktur ya da belki ortalama bir şey söylerim ama gerçek nedeni detaylarıyla bilemem. Yazıyı okuyunca anlıyorsunuz. Çok güzel tarihsel nedenleri var. Örneğin ülkede on dokuzuncu yüzyıldan beri aşı karşıtlığı olduğunu okuyorsunuz. Kuduz aşısını geliştiren meşhur Louis Pasteur'e de karşı çıkıldığını öğreniyorsunuz. Birçok önemli doktor da bu itiraz edenlere dâhil; Pasteur'ün aşısının iyi gelmediğini, bilakis kuduz yaptığını söylüyorlar örneğin. Demek ki daha o zamandan beri aşılar karşısında böyle tutum almış insanlar var. İkincisi, 1994'te hükümetin yaptığı büyük bir hata... Hepatit B konusunda hükümet önce, "Herkes aşı olmalı," diyor. Sonra sağlık bakanı değişiyor ve yeni bakan, "Aşıya gerek yok," diyor. İnsanların kafası karışıyor. Aşı yaptıranlar, "Biz hata mı ettik?" diye soruyor bu sefer. Derken 2009'daki domuz gribi geliyor. Orada da aşının bir "çok şart" olduğunu söylüyorlar, bir "gerekli" diyorlar. Nüfusun yüzde dokuzu aşı oluyor. Ama sonra, "Çocuklar aşı olmamalıydı. Çocuklar için ayrı aşı, yaşlılar için ayrı aşı lazım," deniyor. Neticede görülüyor ki domuz gribi aslında o kadar yaygın değil. Aslında aşıya hiç gerek yok. Yani sorun kendiliğinden halloluyor. Bütün bu hatalar sonucunda aşı konusunda Fransızlarda böyle bir güvensizlik doğmuş. Bunu nereden bileceksin?

Yine bugün ABD'de Trump ve Cumhuriyetçi Parti'nin hukuku nasıl ayaklar altına aldıkları hakkında bir yazı okudum. Bunu yazan da bir hukuk profesörü. Hiç tahmin etmeyeceğim küçük detayları öğrendim. Dediğim gibi ben bu iki konuda da uzman değilim ama şimdi ciddi bilgi sahibi oldum.

Bizdeki gazetelerde analize pek rastlanmadığı için gazete okuyan insanlar bile bilgi sahibi olmadan çok güçlü fikirlere sahip oluyorlar. Neticede aşırı politikleşme dediğim bir durum ortaya çıkıyor. İnsanlar hemen her şeyi genel büyük politika ile açıklıyorlar. Komplo teorilerine karşı savunmasız kalıyorlar. İpe sapa gelmez teorileri kolaylıkla benimseyebiliyorlar, çünkü bu teoriler bir nevi düşünce kolaylığı sağlıyor. Bu teorilere inanan kişilerin her konuda yaklaşımı bu kolaycılık, kalıpçılık oluyor. O insanı biraz tanıyıp bir on dakika konuştuktan sonra her konuda ne düşündüğünü ve ne diyeceğini anlıyorsunuz. Bu tip insanlar benim açımdan çok sıkıcı oluyorlar.

İnsanlar ipe sapa gelmez teorileri kolaylıkla benimseyebiliyorlar, çünkü bu teoriler bir nevi düşünce kolaylığı sağlıyor. Bu teorilere inanan kişilerin her konuda yaklaşımı bu kolaycılık, kalıpçılık oluyor. O insanı biraz tanıyıp bir on dakika konuştuktan sonra her konuda ne düşündüğünü ve ne diyeceğini anlıyorsunuz. Bu tip insanlar benim açımdan çok sıkıcı oluyorlar.

Bizim gibi bir ülkede, yani basının maalesef çok kontrol altına alındığı bir ülkede okusan bile bir çıkmaza giriyorsun. "O zaman ne gibi bir alternatif gösterebilirsiniz?" diye soracaksın, lisan bilmeyen biri için alternatif göstermemin çok zor olduğunu söylemeliyim. Lisan bilen birinin ise yabancı basını okuması şart. Ülke hakkında da ne olup bittiğini dışarıdan öğrenmek, kavramak daha kolay. Eğer yurt dışında yaşamıyor ya da lisan bilmiyorsan maalesef ikili bir tuzak içindesin. Ya okumayacaksın -onun da sayısız sakıncası var biliyorsun- ya da okuyacaksın fakat bu sefer de bir amigoya dönüşme riskini taşıyacaksın.

Çok önemli bir yetenekten mahrum kalmak anlamına geliyor bu. Dünyayı çok yönlü kavramak zorlaşıyor. Yanlış genellemeler yapmaktan kurtulmak zorlaşıyor. Genelleme konusunda son bir şey daha söylemek istiyorum: Yaşamak için hepimiz genellemeler yapıyoruz, kabul. Ama tartışmayı ilerleten, insanın bilgi dağarcığına yeni bir şey ekleyen mantıklı genellemeler var; bir de tam tersine düşünmeyi, eleştirel olmayı zorlaştıran, pencereleri dışarı kapayan ve kişiyi fasit bir daire içine sokan türde genellemeler var. Araştırmaya, analize gereken önemi veren, alanında üst düzey isimlerin yazdığı iyi gazetelerin kıtlığı bizi ikinci tip genellemelere hapsediyor. Türkiye'de araştıran, tartışan, kritik yapan gazetelerden mahrumuz.

Az önce hobilerden bahsetmiştik. İnsanın kişisel alanını geliştirmesi gerektiğini, kişinin ancak bu şekilde özerk olacağını söylemiştiniz. Gazetelerden de söz açılmışken belirtmeme izin verin: Siz tam da bu kişisel alanı sayesinde tanıdığımız birisiniz. Hobiniz hakkında yazmaya başladınız ve bugün buradasınız. Okurlara da ilham vermesi açısından sizi tanımamızı sağlayan yazı serüveninizden bahseder misiniz?

Hiçbir zaman gazete yazarlığından para kazanmayı düşünmedim. 2005 senesinde Koç Üniversitesi'nde ziyaretçi profesör olarak ders veriyordum. Aynı dönemde Boğaziçi Üniversitesi mezunlarına hitap eden *BUMED* dergisinde gastronomi üzerine yazılarım çıkıyordu. Şarap türleri ve İtalya seyahatim üzerine yazılar yayımlatmıştım. Hobisi olan mezunlara yazılar yazdırıyorlardı ve ben de herhangi bir para beklentim olmadan, zevk aldığım alanda yazmaya devam etmek istiyordum. Bir gün artık yazmamı istemediklerini söylediler ve bu duruma çok bozuldum. Türkiye'de gastronomi alanında çıkan yazılar da beni tatmin etmiyordu ve bu alandaki boşluğu günden güne daha çok fark ediyordum. Yine o sıralarda eGullet gibi gastronomi forumlarında da çok aktiftim.

O dönemde eski arkadaşım Sedat Ergin de *Milliyet* gazetesinin genel yayın yönetmenliğini yürütüyordu. Sedat'a yazılarımı yolladım. O ve *Milliyet Haftasonu* editörü Deniz Alphan yazılarımı beğenmiş olmalı ki öncelikle gazeteci Aslı Çakır'ı benimle bir röportaj yapması için yönlendirdiler. O röportajın üzerinden yıllar geçse de benimle yapılan en iyi röportajlardan biri olduğunu söyleyebilirim. Röportaj yayımlandıktan sonra epey ilgi gördü ve gazetede yazmaya başladım. Yazılarım için ciddi bir para ödemeyeceklerini ama lokanta masraflarını karşılayabileceklerini söylediler. İnsanların göstereceği ilgiyi pek tahmin etmeden tekliflerini kabul ettim. Aynı dönemde dermatolog arkadaşım Cengiz Yücel'e gazetede yazmaya başlayacağımdan bahsettim. "Oğlum seni kimse okumaz. Her yemeğe kötü diyeceksin, biliyorum. O kötü, bu kötü dersen insanlar sıkılır," diyerek beni uyardı. Haklıydı da... Bu yerinde uyarıyı dikkate alarak değerlendirme sistemimi dünyaya göre değil, Türkiye'ye göre oluşturmaya karar verdim.

Bu süreçten kısa bir süre önce, Türkiye'de yazmaya karar verdiğim günlerde dayımı referans göstererek yakın dostu Mehmet Ali Birand'a ulaşmıştım. Mehmet Ali Birand bana, "Sizin aileden diplomat çıkar, bilim insanı çıkar ama popüler bir yazar çıkmaz. Çok farklısınız. Sana bir öğüt vereyim, bu işlere hiç bulaşma," demişti.

Yazılar yayımlanmaya başladıktan sonra henüz kısa bir süre geçmişti ki Sedat Ergin beni aradı. Olumsuz bir şeyler söyleyeceğini düşünerek telefonu açtığımda, "Trend olmaya başladın, yazılar harika gidiyor," dedi. Çok şaşırmış, gördüğüm ilgi karşısında mutlu olmuştum. Çünkü maddi bir gelirim olmasa da sevdiğim bir hobimle sesimi duyuruyordum ve yazılarıma ilgi gösterenlerin sayısı günden güne artıyordu.

2009 yılına kadar *Milliyet*'teki yazılarım devam etti ama para kazanmam söz konusu bile olmadı. Okuyucularımdan biri benimle tanışmak istediğini söyleyerek bana ulaştı ve "Ben de Galatasaray Lisesi'ndenim, yedi sekiz kuşak üstünden ağabeyinim," dedi. Doğuş Yayın Grubu'nda yöneticiymiş. Beni o dönem NTV'nin genel yayın yönetmeni Cem Aydın ile tanıştırdı. Cem Bey ile yaptığım toplantıda Görkem Yaşayan ve o sırada NTV program müdürlüğünü yapan Ömer Özgüner de vardı. Hiç unutmuyorum, randevuya giderken simsiyah giyinmiştim. Ömer toplantıda bana dönüp, "Vedat Bey'de tam bir mafya tipi var," dedi. Bölüm başı bana oldukça yüksek gelen bir meblağ teklif ettiler ve çok mutlu oldum. Deneme çekimi yaptık ve pilot bölüm tüm ekibin onayından geçti. Aynı dönemde çalıştığım üniversiteden devamlı izin alıyordum. Televizyon programım ise hiç de fena gitmiyordu. Artık geleceğim üzerine bir yol ayrımındaydım ve kariyer tercihim konusunda kararsız kalmıştım. Eşim Linda hemen yardımıma koşarak bir araştırma yaptı: Edindiği bilgilere göre en başarılı televizyon programları ortalama sekiz yıl sürüyormuş. İlginçtir, benim programım da tam sekiz yıl sürdü.

> Tahmin edilenin aksine televizyon programlarımda yemek yemenin o kadar da ilgimi çekmiyordu. Kısa zaman içinde çok yere gidiyor, az az yiyordum ve sürekli kameraların karşısındaydım. Âdeta bir maraton gibiydi.

Bu arada bir itirafta bulunacak olursam, tahmin edilenin aksine televizyon programlarımda yemek yemenin o kadar da ilgimi çekmediğini söyleyebilirim. Çekimleri hızlı bitirmek için kısa zaman içinde çok yere gidiyor, az az yiyordum ve sürekli kameraların karşısındaydım. Âdeta bir maraton gibiydi. Çünkü siz yemek yerken kamerada bir sorun çıkabiliyor, ışıklar ayarlanıyor, tam çekimin ortasında başka bir sorun daha çıkabiliyordu. Örneğin ezan başlıyor ve mecburen çekimi durduruyordunuz. Bu yüzden aksi düşünülse de çekim esnasında yemek yemek çok da keyifli değildir.

Bana yemekten daha çok haz veren; değişik yerlere gitmek, ilginç insanlarla tanışıp sohbet etmekti. Bir sosyolog olarak araştırma alanım genişlemişti. Sosyal ağım epey gelişmişti. Önceki hayatımda, bilhassa Amerika'da, daha izole yaşıyordum. Televizyon programından sonra ise farklı kültürlerden birçok insanla tanıştım ve hayatlarına sahici bir temasla girme fırsatım oldu. Akademide çalışırken de bunu yapabildiğimi zannediyordum ama Georgia Tech'teki Kamu Yönetimi Bölümü'nde hayal kırıklığına uğramıştım. Olaylara ve durumlara hümanist bir çerçeveden değil, daha çok mühendislik bakış açısıyla yaklaşılıyordu. Gastronomi programım sayesinde sosyoloji hobimi beslemeye ve geliştirmeye başladım ve fark ettiğim şuydu: Sevdiği işi yapan insan sevmediği işi yapan insana göre daha az para kazanabilir ama bir şekilde geçimini sürdürebiliyorsa daha mutlu olacağı kesindir.

Televizyonda ilk defa yapılan bir program değildi, gazetede ilk defa yemek yazıları da yazılmıyordu. Siz nelere önem verdiniz de bir fark yarattınız?

Bir öğretmen olduğunuzu düşünün: Dersine girdiğiniz öğrenciler sıkılırsa siz de sıkılırsınız. Siz sıkılırsanız onlar da sıkılır. Ben önceliği iyi bir program çıkarmaya veriyordum ve fark yaratmaya çalışıyordum. İnsanlara göstermeye çalıştığım; gastronominin yalnızca yemek yemekten ibaret olmadığı, farklı kültürlere ve kesimlere açılan bir pencere ve yaşam tarzı olarak da değerlendirilebileceğiydi.

Bu durumu zamanla misyon edindim. Gastronomi zevkimi zaten eşimle seyahate çıktığımda besliyordum. O yüzden program odaklı mesleki seyahatlerimde kalabalıkla yemek yemek istemezdim. Beni tanıyan yerlere gitmiyordum.

Şunu belirtmeme izin ver sevgili Nurhak; sosyoloji farklı yaşam tarzlarını anlamanın, mukayese etmenin ve bunun sonucunda kendine geri dönüp nerede olduğunu ve neyi temsil ettiğini anlamanın bilimsel bir aracıdır. O dönemde insanların benim aracılığımla gastronomiye ilgi göstermesi beni mutlu ediyordu. Ben de üretmekten mutlu olduğum alan aracılığıyla giderek daha çok benimsendiğimi hissediyordum.

Esnaftan memura, işçiden simit satan çocuğa kadar pek çok farklı kesimden, farklı yaşam tarzlarından, politik görüşlerden insanlar beni benimsedi. İlgi ve sevgi gösterdiler. Bu da yaptığım işe şevkimi daha da artırdı. Yediğim güzel bir dolma ya da yahninin çok daha ötesinde, dolma ya da yahniyi gerekçe göstererek ülkemizin tarımı üzerine konuşabiliyordum. Ya da örneğin ata tohumu konusunu dile getirebiliyordum. Giderek sosyal, kültürel ve biraz da politik bir misyonum oluştu. Bu misyonun gerekliliklerini hakkıyla yerine getirmeye çalışıyordum. Geçmişte sosyoloji hocası olarak dar bir kesime ulaşabilmiştim. Televizyon programı sayesinde ise çok daha geniş kitlelere hitap edebildim. Kamusal, entelektüel bir sosyolog hâline geldim. Bu bana büyük zevk verdi, çünkü her sosyal bilimcinin hayali budur.

Geçmişte sosyoloji hocası olarak dar bir kesime ulaşabilmiştim. Televizyon programı sayesinde ise çok daha geniş kitlelere hitap edebildim. Kamusal, entelektüel bir sosyolog hâline geldim. Bu bana büyük zevk verdi, çünkü her sosyal bilimcinin hayali budur.

Peki, bir sosyal bilimci olarak ilkeleriniz televizyonda program yapmanın gerekleriyle çatıştı mı? Böyle bir çatışmada nasıl konum aldınız?

Gazete yazarlığı ve televizyon programcılığına başlamadan önce kendime birtakım kırmızı çizgiler belirlemiştim. Lokantalarla maddi ilişki kurmayacaktım, çok özel durumlar dışında bedava yemek yemeyi asla kabul etmeyecektim.

Şimdi Nurhak, çalışacağım alanlarda vereceğim en büyük taviz ne olabilirdi? Bence düşündüğümü söylememek olurdu. Duygusal nedenlerle ya da menfaatten dolayı söylememek ve yazmamak. Ben kimsenin beni manipüle etmesine izin vermemeyi, gerekirse maaş aldığım kurumun sahibinin lokantası da olsa kötüye kötü demeyi kafaya koymuştum. Başıma da geldi.

İlginçtir, NTV iş adamı Ferit Şahenk'e aitti ve Şahenk yeme-içme sektörüne hızlı bir giriş yapmıştı. Zuma Restoran Şahenk'indir örneğin. Restoranın mutfağını vasat bulduğum için çekinmeden, yapıcı bir dille eleştirdim. NTV'deki programımın bitebileceğini bile bile doğru bildiğimi yazmaktan çekinmedim. Nitekim düşündüğüm gibi oldu. Program müdürü olan hanım beni telefonla arayıp yazımdan çok rahatsız olduklarını söyledi. Arkasından da programı bitirdiler.

İlerleyen yıllarda Nusret, Etiler'de bir kebapçı açmıştı ve "Cumhuriyet tarihinin en iyi dönerini yaptım," demişti. Ben de "Ufak at da civcivler yesin," dedim. Ama elbette ki montajda bu sözlerimi kestiler. Ferit Şahenk'in başka bir lokantası için, "Bütün ürünlerimiz taze ve yöreseldir," tanıtımı yapılıyordu. Oysa ben menülerinde bulunan bir yemekte kullanılan yengecin dondurulmuş olduğunu ve Amerika'dan getirtildiğini öğrenmiştim. Şefe hiç çekinmeden, "Menüde yazdığınız yalan," dedim. Istakoz gibi kızaran yüzü hâlâ gözümün önünde.

Bir şey daha ekleyeyim. Yazılarımda ve programlarımda yemekte milliyetçiliğin olmaması gerektiğine inanıyor, ucuz popülizme asla girmemeye özen gösteriyordum. Manevi değil de maddi değeri varsa lokantacılardan hediye kabul etmiyordum. Restoran sahibinin çizdiği bir resim ya da yöreye ait bir tespih elbette kabul edilebilir ama hediye maddi değer ihtiva ediyorsa prensip gereği "Hayır," diyordum.

Tanıdığım dünyaca ünlü bir gastronomi yazarı var ve yazı başına on bin dolar alıyor. Fakat yazının her yerine karışıyorlar. Editör bütün parametreleri veriyor. Belki hayatım boyunca yazdığım hiçbir yazıdan on bin dolar almadım ama hiçbir şekilde işime karışan ve beni yönlendirmeye cesaret eden de olmadı.

Programa ilk başladığımızda esnaftan kişiler lokantalardan para aldığımızı düşünüyorlardı. Hiç unutmuyorum, Ümraniye'de bir dönerciye gitmiştim. Mekândan çıkarken bir görevli bana bir zarf verdi, içinde hatırı sayılır bir para vardı. Geri verdim. "Rüşvet verdin diye polise giderim bak," diye espri yaparak konuyu kapattım. O gün o parayı alsam önce ilkemi çiğneyecek, kalıcılığımdan ödün verecek ve zamanla itibarsızlaşacaktım. Bunun yerine başlangıç ilkelerimde kararlı olmayı seçtim. Zamanla herkes de prensiplerimden haberdar olarak, bana bu saygıyla yaklaşmaya başladı.

Tanıdığım dünyaca ünlü bir gastronomi yazarı var ve yazı başına on bin dolar alıyor. Fakat yazının her yerine karışıyorlar. Editör bütün parametreleri veriyor. Belki hayatım boyunca yazdığım hiçbir yazıdan on bin dolar almadım ama hiçbir şekilde işime karışan ve beni yönlendirmeye cesaret eden de olmadı. Ferit Şahenk'in lokantasına gitmeden önce kimse bana, "İyi şeyler yaz," demeye cesaret edemedi. Bu saygıyı oluşturmuştum. Baskı gelemezdi, çünkü ilkelerim ve önceliklerimle bilinir hâle gelmiştim. Karşı tarafın güçlü bir boksör olduğunu bilen, onunla dövüşmeyi göze alamaz.

İddia ediyorum, lokantalardan para almayı kabul etseydim İstanbul'da vergi rekortmeni olabilirdim. Elbette ki para benim için önemli ama bunun dışında daha önemli değerlerin varlığına inanıyorum. Bu değerler haysiyet, bağımsızlık, özgürlük ve vicdandır. Yaptığım işle hayatım arasında bir denge kurmaya çalışıyorum; bağımsızlığımı korumak, beni manipüle edecek bir patronum olmasına izin vermemek, her zaman düşündüğümü söyleyebilmek benim için çok önemli.

> Herkese yapacağı işlere başlamadan ilke ve yöntemlerini belirleyecek bir yarar-zarar tablosu çizmesini öneriyorum. Örneğin fazla paranın bana getireceği değer üç ise, fazla para kazanırken verdiğim ödünler sebebiyle ödeyeceğim bedeller toplamı on olabilir. Veyahut güven ve itibarım zedelendikçe kısa zamanda çok para kazansam da yaptığım işte kalıcılığım olmaz.

Bu anlamda herkese yapacağı işlere başlamadan ilke ve yöntemlerini belirleyecek bir yarar-zarar tablosu çizmesini öneriyorum. Örneğin fazla paranın bana getireceği değer üç ise, fazla para kazanırken verdiğim ödünler sebebiyle ödeyeceğim bedeller toplamı on olabilir. Veyahut güven ve itibarım zedelendikçe kısa zamanda çok para kazansam da yaptığım işte kalıcılığım olmaz. Bir lokantacıdan bir kez para alırsam o kişide her zaman yalan söylememi isteme refleksi doğabilir. Patronumun sahibi olduğu kötü bir lokanta için iyi dersem şahsiyetsiz gözükür, küçük düşerim. Para almak için haysiyetimden ödün vermiş olurum.

Bu ilkelerimi çiğnemiş olsaydım bu tavrım vicdanımda zamanla katlanılamaz yaralar açabilirdi ve büyük bir acı duyardım. Tahmin edersin ki bu acının karşılığı milyar dolarlarla ölçülmez. Mutsuz, aynı zamanda da huzursuz olurdum. Bu değer sisteminde para önemsizdir diyemem ve diyenlerden de şüphe duyarım. Devamlı namustan bahseden bir insan o kadar da namuslu değildir. Erkekliğinden sürekli bahseden birinin güçlü bir erkekliğinin olmaması gibi... Ama karşılaşacağınız çoğu engelde şeytana ruhunu satmanın en kolay yol olduğunu bilin ve diretin. Taviz vermediğinizde daha rahat yaşadığınızı hissettikçe eminim ki kendinize daha çok saygı duyacaksınız.

ÜÇÜNCÜ BÖLÜM

İŞ YAŞAMINDA DUVARA ÇARPMAMAK İÇİN...

"Siz, bilmeyenler kadar ses çıkarmadıkça, niteliğinizin farkına varamayacaklar ve anlaşılmadığınızı düşüneceksiniz. Meşgul olduğunuz işler başkalarının gözünde değersizleşecek ve vazgeçilebilir olduğunuzu zannedeceksiniz. Ses çıkartmak derken bağırmayı, gürültü yaparak barbarlaşmayı değil, doğru zaman ve doğru yerde kendini anlatmaktan geri durmamayı kastediyorum. Bilgi sahibi olduğumuza emin olduğumuz her konuda, eğitimini aldığımız alanlarda, hödüklerden daha çok ses çıkarmalıyız."

Uzmanların, psikoloji literatürünün üzerinde uzlaştığı temel bir görüşten söz açmak istiyorum. Birçok sorunun temelinde kişinin yetiştirilme biçimindeki olumsuzlukların izleri olduğunun altı epey kalın bir şekilde çiziliyor. Siz bu konuda ne söylersiniz; bu izlerin iyileştirilebilir ya da aşılabilir olduğunu düşünür müsünüz?

Hep karşılaştığımız olumsuzlukların üzerinden gidelim. Mesela dinlemeden konuşanlar, tanımadıklarını ötekileştirenler ya da karşılarındaki insanları yok sayanlar… Sık rastlıyoruz değil mi? Senin dediğin gibi yetiştirilme biçimimiz üstüne düşünelim o hâlde. Çocukluğumuza dönelim: Örneğin altı yedi yaşlarındaki Türk çocukları lokantalarda genellikle çok rahatsızdırlar; hiç yerlerinde durmaz, devamlı bir o yana bir bu yana koşuştururlar. İngilizlerin çocukları ise genellikle yemek boyunca masada oturur ve durağandırlar. Yemekleri bittiyse boyama yaparlar. Soru şu: Çocuklarda yaramazlık ve gürültü yaparak, "Ben de varım, buradayım," deme isteğini uyandıran sebepler neler? Üstelik yalnızca çocuklar değil; yetişkinlerde de ciddiye alınmayan, hiçe sayılan insanların başkalarını bile bile rahatsız ederek ilgiyi üzerlerinde toplamaya çalıştığını gözlemliyorum.

Bir faraziyeyle devam edelim. İngiltere'desiniz örneğin ve bir arkadaşınıza rastladınız. Adı Sarah olsun. Ertesi gün için onu bir yere kahve içmeye davet edeceksiniz. Sarah Hanım size, "Gelemem, çünkü kızıma bakmam lazım," cevabını verirse şaşırmazsınız. Türkiye'de ise bir Leyla Hanım'la konuştuğunuzda size, "Kızımla beraber olacağım," demesi oldukça düşük bir ihtimaldir.

Çocuk yetiştirme tarzlarını kıyasladığımızda ülkemizle Batı arasında ne tür farklılıklar gözlemliyorsunuz?

Batı'da çocukların ciddiye alındığını, onlara seçme şansı verildiğini görüyoruz. Elbise alırken çocuk kendi seçiyor. Küçük yaşta aşılanan bu özgürlük, çocuğa seçim hakkı olduğunu ve seçiminin sorumluluğunu taşıması gerektiğini öğretiyor. Türkiye'de ise çocuklara seçim hakkı verilmesi bir yana, birçok şeyin aileler tarafından dayatıldığını görüyoruz. Çocuğa konuşma hakkı verilmediği için çocuk sorumluluk duygusunu içselleştiremiyor.

Böyle yetişmiş bir insan sokakta size çarpınca özür dilemek yerine, "Neden orada duruyorsun?" diye kendini haklı çıkarmaya çalışıyor. Kız çocuklarının ve erkek çocuklarının yetiştirilme tarzları arasında da büyük farklılıklar mevcut. Ne yazık ki erkek çocuklarımız, kız çocuklarımızdan daha üstün olduklarını düşünerek büyüyorlar. Öyle ki büyüyüp birine kızdıklarında, "Ulan karı kılıklı herif!" ya da "Kadın gibi davranma!" türünde cümleler kurabiliyorlar. Sert şarap seven biri roze şarap seven birine, "O kadın içkisi," diyebiliyor. Bu tip detayların toplamında enteresan karakterler ve ilginç dünya görüşleri ortaya çıkmaya başlıyor.

Ailelerin çocuklarına yaklaşımları ikna eden değil, korku veren bir otorite üzerine kuruluyor. Çocuklara, "Bu durumda şöyle davranman gerekir, çünkü..." türünde açıklamalar yapılmadığı müddetçe, çocuklar yaşamdaki nedensellikten uzaklaşarak kendilerini anlamsız bir dünyanın içinde buluyorlar: Kendi çıkarımlarını yapmak yerine, "Babamın dediği doğrudur," ya da "Dinî kural böyledir, ben de ona göre davranmalıyım," diye düşünüyorlar. Böyle yetişen çocuklarda kişilik oluşmuyor, araştırma ve analitik düşünme yeteneği gelişmiyor: Devamlı bir otorite arayışı ve altında ezildikleri korkularla varlıklarını sürdürüyorlar. Toplumumuzun her kademesinde bu örneklere çokça rastlıyoruz.

Psikolojiler en ilginç miraslarımızdır. Sosyolojik araştırmaları dikkatli incelediğimizde şiddet gören çocukların yalnızca ülkemizde değil, dünyanın her yerinde şiddet eğilimli yetişkinlere dönüştüğünü görüyoruz. Örneğin Amerika'da da her üç kadından biri şiddete maruz kalıyor. Araştırmalar gösteriyor ki kadına şiddet uygulayan erkeklerin çoğu çocukken aileleri tarafından şiddete maruz kalmış ve aile içinde normalleşen şiddet, bunu meşrulaştıran bir psikolojiyle geleceğe taşınmış. Bu kalıpların değişmesi kolay değil, biliyorum ama değişim ne kadar zor olursa olsun, bu konuda büyük emek harcamak gerektiğine inanıyor, çocuklarımıza dair büyük bir umut taşıyorum.

Çocuklarımıza emek vermeye nereden başlamalıyız?

Öncelikle eğitim sistemimizde aileden gelen olumsuz koşulları dengeleme ve değiştirme çabası olmalı. Peki, var mı sence? Bana kalırsa, eğitim kurumlarımız tam aksine, toplumsal önyargıları güçlendiren unsurlar hâline geliyor. Batı'da eğitim sistemleri ayrışmacı yaklaşımdan çok bütüncül bir hümanist temele oturtulmaya çalışılıyor. Peki, bu nasıl oluyor? Çocuklara dünyada bizden farklı düşünen insanların varlığını anlatarak oluyor. Çocuklarımızı eğitirken ten rengi ya da cinsel tercihi farklı olan insanların bizden daha aşağıda olmadığını vurgulamalıyız. Onlara ayrımcılık ve ırkçılığın ayıp olduğunu aşılamalıyız. Bilhassa aile kurumunda, farklı olanı rencide etme ve aşağılama duygusunun yerini kabul etme ve normal görme duygusu almalı.

Bu mikro düzeydeki, ailenin içindeki, farklı olanı kabul etmeme duygusunu görmek için illa ırk ayrımcılığı örneklerine gitmeye de gerek yok. O kadar çok alanda tezahür ediyor ki... Son derece gündelik bir örnek vereyim. Geçen gün Amerika'da yaşayan ama Ordu'da doğup büyümüş bir arkadaşımla konuşuyordum. "Vedat Abi bizde balık mısır ununa batırılıp kızartılır. Ben İspanya'da bambaşka bir teknikle kızartılmış bir balık yemiştim; bizimkilere anlattığımda, 'Öyle şey mi olur?' dediler," diye bir anısını anlatmıştı. Tadına bile bakmadıkları bir yemek üzerinden, kendi doğrularını mutlakmış gibi kabul eden ve bunu dayatan insanlar... Bu davranış kalıbı hemen hemen her alanda, "Çocuk dediğin şöyle olur, öğretmen dediğin böyle olur," türünde kalıplarla karşımıza çıkıyor. Öyle ki bu davranış kalıpları başka insanların ne düşünmesi gerektiğine, onlar adına karar vermeye kadar uzanıyor. İnsanlar dünyayı anlamaya çalışmak yerine ona kendi dar kalıpları arasından bakarak değerlendirmeye çalışıyor.

Bu durumu bir deneyle açıklamak istiyorum: Çekirgeleri bir kavanoza koymuşlar. Kapağı açtıklarında hepsi zıplayıp kaçmış. Çekirgeleri tekrardan kavanoza koyup kapağını kapatmışlar. Çekirgeler zıpladığında bu defa kapağa çarpmışlar, hâliyle dışarı çıkamamışlar. Sonra kapağı açmışlar, bu kez çekirgeler sadece kapak seviyesine kadar zıplayıp geri kavanozun içine düşüyorlarmış. Yani artık kapağı açsanız bile kavanozdan çıkmıyorlarmış. İşte bunun adı *öğrenilmiş çaresizliktir*. Biz de o çekirgeler gibi, bize dayatılanı gelenekselleştirerek yeni bilgiden uzak ve mevcuda tutsak hayatlar yaşıyor; bu hayatları da mutlak doğruymuş gibi çocuklarımıza aktarıyoruz. Dünyayı kendi bildiklerimizden ibaretmiş gibi düşünmek hoşgörü eksikliğimizin en büyük sebebi.

Pedagojik olarak her çocuk doğuştan yaratıcıdır. Sokakta bulduğu köpek dışkısıyla oynayan çocuk farkında olmadan kimya öğreniyor olabilir. Ebeveyni olarak o çocuğa bağırmak, tokat atmak yerine çocuğunuzun sağlığını tehlikeye atacak sebepleri ortadan kaldırma çabasına girin; merakının peşinden gitmesine olanak sağlayın.

Merakı da baltalıyor sanırım.

Pedagojik olarak her çocuk doğuştan yaratıcıdır. Sokakta bulduğu köpek dışkısıyla oynayan çocuk farkında olmadan kimya öğreniyor olabilir. Ebeveyni olarak o çocuğa bağırmak, tokat atmak yerine çocuğunuzun sağlığını tehlikeye atacak sebepleri ortadan kaldırma çabasına girin; merakının peşinden gitmesine olanak sağlayın. Merak, bir çocuğun dünyaya farklı bir perspektifle bakabilme, kişisel anlamını yaratabilme arayışının zeminidir.

Ülkemizin en iyi üniversitelerinden mezun insanlarla konuştuğumuzda yüksek eğitimlerine rağmen belli konularda sıkıntı yaşadıklarını gözlemliyorum. Olaylara ve durumlara kendilerine özgü bir bakış açısı geliştirmekte büyük güçlük çekebiliyorlar. Şaşırmıyorum. Koç Üniversitesi'nde ders verdiğim dönemde öğrencilerin anlattıklarımla değil, girecekleri sınavda hangi sayfalardan sorumlu olduklarıyla ilgilendiklerini fark etmiştim. Bu, bir anlamda anlattıklarımın yok sayılmasıydı ve onlar için yalnızca, sonuç alacakları bir sınavın bilgi aktarıcısıydım. Bakın, burada sorun yalnızca öğrencinin öğretmene bakışında değil. Sistem öyle kurulmuş ki hevesli bir gencin öğrenme merakını ve sevgisini bastırıyor. Öğrencinin kendi yolunu tayin etmesine müsaade edilmiyor.

Bunun yeni bir mesele olmadığını da söylemeliyim. Kendi adıma öğrencilik dönemimde edebiyat derslerinden hiçbir şey anlamadığımı hatırlıyorum. Üstelik edebiyata meraklı bir gençtim. Çünkü o yıllarda genellikle Osmanlı dönemi edebiyatını okuturlardı ve Osmanlı'ya vâkıf olmamız sağlanmadığı için dönemin edebiyatını da anlayamazdık. Batı'da ülkemize kıyasla liseyi bitiren iyi bir öğrenci yazar isimlerini bizdeki kadar bilmeyebilir. Bizde ise yazarların ismi genellikle çok iyi bilinir ama eserlerin temalarını, neden önemli olduklarını ifade etmekte güçlük çekeriz. Batı bize kıyasla yazarların kullandıkları belli kalıpları ve kurgu olayını tartışıyor, öğrenciler bu sayede Milan Kundera'yı da Dostoyevski'yi de okuyup anlayabiliyorlar. Hâlbuki bizler öğrencinin eserde kendi anlamını bulmasına olanak sağlamayıp, "Dostoyevski, Raskolnikov[3] karakterinde bunu anlatmaya çalışıyor, doğrusu budur," demeyi tercih ediyoruz. Bu sayede öğrenci, öne sürdüğümüz bilgiyi ezberliyor ama Dostoyevski okurken keyif alamaz hâle geliyor. Yapılması gereken; eserde geçen

3 Raskolnikov: Dostoyevski'nin ünlü yapıtı *Suç ve Ceza* romanının başkarakteridir. Psikolojik sorunları bulunan Raskolnikov bir cinayet işler ve işlediği suçun verdiği azapla suçunu itiraf etmekle etmemek arasında çözümsüz bir ikilemde kalır.

vicdan, suçluluk duygusu gibi temalara temas edip sonucu öğrencilere bırakmaktır.

Akademisyen kimliğiniz var, yıllarca önemli üniversitelerde ders verdiniz. Eğitim sistemimizde yanlış çok, tamam ama eğitimcilerimizi nasıl gördüğünüzü merak ediyorum.

Sistemin bütün olumsuzluklarına rağmen ülkemiz şaşırtıcı düzeyde iyi hocalarla dolu. Genel müfredatın dayatmalarının aksine bazı akademisyenlerimiz yıllardır güzelin, doğrunun ve estetiğin peşinde bir hayat sürmekte ısrar ediyorlar. Mezun olduğum dönemde de çok kaliteli öğretim üyeleri vardı. Fakat 1979'dan itibaren nitelikli hocalarımızın birçoğu üniversiteden uzaklaştırıldı. Bilim insanları zaman fark etmeksizin devamlı bu baskıya maruz kalıyorlar ama toplumu olumlu anlamda değiştirici ve dönüştürücü güçleri var. Örneğin Amerika'da tüm akademi üyeleri bir araya gelip başkan aleyhine bir imza kampanyası açsalar gözle görülür bir etkileri olmayabilir. Bizde ise bilim insanlarına yeteri kadar maddi ferahlık sağlayamamamamıza rağmen bu insanların toplumsal prestijleri oldukça yüksektir. Bu anlamda ülkemizde entelektüellerin sözlerine gösterilen saygı ve önemin, Batı ve Amerika'ya kıyasla daha yüksek olduğunu söyleyebiliriz.

> Sistemin bütün olumsuzluklarına rağmen ülkemiz şaşırtıcı düzeyde iyi hocalarla dolu. Genel müfredatın dayatmalarının aksine bazı akademisyenlerimiz yıllardır güzelin, doğrunun ve estetiğin peşinde bir hayat sürmekte ısrar ediyorlar.

Boğaziçi Üniversitesi'ndeki on hocamla Stanford Üniversitesi'ndeki on hocamı kıyaslayacak olursam, ülkemizdeki eğitimcilerin Amerika'dakilerden aşağıda olmadıklarını, hatta artılarının çok daha fazla olduğunu söyleyebilirim. Türk bilim insanları hem Batı'yı çok iyi anlıyorlar hem de kendi ülkelerini. Dünyaya farklı ve daha geniş perspektiften bakabiliyorlar. Yine kendi eğitim hayatımdan gidersem, şahsi üslubunu geliştirmiş birçok akademisyenle karşılaştığımı söyleyebilirim. Nitekim ben de Engin Akarlı, Zafer Toprak, Faruk Birtek, Baran Tuncer, Murat Sertel, Şerif Mardin gibi sayısız değerli akademisyen tanıdım.

Bize özgü bir başka ilginçlikten daha bahsedeyim. Türkiye'deki eğitim sisteminin otoriter yanı okullardaki, üniversitelerdeki arkadaşlık ilişkilerini normalden daha güçlü bir seviyeye taşımıştır. Kurulan sıkı bağlar zamanla toplumsal sermaye birikimine yol açtı ve o bağlar hayat boyu devam etti. Bu derece güçlü bağların kurulması modern dünyada nadir görülen bir durumdur. Örneğin bizler üniversite hocalarımıza Batı'ya kıyasla çok daha kolay ulaşabiliyorduk. Batı'daysanız ders saati dışında meşhur hocalara ulaşmanız pek de mümkün değildir. Batı'daki profesörler üzerinde oldukça yüksek bir dışarıdan para getirme baskısı vardır. Bu yüzden bir profesörün zamanının çoğu özel şirketlere ya da devlet kurumlarına proje yazmakla geçer. Bizim zamanımızda ise öğretmenlerimiz bizlerle abi-kardeş ilişkisi kurarlardı. Kendini geliştirme hevesi taşıyan meraklı bir gençseniz, ülkemizin bu anlamda sizi şanslı kılacak bir potansiyeli olduğunu söyleyebilirim.

Hiç unutmuyorum, bir gün bir sınavı erteletmek için Şerif Mardin'in evine gitmiştik. Eşi bize, "Hocayı bırakın da biraz da kendine zamanı kalsın," demişti. Örgün eğitim dışında o kadar çok zamanını alıyorduk ki eşi en sonunda bize ricacı olmak durumunda kalmıştı.

Bir insanın ilgi duyduğu ve sevdiği alanda öğrenim görmesi neden bu kadar önemli?

Türkiye'deki çoğu ebeveyn çocuklarının doktor, avukat ya da mühendis olmasını istiyor. Yazar, müzisyen, tasarımcı olmak isteyen çocukların aileleri ne yazık ki hayal kırıklığı yaşıyor. Batı'da önemli olan çocuğun mutluluğu ve yaptığı işi sevmesidir. Kızım Ceylan'ın okuldan bir arkadaşının babası oldukça önemli bir şirketin CEO'su ve kızları müzisyen olmayı seçti. Anne ve baba mutsuz olmadı, aksine kızlarını desteklediler. Oysa bizde küçük yaştan beri çocuğun istekleri ile ailesinin istekleri arasında uçurum oluyor. Bu da mutsuzluk yaratıyor. İyi bir ekonomist olabilecek bir çocuk sırf puanı yüksek olduğu için doktor olmayı tercih ediyor. O çocuk belki de Nobel Ödülü alan bir ekonomist olacaktı, kim bilebilir...

Bir tavsiye vermek isterim. Profesyonel hayat için stajın önemli bir adım olduğunu düşünüyorum. Özellikle tıp, hukuk, gazetecilik gibi alanlarda eğitim görenler staj yapmalılar ve gerekirse ücret beklemeden çalışarak işlerin nasıl yürüdüğünü bizzat görmeliler. Kızım Ceylan'a da "Bir hukuk şirketinde gerekirse çay taşımalısın," demiştim. Eğer anneniz ya da babanızla aynı mesleği yapıyorsanız buna gerek yok, bir şekilde görerek büyüyorsunuz. Ama eğer böyle bir şansınız yoksa, çalışmaya mutlaka erkenden başlamanızı tavsiye ederim. O zaman seçtiğiniz mesleği icrasının gerekleriyle gözlemleyecek, üniversitede öğrendiklerinizin piyasayla çatışmalarını anladıkça kendi çözümünüzü bulmanız kolay hâle gelecek.

> Profesyonel hayat için stajın önemli bir adım olduğunu düşünüyorum. Özellikle tıp, hukuk, gazetecilik gibi alanlarda eğitim görenler staj yapmalılar ve gerekirse ücret beklemeden çalışarak işlerin nasıl yürüdüğünü bizzat görmeliler.

Ama en önemlisi, gençlere yetenekli oldukları alanlarda ısrarcı olmalarını, gerekirse yıkıcı olmadan meydan okumalarını ve risk almalarını öneriyorum. Çünkü yaşadıkları hayat bir daha geri gelmeyecek.

Size son derece katılmakla beraber bir meseleyi gündeme getirmek isterim. İnsanlar sevdikleri işin eğitimini alsalar dahi o işi meslek edinebilmeleri garanti değil. Bir yandan da eğitimini aldığı ve çalıştığı alanda hayal kırıklığına uğramış birçok genç var, eğitimleriyle ilgisiz alternatif mesleklere yönelmeye çalışıyorlar. Son zamanlarda liyakat ile statü arasındaki bağın gevşediğini sık sık görüyoruz. Bu da insanlarda adalete inancı zayıflatabiliyor. Adalet kavramına inancını yitirmiş biri kendi varoluşunun peşinden nasıl gidebilir? Bir de acaba idealist değerler bu ortamda çaresizce bir kenara mı bırakılıyor?

Sondan başlayayım. İdealler yok olmuyor, sadece alan değiştiriyor. Kendileri yapamayanlar, yapan başkalarının hevesini kırıyorlar. Biz heveslerini kırmaya çalıştıkça gençler alternatif alanlar arıyorlar. Çünkü her zaman taşmaya ve patlamaya hazırlar. Siz bastırmaya çalıştıkça yine alternatif yollar bulacaklar. Hâlbuki heves kırmak yerine yaratıcılığı teşvik edebilsek ülke de kalkınacak. Bir çocuğun kaçan bir kediyi kovalaması, tam yakaladığını düşündüğü anda kedinin yeniden kaçması gibi, sürekli hevesimizin peşinde koşuyorlar. Bu duruma şahit olan bizler üzülüyoruz ve ümitsizleşiyoruz. Emek verdiğimiz ya da geleceğimiz üzerine düşündüğümüz alanlarda kendimizi engellenmiş ve haksızlığa uğramış hissediyoruz. Birçoğumuzun yapmak istediklerini yapamama sebebi de işte bu hayal kırıklığı.

> Gençlere yetenekli oldukları alanlarda ısrarcı olmalarını, gerekirse yıkıcı olmadan meydan okumalarını ve risk almalarını öneriyorum. Çünkü yaşadıkları hayat bir daha geri gelmeyecek.

Liyakate uyulmuyor dedin. O alanları işgal edenlerin yetersizliğinden emin oldukça adalete inancımız zedeleniyor, nitelikli olduğumuz alanlarda özgüven kaybı yaşıyoruz.

Toplumumuzda bir alanda hüner sahibi olmanız, o alanda başarılı olacağınız anlamına gelmiyor; çünkü başarı kavramı politikleşmiş durumda ve günbegün bireysel menfaatler liyakatin daha da çok önüne geçiyor.

Hak ettiği değeri bulamamış çok sayıda kabiliyetli insanımız var. Belki bu sohbetimizi okuyacak kişilerin arasında da hakkı verilmemiş kabiliyetli insanlarımız olacak. Peki, ne yapmalılar? Çözüm; benim "hödük" diye nitelendirdiğim, gerekli nitelikten yoksun insanların ortasında, en az onlar kadar ses çıkarmak. Bilgi sahibi olduğumuza emin olduğumuz her konuda, eğitimini aldığımız alanlarda, hödüklerden daha çok ses çıkarmalıyız.

Siz, bilmeyenler kadar ses çıkarmadıkça, niteliğinizin farkına varamayacaklar ve anlaşılmadığınızı düşüneceksiniz. Meşgul olduğunuz işler başkalarının gözünde değersizleşecek ve vazgeçilebilir olduğunuzu zannedeceksiniz. Ses çıkartmak derken bağırmayı, gürültü yaparak barbarlaşmayı değil; doğru zaman ve doğru yerde kendini anlatmaktan geri durmamayı kastediyorum.

Bir örnekle açıklayayım. Eşim Linda yıllar önce büyük bir kurumsal şirkette çalışıyordu; aynı zamanda da akademik kariyerine devam ediyor, makaleler yayımlıyordu. Şirketteki patronu bunu bir mesele hâline getirdi. Eşimin sadakatinin akademiye ait olduğunu, bu yüzden tamamıyla o alana yönelmesi gerektiğini, artık şirkete yararlı olmayacağı konusundaki düşüncelerini kendisine iletti. Bu elbette ki bir varsayımdı. Doğru bir varsayım da değildi üstelik. İlerleyen günlerde eşim ve patronuyla dostça bir yemeğe çıktık. Eşim patronuna izlediği bir filmden bahsetti: Filmdeki bir karakter diğeri hakkında yanlış varsayımlarda bulunuyor, bir anlamda gerçeği görmediği için hakkının yenmesine sebep oluyordu ve sonunda iki karakter de kaybediyordu. Bu kinayeli diyalogdan sonra havadan sudan konuştuk, yemeklerimizi yiyip evlerimize dağıldık. Ancak yemek bir sonuç üretmişti. Patronu eşimin ne demek istediğini çok iyi anlamıştı. Çünkü ilerleyen günlerde eşimin işlerine bakışı radikal bir şekilde değişti, o yemekten sonra eşimin şirket için ne kadar önemli işler yaptığını fark etti.

Bunu anlatıyorum, çünkü bu da ses çıkarma meselesine dâhil. Karşı tarafın ya da sizden sorumlu olanların sizi nasıl gördüğünü algılamak ve bu bakışa göre hareket etmek hepimiz için oldukça önemlidir. Çünkü bazen siz ortaya çıkarmadıkça yaptıklarınızın önemi yeteri kadar anlaşılmaz. Neden bize karşı olunduğunu iyi okumak ve anlamak zorundayız. Yaptığımız işlerin önemi, çevremiz ve sorumluluğu altında olduğumuz insanlar tarafından yeterince anlaşılmıyorsa bunun üzerine düşünmek ve harekete geçmek durumundayız.

> Bazen siz ortaya çıkarmadıkça yaptıklarınızın önemi yeteri kadar anlaşılmaz. Yaptığımız işlerin önemi, çevremiz ve sorumluluğu altında olduğumuz insanlar tarafından yeterince anlaşılmıyorsa bu durumun üzerine düşünmek ve harekete geçmek durumundayız.

Bir de durumu tespit etmelerine rağmen harekete geçemeyenler var. Ya da harekete geçse de sonuç alamayanlar, eline yüzüne bulaştıranlar. Dayım bir büyükelçinin hikâyesinden bahsetmişti. Oldukça kibar bir beyefendi olan büyükelçi, aşçısının yemeklerinden memnun değilmiş. Ona bu durumu kırmadan nasıl anlatacağını kara kara düşünüyormuş. Bir gün aşçıyla konuşmaya çalışmış. Böyle olağan dışı bir konuşma yaşanınca diğer çalışanlar aşçının işine son verildiğini düşünüp ona, "Büyükelçi sana ne söyledi?" diye sormuşlar. Aşçı, "Ne dediğini çok da anlamadım ama sanırım yaptığım yemeklerden çok memnun," diye gururlanarak cevap vermiş. Büyükelçi o kadar kibar konuşmuş ki adam yemeklerini övüyor sanmış.

Demek ki ton da önemli. Hayatta bazı anlar vardır ki yeterince açık ve dürüst olmalı, gerekirse kırıcı olmayı göze almalı, sade ama kararlı bir dille düşündüklerimizi açığa çıkarmalıyız.

Meslekler konusuna dönersek... İstediğimiz eğitimi aldığımızı düşünelim. Ona göre bir işe girmeyi de başardık diyelim. İnsan sevdiğini, benimseyeceğini düşündüğü meslekte de sıkıntılar yaşıyor değil mi? Bazen duvara çarpmış gibi oluyor herkes. Ülkemizde çok az insanın sevdiği mesleği icra etme şansı var. Çünkü pek çoğumuz eğitildiğimiz ya da sevdiğimiz alanlarda iş bulamıyoruz. Bulsak bile hayal kırıklığına uğrama ihtimalimiz yüksek. Çünkü üniversitelerde öğretilen, o mesleğin profesyonel gereklilikleridir. Buna karşılık ülkemizde iş hayatının gerçekleri, aldığımız eğitimlerden tamamen farklı. Örneğin mesleğine yeni başlayan bir doktoru düşünelim; belki ayda on beş gün nöbet tutmak zorunda kalacak, kendisinden insan üstü bir gayret beklenecek. Tüm bunların yanında bürokrasiyle uğraşacak, başkalarının açıklarını kapatmak için çabalayacak, üstlerine hoş görünmek zorunda kalacak. Yine bir avukatı örneklendirelim, iş hayatına başladıktan sonra kendisinden beklenenlerin eğitimiyle çok fazla ilgisi yoktur ve yolu adliyeye düştükçe ülkenin gerçekleri altında ezilmeye başlar.

Düşün bunlar işlerini sevenler... İlginç bir konu daha var. İnsanlar sevmedikleri işleri yapsalar bile, bir şekilde o işleri daha eğlenceli hâle getirmenin yollarını bulabiliyorlar. Bu konuda doktora hocam Michael Burawoy'un *Manufacturing Consent* adlı ilginç kitabından söz açmak isterim. Burawoy, yetmişli yıllarda, hem Macaristan'da hem de Amerika'da vasıfsız işçi olarak çalışmış. Kitabında ilgimi çeken gözlemleri var: İşçiler toplumsal hiyerarşinin en aşağısındalar ve genellikle sevmedikleri işlerde çalışıyorlar. Bu durum yaptıkları işleri daha eğlenceli hâle getirmek için farklı stratejiler bulmalarına sebep oluyor. İşverenlerin tahakkümünden kurtulup özerkleşebiliyor, sistemin açıklarını keşfedip delebiliyorlar. Bir anlamda, sistemle baş etme ve karşı gelme özerkliği kazanıyorlar.

Ülkemizde birçok alanda profesyonelliğin olmadığından, insanların işlerini iyi yapmadığından, mesleklerin ciddiye alınmadığından yakınırken bu durumun kişilerle değil, sistemin yapısal bozukluklarıyla ilgili olduğunu anlamalıyız. İnsanlar istedikleri işleri yapmadıklarında ya da yaptıkları işlerde mutsuz olduklarında sisteme karşı stratejiler geliştirip, açıklar bulup kendi yaşamlarını tahammül edilebilir seviyeye çekebiliyorlar. Bu durumun toplumsal sonucu ise işimizi kötü yapmamız oluyor. Bir ülkede insanlar sömürülüyorsa, hiyerarşi insanları mutsuz edecek kadar baskın hâle geliyorsa işlerin layığıyla yapılmaması da kaçınılmaz sonuç oluyor. Mesela ülkemizdeki taksiciler gideceğiniz yeri sorduktan sonra sizi alıp almayacaklarına karar veriyorlar. Devlet dairelerine işiniz düştüğünde sayısız çalışan olmasına rağmen işlerin ne kadar ağır gerçekleştiğini şaşırarak gözlemliyorsunuz.

Ülkemizde birçok alanda profesyonelliğin olmadığından yakınırken bu durumun kişilerle ilgili olmadığını, sistemin yapısal bozukluklarıyla ilgili olduğunu anlamalıyız. İnsanlar istedikleri işleri yapmadıklarında ya da yaptıkları işlerde mutsuz olduklarında sisteme karşı stratejiler geliştirip, açıklar bulup, kendi yaşamlarını tahammül edilir seviyeye çekebiliyorlar.

Üniversiteden çıkan gencin mesleğe başlayınca bir anlamda sudan çıkmış balığa dönmesinin, bocalamasının başka sebepleri de var. Evvela yeni iş yerinde profesyonel yaşamın kendi kuralları haricinde işleyen kurallarla karşılaşıyor. Bu sıkıntı profesyonel anlamda otoritenin gelişmediği, profesyonel bir hiyerarşi yerine efendi-köle ilişkilerinin kültürel anlamda geçerli olduğu ülkelerde daha sık görülür. Dolayısıyla yalnızca ülkemizde rastlanmaz, daha birçok yerde var. Pazar ekonomisinin ve hukuk sisteminin gelişmediği, adalet karşısında herkesin eşit olmadığı ülkelerin kaderi bu. Sorunu efendi-köle ilişkisinde aramalıyız.

Futbol tarihimizden bir örnekle açıklamak istiyorum: Vicente del Bosque gibi, Cesare Prandelli gibi antrenörler neden ülkemizde başarılı olamıyorken Fatih Terim gibi oyuncuları üzerinde askerî düzeyde hiyerarşi kuran bir isim bu topraklarda başarılı olabiliyor ve aynı isim neden yurt dışında başarılı olamıyor?

Acaba ayakta kalmak için her alanda bir efendiye, bir patrona, bir tür babaya mı ihtiyaç duyuluyor?

Birçok yerde öyle. Çünkü profesyonelliğin yerini çoğu zaman kişisel duygular alıyor. Patronun çantasını taşımak, ona güler yüzlü davranmak işini iyi yapmaktan çok daha önemli terfi etmek için. Ama dedim ya bu bize özgü değil, birçok ülkede yaşanan bir durum.

Az gelişmiş ve çok gelişmiş ülkeler arasında meslek dağılımlarına göre oldukça önemli farklar var. Gelişmiş ülkelerde insanlar kabiliyetli oldukları alanlarda uzmanlaşıyorlar ve terfiler daha çok hak etme esasına dayanıyor. Varlıklı bir aileden geldiğinizi düşünelim: Eğer liyakat esassa babanızın şirketinde patronluk koltuğuna tepeden oturamıyor, en alttan işe başlıyor, deneyim kazanıyorsunuz. Eğitiminiz ve kariyeriniz sizi hangi konumla özdeşleştiriyorsa, herhangi bir gücü arkanıza almadan, hak ettiğinize göre yaşıyorsunuz. Gelişmiş ülkelerde oyunun kuralları böyle.

Az gelişmiş ülkelerde, özellikle Orta Doğu'da ve son zamanlarda Türkiye'de ise tam aksini gözlemliyorum: Atamalar, işe almalar, terfi etmeler liyakate değil; torpile dayanıyor. Nerede olduğunuzu yaptığınız işteki verimliliğiniz değil, tanışıklıklarınız belirliyor. İş bilmez insanlar, kariyerlerinden alakasız konumlarda iş bilenlere emirler yağdırıyorlar. Örneğin telekomünikasyon sektörüyle alakası olmayan bir insan, tanışıklıkları üzerinden bu alandaki bir şirketin üst düzey yöneticisi olarak atanabiliyor. Doğru zamanda doğru yerde olma, doğru irtibatlar kurma verimliliğin önüne geçiyor: Dalkavukluk yapanlar, biat edenler, el etek öpenler işini hakkıyla yapanlardan daha çok değer görüyorlar. Namusuyla ve ilkeleriyle yaşayan insanlar dışında hemen hemen her alanda bu örneklere rastlıyoruz.

Yaptığınız işi değerlendirecek insanlar profesyonel olmadığında alakasız stresler ve mobbingle karşı karşıya kalıyorsunuz. Bu kişilerin kendileri de tesadüflerle atandıkları konumlarında genellikle zora gelmekten hoşlanmıyorlar. Bu yüzden de işlerini kötü yapıyorlar. İşlerini biraz olsun iyi yapsalar bile motive edilemez hâle geliyorlar.

Bu durum yalnızca şirketlerin kötü yönetilmesine ve batmasına yol açmıyor. Psikolojik sonuçları da var. Size iş buyuran iş bilmezler profesyonel olmadıklarından, beklentileri de profesyonelliğin dışına çıkıyor. Yaptığınız işi değerlendirecek insan olmadığında alakasız stresler ve mobbingle karşı karşıya kalıyorsunuz. Bu kişilerin kendileri de tesadüflerle atandıkları konumlarında genellikle zora gelmekten hoşlanmıyorlar. Bu yüzden de işlerini kötü yapıyorlar. İşlerini biraz olsun iyi yapsalar bile motive edilemez hâle geliyorlar.

Bir toplumda insanların işlerini iyi yapması için motive olmaları şarttır. Sadece beyaz yakalılardan örnek vermeyeyim, bu durum her alanda söz konusudur. Öngörülemeyen ama tahmin edilebilen durumlar içindeki mücadelemiz bizi hayata bağlar. Bir taksici olduğunuzu düşünelim: Doğru zamanda doğru yerde olursanız günlük kazancınız katlanarak artabilir. Devamlı tahmin etmek zorundasınızdır ve zamanla elde ettiğiniz deneyim size doğru zamanda doğru yerde olma bilinci kazandırır ve işinizi icra ederken ruhen daha iyi hissedersiniz.

Motive olmayınca zora gelememe ve baştan savmacılık ortaya çıkar. Bu saydığımız sebepler yüzünden önce biz, sonra toplumumuz kaybediyor ve her gün daha çok bedel ödüyoruz. Özel sektör dâhil hemen hemen her kademede bunu görüyoruz. Hakkıyla atanmayan insan kendinden nefret edildiğini bildiği için zorbalaşıyor. Hukuk eğitimi aldığım yıllarda fakültede bu konuya değinmişlerdi: Torpille gelenler gün geçtikçe zorbalaşırken diğer çalışanların motivasyonları da giderek kayboluyor. Bazıları yalakalık yapmayı seçtikçe bazıları daha çok içine kapanıyor. Bu durumda kaybeden hep toplum oluyor.

Bu sistemde sıkıntılara kayıtsız kalanlar, ses çıkarmayanlar usul usul gemilerini yürütürken mutsuzluğunu ifade edenlere ise amatör gözüyle bakılabiliyor.

Evet, bu da var. Bir de tam tersini düşünelim. Yaşadığınız toplumda iş bölümünün rasyonel bir temele oturduğunu varsayın: Kimin ne yaptığı, hangi alanda verimli olduğu belli ve terfiler hakkaniyete dayalı gerçekleşiyor. Böyle bir toplumda ne gibi sorunlar olabilir?

Sorunlar varsa da liyakatten kaynaklanmıyor. Meslek seçimiyle ilgili başka dertler var. Batı toplumlarında aile baskısından dolayı ve Michel Foucault'nun *discourse* [söylem] dediği genel toplumsal normlar sebebiyle birçok insan sevdiği ve kabiliyetli olduğu alanlara yönelmiyor. Müzisyen, ressam, heykeltıraş, tarih profesörü olmayı isterken beyaz yakalı olan sayısız insan mevcut. Çünkü kolay para kazanabileceği alanlara yönelmek insana kendini güvende hissettiriyor. Batı'da belli bir eğitim sürecinden sonra insanlar, bize kıyasla, alanlarıyla alakalı daha kolay iş bulabiliyorlar. Başarılı olup olmamaları da ciddi oranda performansa, çalışma gücüne ve kolektif iletişimlerine bağlı oluyor.

Ayrıca bir ülke geliştikçe özel sektöre devletin müdahalesinin azaldığını görüyorsunuz. Türkiye'de ise özel televizyon kanallarının neredeyse hepsi devlet yönetiminde. Bu kabul edilmez durumları yaratanlar ve liyakatsizliğe çanak tutanlar, kısa zamanda kazanmış gözükseler de, Hegel'in "efendi-köle diyalektiği" gibi kaybetmeye, en azından sevilmediklerini bilmeye mahkûmlar.

Guy Standing'in tabiriyle "prekarya"ya,[4] yani "Yeni Tehlikeli Sınıf"a dair görüşlerinizi merak ediyorum.

Tadı Damağımda programını yaparken Rizeli bir aileyle tanışmıştım. Çevresi ağaçlarla kaplı köy evlerinde çok mutluydular. Sabah mandalarından süt sağıp içiyorlardı. Peynirlerini kendileri yapıyorlardı. Yıllar içinde evleri istimlak edildi. İstimlak karşılığında iyi bir para aldılar ama şu anda TOKİ'nin verdiği bir apartman dairesinde yaşamaya çalışıyorlar. O ailenin bireyleri eski özgür yaşamlarından uzakta devamlı televizyon seyredecekler, eski yaşamlarına kıyasla hareketsiz kaldıkları için daha çok şişmanlayacaklar. Kızları tarım üretimi yerine belki bir çağrı merkezinde telefonlara bakacak, oğulları şehir merkezindeki bir alışveriş merkezinde güvenlik görevlisi olarak çalışacak. Eski köylerinde alışkın oldukları orman yürüyüşlerini artık yapamayacaklar. Bağımsızlıklarını giderek yitirerek, şimdi senin de andığın, modern sosyolojinin "prekarya" diye tanımladığı hayatı yaşayacaklar.

Buna karşılık Batı'da endüstrileşmeyle ortaya çıkan ve mavi yakalılar dediğimiz fabrika işçileri kolektif bir iş yapıyorlardı. İnsanların sömürü düzenine karşı olan mücadelesinde bilinçleri Karl Marx'ın dediği gibi değişemiyor belki ama işçi sınıfı kültürü ortaya çıkıyor. İş sonrası da birlikte sosyalleşiyorlar ve

4 20. yüzyılda tanımlanmış, esnek çalışma düzeninde çalışanları kapsar. "Güvencesiz çalışanlar" ya da "çalışan yoksullar" olarak da adlandırılırlar.

arkadaşlık bağları gelişiyor. Kaderlerinin ortak olduğunu görüyorlar ama yeni ekol prekarya ortak kaderin farkında değil. Çünkü izole durumdalar. Bu izolasyonun politik uzantıları insanların faşizan söylemlere sempati duymalarına bile sebep olabilir. Şu an sonuçları tüm berraklığıyla göremiyoruz.

Bir yandan insanlara heveslerinin peşinden gitmenin öneminden bahsediyoruz; bir yandan da temel ihtiyaçları gidermenin bile büyük bedeller istediği, yaşama tutunmanın temel gaye olduğu hayatlara şahit oluyoruz. Emeğiyle var olmaya çalışan, maruz kaldığı hayatın güvencesizliği sebebiyle mutsuz olduğu işini bırakamayan insanlar için neler söylemek istersiniz?

Sadece onlar mı? Üniversiteyi birincilikle bitiren gençlerimizin iş bulamadığı bir ülkede haysiyetimizi korumayı başarmak hepimizin için büyük bir sınav. İş ya da alan değiştirmek de çözüm değil. Çalışan bir insana, "Kardeşim işini beğenmiyorsan değiştir," demek de kolay değil ve lüks. Çünkü o kişi tamamen ekmeğinden de olabilir. Birincil gaye hayatta kalmak, sonra hayatı güzelleştirmektir. İşinden olan bir arkadaşımı hatırlıyorum: İş Bankası müfettişliğini bıraktı ve şimdi ekonomik olarak oldukça kötü durumda.

Risk almak yaşa ve beklentilere bağlıdır. Çoğu insan bu yüzden oturduğu yere ve yaptığı işe mahkûm oluyor ve bu oldukça anlaşılır, saygı duyulması gereken bir durum. Tutup da herkese, "Sevdiğiniz işi yapın," diyerek insanları aç bırakamayız. Bu sebeple herkese risk almalarını söyleyemem. Ancak eğer evliyseniz çiftlerden biri risk alabilir ve gençken risk almak daha kolaydır. Orta sınıf çiftlerden biri poster galerisi açmak istiyorsa açabilir. İlk yıl daha hesaplı yaşarlar, belki sonra iş tutar. En azından içinde kalmaz. Ben böyle yaptım. Risk aldım ama o sırada eşimin maaşı vardı.

Yaşamaktan memnun olduğunuz, taşıyla toprağıyla sevip aidiyet kurduğunuz bir ülkede yaşadığınızı düşünün. O ülkeyi yönetenlerin fikirleri ve yaklaşımları ise size tamamen ters ve kabul edilmesi güç geliyor. Böyle bir ülkede ne yaparsınız? Ben başınızı dik tutup tavizsiz olmayı öneriyorum. Yalakalık yapmadan işinizi hakkıyla yapmayı, eğer risk almanın doğru olmadığı bir zamandaysanız çalıştığınız alandaki mutsuzluğunuzu hafifletecek alanlara yönelmeyi tavsiye ediyorum. Böylelikle olumsuzluklar üzerinden psikolojik bir denge oluşturabilirsiniz. Bu denge için işten artakalan zamanlarda size iyi geliyorsa ud çalın, keyif alıyorsanız diskoda dans etmeye gidin; ne yapacağınız tamamen zevklerinize ve size kalmış.

Yaşamaktan memnun olduğunuz, taşıyla toprağıyla sevip aidiyet kurduğunuz bir ülkede yaşadığınızı düşünün. O ülkeyi yönetenlerin fikirleri ve yaklaşımları ise size tamamen ters ve kabul edilmesi güç geliyor. Böyle bir ülkede ne yaparsınız? Ben başınızı dik tutup tavizsiz olmayı öneriyorum.

Şu da var; tapu dairesinde çalışıyorsunuz ve işinizi sevmiyorsunuz ama ne olursa olsun vatandaşın işini düzgün yapmak zorundasınız. İşinizi iyi yaparsanız zamanla sizi sevenler artacak, işleri sürekli hâle getirmek için size bağımlı olacaklardır. İş hayatı, uzun ve sürekli olduğu için gün gelir tüm emeklerinizin faydasını görürsünüz.

"Birincil gaye hayatta kalmak, sonra hayatı güzelleştirmektir," dediniz. Hayattan keyif almak, hayatı güzelleştirmek hep birincil gayeye kurban mı gidiyor? Hayatta kalması nispeten kolay insanlar dahi bu birinci aşamada biraz fazla mı oyalanıyorlar bizde?

Bu çok iyi bir soru olmakla birlikte bir o kadar da yanıtlaması zor, en azından beni zorlayan bir soru olduğunu söylemeliyim. Çünkü cevabı kolay gözüküyor ama yok. Ciddi bir açmaz bu. İki şey arasında kalıyorsun. İkisi de sonunda -hani *Rashomon* filmindeki gibi-[5] kader, ikisi de sonunda aslında ölüme çıkan iki ayrı yol gibi. Çünkü modern kapitalizm hepimizi bir makinenin küçük bir dişlisi hâline getiriyor. Yani insanlar çok kolay ikame edilebilir durumda. Sen olmayınca işi bir başkası yapıyor. Herkes bunun bilincinde. O yüzden durduğun an hemen kurban edilebilirsin. Oysa hayatı güzelleştirmek için durmak lazım. Fakat insanlara, "Tamam, durun," desem ondan sonra daha da mutsuz olabilirler. Çünkü evdeki bulgurdan olurlar. Burada sorumsuz bir şekilde, "Evet, biraz durun, sevdiğiniz işleri yapın," demek kolay ama sonuçlarına da katlanmak gerekir.

Kendi hayatımdan bir örnek vereyim. Eşim bir şirkette çalışırken bir aylık izni birikmişti. "Bu izni kullanıp Türkiye'ye gidelim, güzel zaman geçirelim," diye bastırdım. Nihayet o da bana, "Bir ay çok, Amerika'da kâğıt üstünde böyledir ama," dedi, "bu izni kullanmak mahzurludur." Ben anlamamıştım. Daha çok gençtim o sırada. O da gençti, yani benden daha gençti ama bir anlamda sistemi daha iyi biliyordu, daha olgundu. Neticede o izni kullanıp Türkiye'ye gittik. Dönünce bir baktık ki eşimin başına bilumum çorap örülmüş. Çünkü kabiliyetli ve şirkette hızla yükseleceği de belliydi. Onu kıskananlar arkasından güzel bir şekilde tuzaklar kurmuşlar. Epey zorlandığımızı hatırlıyorum. Yani hayatı güzelleştirmeye çalıştık, keyif almaya çabaladık ama ondan sonra o kadar çok sorun yaşadık ki belki de izni kullanmamıza değmedi.

İki uca da gitmemek lazım. Hayatta kalırken o süreçten keyif almalı ve ânın içinde olanı güzelleştirmeye çalışmalı. Hayatı güzelleştirmeye çalışırken de geberip gitmeyelim diyeceğim

5 Akira Kurosawa'nın 1950 tarihli filminde aynı olay farklı kahramanların gözünden, farklı perspektiflerle anlatılır.

mecazi anlamda. Maalesef şu anda yaşadığımız dünyanın gerçeği bu. Bu yüzden bu kadar ciddi bir soruna benim çözüm bulmam mümkün değil. Sonunda ya bu deveyi güdeceksin, ya bu deveyi güdeceksin. En azından emekli olana kadar…

Benim gördüğüm kadarıyla, insanın yaptığı işten keyif alması lazım. Mümkün olduğu kadar iş arkadaşlarından keyif alması lazım. Bir şekilde o Michael Burawoy hakkında konuşurken söylediğim gibi,[6] küçük işini daha keyifli hâle getirmesi lazım. Karşı stratejiler üretmesi lazım.

Çok meşhur bir yatırım bankasında çalışan bir arkadaşım var. Üç sene Türkiye'de kaldı, şimdi yine New York'ta. Dediği şu; Türkiye'de çalışmanın ve yaşamanın pek çok zorlukları var ama iş arkadaşlarıyla geçirdiği vakitten New York'takilerle mesaisine nazaran çok daha fazla keyif alıyormuş, Türkiye'de iş ortamında daha çok arkadaşlık doğuyormuş. Onun yaptığı karşılaştırmayı kullanayım burada. Şöyle demişti; "Türkiye'de ofiste bir hafta geçirdiğinde herkes herkesin hemen hemen her şeyini öğrenir. Eşin kim? Sorunların ne? Neden hoşlanırsın? Hayatta gayen ne? Amerika'da ise çok dikkatli olmak lazım. Yani 'Merhaba, merhaba!' ama söylediğin her şey aleyhine kullanılabilir." Ee, buna da çok dikkat etmek gerekiyor. O yüzden Amerika'da çalışırken çalışma arkadaşlıklarından keyif almak zor. Ağzından laf kaçırmaman lazım. Ketum olman gerekiyor. Bu açıdan biz Türkiye'de bir nebze şanslıyız. En azından herkes herkesle ilgileniyor. Sırlarını biliyor. İş süreci daha keyifli bir hâle geliyor.

Risk almaktan söz ettiniz, oraya dönmek istiyorum. Riskin hangi durumda alınacağına dair, "Çalışan çiftlerin en azından biri risk alabilir," diyerek bir örnek vermiştiniz. Peki, risk ne zaman alınır?

---

6 Bknz. Üçüncü Bölüm, s. 82.

Evet, risk alacaksanız bunu doğru zamanda yapmalısınız. Kendi adınıza eminseniz iş ya da alan değiştirebilirsiniz. Bu konuyu detaylandırırken hayatımdan örnekler vermek istiyorum: Stanford Üniversitesi'nde hukuk eğitimi alıp mezun olduktan sonra özel bir şirkette çalışmaya başlamıştım ve gelirim oldukça iyiydi. Aynı zamanda şirkette hisselerim vardı ve şirket halka açıldığında hatırı sayılır bir kazanç elde edebilirdim. Ama risk almayı seçtim. Çünkü mutlu değildim. O kadar yoğun çalışıyorduk ki gelirimi çalıştığım saate böldüğümde aldığım paranın aslında yüksek olmadığı ortaya çıkıyordu. Yaşamım da son derece rutinleşmişti. Entelektüel eğilimlerim gün geçtikçe köreliyordu ve çok daha az geliri göze alarak akademik alanda çalışmayı tercih ettim.

Yine 2000 yılında girdiğim bir teknoloji şirketinde hukuk işlerinden de sorumlu olan stratejik ilişkiler bölümünün başındaydım. Öte yandan şirketteki hiyerarşiden hoşnut değildim ve yeni gelen CEO'yla yıldızımız hiç barışmamıştı. O CEO'nun vizyonsuzluğuyla şirkete iyi gelmeyeceğini düşünmüştüm. Bir gün fikir ayrılıklarımız sebebiyle tartıştık, onu değiştirecek gücüm olmadığını fark ettim ve hayatıma o şirkette mutsuz devam etmek istemediğime karar verip yine işimi değiştirdim. Şansım da yaver gitti ve Georgia Tech'in Kamu Yönetimi Bölümü'nden teklif geldi. Maaşım üçte bire indi ama daha mutlu olacağımı düşündüm. Haklı da çıktım. CEO konusundaki öngörülerim de tuttu ve şirketi hiçbir yere taşıyamadı. Yanlış model üzerinden gittiğini biliyordum ama ne onunla mücadele edecek gücüm ne de sabrım kalmıştı. Şanslıydım, çünkü alternatifim vardı. Akademi olmasaydı başka bir şirkete geçebilirdim.

Olacağı zamanında görmek her zaman faydalıdır. Baştan yürümeyeceğini anladığınızda ısrar etmenize gerek yok, koparıp atmalısınız. Küçük bir yara varsa giderek büyür ve iltihap kapar. İltihap kapmadan oradan uzaklaşmanız lazım. Tabii bir yerden ayrılmadan evvel alternatiflerinizi göz önünde bulundurup doğru zamanda adım atmalısınız.

Dikkatimi çeken ilginç bir nokta var. İnsanlar, genellikle, aldıkları riski olduğundan daha küçük görüyorlar. Önlerindeki tuzakları, muhtemel başarısızlıkları, tehlikeleri görmüyorlar. Beyin öyle çalışıyor. Yeni alanı güllük gülistanlık görüyorsunuz ama dikkatli olmak lazım. Oradaki tehlikeleri ve fırsatları iyi anlamak gerekiyor. Karar verirken çok dikkatli olacaksınız, ince eleyip sık dokuyacaksınız. Karar verdikten sonra da pişman olmayacaksınız. Bu, insan ilişkilerinde de böyledir. Biriyle ilişkinizi noktalamaya karar verdiğiniz an geri dönmeyeceksiniz. Yoksa mutsuz ve negatif olursunuz. Amerika'da bu duruma pek rastlamıyorum. İnsanlar bir karar verdiklerinde arkalarına pek bakmıyorlar. Risk almak böyledir. Gideceğiniz yer eskisini aratabilir. Önemli olan baştan doğru kararları almaktır ve kolay kolay vazgeçmemek, aldığınız kararın arkasında durmaktır.

Çok güzel çini yapan bir usta olduğumuzu düşünelim. İlk başta tanınmıyor olabiliriz. Hayatımız bir gazetecinin, bir programcının bizden çini almasıyla değişebilir ve bir anda aranılan bir insana dönüşebiliriz. Biraz sebat edin. Şanslıysanız bir senede, şanssızsanız beş senede olur. İnsan sevdiği işi yaptığında sonunda muhakkak düşmandan çok dostu ve seveni oluyor. Çini ustası, iç mimar ya da gazeteci fark etmez: Değerli ve iyi olan bir gün mutlaka ortaya çıkıyor. Resmin bütününü görmek lazım. Yanlış yola giren Bağdat'tan

> Belli bir maddi ya da manevi kazanç için olmadığınız biri gibi yaşamak hayata karşı çok büyük taviz vermektir. Ne olursa olsun saygınlığımızı kaybetmemek, haysiyetimizi korumak gerekiyor. Taviz vermeyen insanlar olarak, kendi aramızdaki dayanışmanın verdiği zevki de çok önemsiyorum.

döner. Yanlış yolda istediğiniz şeyi elde etseniz bile yine de tatmin olamayacak, suni bir şekilde yaşayacaksınız. Belli bir maddi ya da manevi kazanç için olmadığınız biri gibi yaşamak hayata karşı çok büyük taviz vermektir. Ne olursa olsun saygınlığımızı kaybetmemek, haysiyetimizi korumak gerekiyor.

Taviz vermeyen insanlar olarak, kendi aramızdaki dayanışmanın verdiği zevki de çok önemsiyorum. İlkeli insanların birbirlerine rastlaması daha kolay oluyor ve benzerlerinizi gördükçe hayat karşısındaki engeller daha kolay aşılır geliyor. Durumlar ne kadar zor olursa olsun, hayatta umutsuzluğa kapılmamak lazım. Çünkü ölüm hariç her şeye çare var.

Bütün bu anlattıklarınızdan bir işten elde edilecek geliri en önemli kıstas olarak belirlemediğinizi görüyorum. Para, yapılan her işin birincil gayesi midir? Maddi beklentiler hangi durumlarda geri plana atılabilir?

İnsanın sevdiği işten para kazanması çok güzel olabilir ama etik değerleriniz yoksa elde ettiğiniz gelir zamanla duygularınızın altında ezilir. Daha öncesinde konuşmuştuk, bir yemek eleştirmeni olarak lokantalarla asla maddi ilişkiye girmem. Hiçbir lokantaya danışmanlık yapmam. Çalıştığınız alanda ne yapıp ne yapamayacağınızı iyi bilmeniz, bunları kendiniz belirlemeniz gerekiyor. İşinizin sınırlarını çizmelisiniz. Biz komşunun tavuğunu çoğu zaman kaz zannediyoruz. İnsan bıktığı an hatadan hataya koşar. İşini daha iyi hâle getirirse ve biraz mutluyken karar alırsa daha sağlıklı adımlar atar.

Bu, kişisel olan mesele. Bir de toplumsal boyutu var. Huzurlu bir toplum olmak istiyorsak insanların iyi yaptıkları ve sevdikleri alanlarda çalışması ve para kazanmaları gerekiyor. Bir toplum böylelikle hem ekonomik hem de psikolojik olarak gelişir. Batı'da her meslek kurumunun açık şekilde kuralları vardır ve bu kurallardan sapanlar ceza alır. Bizde ise her alanda bir kokuşma yaşanıyor. İşini hakkıyla yapan insanların düzgün yoldan para kazanması ayıp görülüyor. Para kazanmak önemli bir motivasyon kaynağıdır ama haysiyet sahibi ve saygın olmak da önemlidir. Başkasında yarattığın saygıdan duyulan zevk de önemli bir motivasyondur. Bu denge bizde çok çabuk bozuluyor. Bir doktor, alanı dışında kolay para kazanmak için zayıflama merkezi kurabiliyor ve bilimsel olarak temelsiz vaatlerle halkı kandırabiliyor. Bu tip insanlara taviz vermemek lazım.

İzlemek değil katılmak, şikâyet etmek değil mücadele etmek, maruz kalmak değil meydan okumak, edilgen değil etkin olmak, bize ısmarlanan hayatı yaşamak değil kendi seçimlerimizi masaya koymak yaşadığımız çağda nasıl mümkün olabilir?

Benim için önemli olan katılmaktır. İşin özünün burada gizli olduğunu düşünürüm. Seyretmekten çok katılmaya önem veririm. Örneğin sporsever biriyimdir ama spor yaptığım zamanlarda seyretmekten çok oynamayı severdim. Çünkü önemli olan izlemek değil, katılmaktı. Metin Oktay ya da Lefter Küçükandonyadis kadar futbol oynayamasak bile yine de koşardık. Vasat bir oyuncuydum ama oyunun içinde olma hissini çok seviyordum. Çünkü katılmanın zevki bambaşkaydı. Yemek yemek de öyle: İnsanlar yemeğe çıkıp keyifli anlarını paylaşırlar. Ortak bir hazzın verdiği mutluluk bu birlikteliği anlamlı kılar.

Ama maalesef son yıllarda gastronomi alanında bile hiyerarşi hazzın önüne geçti. Katılımcılıktan seyirciliğe geçme kolaylığı hepimizin işine geliyor. Eskiden katılmanın daha kolay olduğu bir dünyada yaşıyorduk. Şimdi amatörce şarkı söylemek isteyen birine, "Sus sen! Karga gibi sesinle şarkı söyleme," deyip o kişinin hevesini yıkıcılığımızla köreltebiliyoruz. Geçmişte birlikte gerçekleştirerek zevk aldığımız birçok haz alma biçimi giderek tekelleşiyor. Amatörlüğün, yeni denemelerin güzide heyecanından uzaklaşıyoruz. Çünkü amatörce zevk alacağımız birçok alan bize yarışma, rekabet ve ispat duygusu vererek gözümüzü korkutuyor. Burada riskler var. Çünkü bazı insanlar aşırı rekabetçidir; sadece kazanmak ister, oynamanın zevkini çıkaramazlar. Bir zaman sonra kazanma arzuları, karşı tarafı küçük düşürme arzularıyla birleşir. Bu hırs da çoğu zaman kolektivitenin önündeki en büyük engeldir.

Başarının "yalnızca öne geçmek değil, diğerlerinin önüne geçmek" anlamına geldiği, dışa dönük bir tür kompleksten mi söz ediyorsunuz?

Evet. Günümüzde takımlardan çok liderlerin, ekiplerden çok kişilerin başarılarını ön plana çıkarıyoruz değil mi? İyi olmadığımızı düşündüğümüz her zevk ve alandan hızla uzaklaşıyoruz. Tarihe özel bir ilgim olduğunu ve bu alanda birkaç cümle kurduğumu düşünelim: Eminim ki, "Sen Vedat Milor'sun, kalkmış tarih konuşuyorsun. Kendini Halil İnalcık mı sanıyorsun?" diyenler çıkacaktır. Toplumda öyle bir kontrol mekanizması gelişiyor ki ehli olmadığınız bir alana girdiğiniz anda sizi linç etmeye başlayıp el birliğiyle hevesinizi kırabiliyorlar.

Bununla beraber Nurhak, ben şunu biliyorum; huzurlu insan, ilgi alanları geniş olan insandır. Önemli olan araştırma yöntemidir. Konulara farklı açılardan yaklaşabilmektir. Aksi hâlde insanlar kendi alanlarına çekiliyor, içlerine kapanıyorlar, özgüvenleri zedeleniyor. Sonra da bu iletişim kopukluğu sebebiyle daha tedirgin oluyorlar ve öfkeli hâle geliyorlar. Bu insanlara "endişeli modern" diyoruz. Otorite tanımaz bu insanlar, "Ya hep, ya hiç!" gibi hissediyorlar. "Falanca dünyanın en iyi futbolcusu,

> Huzurlu insan, ilgi alanları geniş olan insandır. Önemli olan araştırma yöntemidir. Konulara farklı açılardan yaklaşabilmektir.

gurmesi, oyuncusu," deyip başka insanlara büyük anlamlar yüklüyorlar. Seyircilikten çıkıp asla oyuna katılmıyorlar. Ya da birilerine, "O bir hiçtir," gözüyle bakıyorlar. Bilgi ve prensip tartışılmıyor. Konular sadece biçim ve tanımlar üzerinden tartışılıyor. Ya da şöyle söyleyeyim, insanların tartıştığı konular biçime dönüşüyor ve sansasyon yaratılıyor. Menemen anketimde olduğu gibi... Gerçekte insanları gülümsetip bir an için eğlendirmek üzere ortaya atılan bir anket çok büyük ilgi topladı. Aslında eğlendirme dışında bir amaç da gastronomide bir yemeği iyi yapan unsurları öne çıkarmak ve onları tartışmaktı.

Burada acı olan ne biliyor musun? Bu anketten yola çıkarak gastronomi alanında bilgimizi derinleştirecek soruların sorulmaması. Sorulsa da bunların ilgi çekmemesi. Bir konuyu derinlemesine işleyip "niçin ve neden" gibi soruları sormak yerine kestirip atmayı tercih eden çok insan var. Benim yaptığım anketlerin asıl amacı insanları bu soruları sormaya yöneltip gastronomik değerleri tartışmak. Tabii bunu başarmak zaman alıyor ama ben vazgeçmedim. İyi ki vazgeçmemişim, çünkü anketler devam ettikçe bu gastronomik değerleri tartışan insanların sayısı arttı. Bu insanlardan yeni şeyler öğrenmeye başladığım için kendi motivasyonum da yükseldi.

Anlattığınız bir nokta çok dikkatimi çekti: Bazı şeyleri "en iyi" ya da "en çok" diye tanımlamayı sevdiğimizi söylediniz. Peki, neden zevk sahibi olmak yerine taraftar olmayı seçiyoruz?

Bir nedenini az önce söyledim. Gastronomide nesnel değerler, yani bizim algılarımızdan ve kişisel değerlerimizden bağımsız değerler olduğunu düşünüyorum. Bunları ortaya çıkarmak bir amaç. Bu şekilde ülkemiz gastronomisine katkıda bulunduğumu ve emek yoğun, zahmetli yemekleri hakkıyla yapan ustaları takdir ettiğimi göstererek başkalarını da iyiyi yapmaya özendirdiğimi düşünüyorum. Öte yandan kabul etmeliyiz ki insanlar çok kolay kutuplaşıp yurttaş değil, kabile mensupları gibi karşı tarafı düşman olarak görmeye eğilimliler. Üstelik sadece bizde değil, tüm dünyada.

Düzen bu duygudan besleniyor çünkü. Benimki bir anlamda bu acı gerçekliğe bir meydan okumaydı. En küçük konuda bile ne kadar yüzeysel ve kamplaşmaya müsait olduğumuzu gösteren bir ikilemi ortaya çıkarma ve bu ikilemi aşma çabasıydı.

Lokantalar üzerinden bir örnek vermek istiyorum: Günümüzde işletmeciler müşteri olarak kimleri istediklerini ve o müşterilere ne tip bir dekor ve ambiyans sunacaklarını çok iyi biliyorlar. Hedefte daha ziyade gençler var. Şimdi açık konuşayım: Ülkemiz damak zevkinin arzulanan düzeye ulaşmadığı bir ülke. Gelir ile damak zevki arasında bir ilişki yok. Damak zevki olan insanların genellikle zevksizler kadar rahat yaşayabilecekleri ekonomik imkânları yok. Zevk sahibi insanlar görgüsüzlere kıyasla kendilerini dışarı çıkıp gösteremiyorlar, çünkü aslında böyle dertleri de olmuyor. Bu yüzden tüketim alanında ciddiye alınacak hedef kitleyi de oluşturmuyorlar. Ekonomiyi elinde tutan kitle ise genellikle asalak olarak yaşayan genç ve orta yaşlı insanlardan oluşuyor. Çünkü ülkemiz çoğu zaman emek vermeden, uzmanlaşmadan, kök salmadan, dönemsel olarak zenginleşenlerin ülkesi.

Pavlov'un meşhur psikolojik deneyindeki köpek[7] gibi, bahsettiğim kitlenin salyasının ne zaman ve neye akacağını

7 Ivan Petroviç Pavlov'un klasik koşullanma üzerine köpeklerle yaptığı bir deneydir. Deney özet olarak köpeklerin eti gördüğünde neden salya salgıladıklarını ve koşullanma yoluyla farklı bir uyarana aynı tepkiyi verip vermeyeceklerini ölçer. Pavlov köpeklere et verirken bir zil çalar. Bu sese koşullanan köpekler, etin yokluğunda da aynı zil sesini duyduklarında salya salgılamaya başlar. Köpeklerin ete verdikleri biyolojik tepki "koşulsuz tepki", zil sesine verdikleri ise "koşullu tepki"dir.

> Popüler bir lokantaya gittiklerinde ne yediklerini algılamaktan çok, elde edeceklerini sandıkları statülere para harcayanlar var. Bu sayede de başkalarından geri kalmadıklarını düşünüyorlar. Bir yandan da kendileriyle barışık olmadıkları için hep, "Başkalarına göre eksik," hissediyorlar.

kestirmek endüstri için çok kolay; çünkü alışılmış kalıplar benliklerin önünde seyrediyor. Bu insanlar bir yere gittiklerinde ne yediklerini algılamaktan çok, elde edeceklerini sandıkları statülere para harcıyorlar. Bu sayede de başkalarından geri kalmadıklarını düşünüyorlar. Bir yandan da kendileriyle barışık olmadıkları için hep, "Başkalarına göre eksik," hissediyorlar. Bu döngü, "görgüsüz" diye tabir edebileceğimiz bu insanlara, para harcadıkça kendilerini gösterdikleri düşüncesini aşılıyor. Bu eylemlerin sonunda maalesef haz ve zevk arka plana atılıyor. Gerçek başarı önemsizleşiyor. İnsanlarda ruhsal bir boşluk oluşuyor. Bu yüzden işini hakkıyla yapan lokantacılar da emeğine yabancılaşan insanlara dönüşüyor. Çünkü o usta ya da şef de bir yerde, iyi yemek yapmak için çabalamaması gerektiğini düşünüyor: Statüyü doğru satsın, yeter! Gerçekte, yaptığının ne kadar yetersiz olduğunu kendisi de biliyor ama alan memnun, satan memnun. Bu sayede ortaya büyük bir aldatmaca çıkıyor. İşletmeciler köksüz, dönemsel, zevksiz ve devamlı değişen bir kitleye hizmet ediyor. Müşteriler ise kendilerini geliştiremedikleri gibi kendilerinden daha zengin, daha güzel, daha iyi viski ısmarlayan kişilere yetişme çabasına giriyorlar. Gösteriş yapma arzusuyla ve başkalarına kendilerini kanıtlama acziyetiyle yaşayan bu insanlar devamlı psikolojik yenilgiye uğruyorlar.

İşte burada bir sürü psikolojisinden bahsedebiliriz: Bu psikoloji insanların başkaları için yaşamaları yanılgısı üzerine kuruludur. Düşünür Theodor Adorno'nun yarım yüzyıl önce yazdığı her şey günümüzde ortaya çıkıyor. Endüstri, insanları hedef kitle belirlemeyi, sonrasında da metalaştırmayı çok iyi başardı. Hedefin yumuşak karnını çok iyi belirledi. Hedef kitleye cazip gelen sloganları çok iyi seçti. Bunun sonucunda kitleleri parçalara ayırıp bölüştürdüler. Bildiğim bütün toplumlarda bu olumsuz durum günden güne artıyor fakat aynı sorun, toplumumuzda artmak bir yana, hayatımızın tam merkezinde yer alıyor. Başkalarının hakkını yemenin meşru sayıldığı topraklarda yaşıyoruz. Hakkını aramaya kalktığında da muhtemelen şiddetle tehdit ediliyorsun. Bir lokantada hakkı verilmemiş yüksek hesapla karşılaşan müşteri belki bambaşka bir ölçekte başkalarının hakkını yiyor. Örneğin tanışıklıkları üzerinden devletten ihale alıyor, yersiz bir ekonomik imtiyaz elde ediyor. O kişinin haksız yere kazandığı para da beceriksiz ve işletmesini bir statü nesnesine çevirmiş bir lokantacı tarafından aynı şekilde cebinden alınıyor. Zincirleme bir yapı bu ve en sonunda mutlaka endüstri kazanıyor. Tek çare: Zincirin dışında kalmak için inat etmek.

Sadece endüstriyi değil, devleti de konuşmak lazım: Kendine devamlı rant sağlayan, taraf tutan, zenginleşmeye çalışan ve kendini sivil topluma karşı koruyan bir devlet yapısı içinde hak aramak maalesef mümkün değil. Balık baştan kokuyor ve şikâyet eden insanlar, bu yapı içinde mağlup olarak şikâyet ettikleri eylemleri sahiplenen insanlara dönüşüyorlar. Sıradayken başkasının hakkını çiğniyorlar, trafikte sollamak yerine sağdan geçiyorlar ama aynı şeyi başkaları yaptığında yine şikâyet ediyorlar. Çünkü bu düzlemde amaçlar adalet arayışına değil, güç gösterilerine hizmet ediyor. Bu sayede kişinin imtiyaz talebi bütün kanunların ve toplumsal ahlakın önüne geçiyor. Üstelik bu duruma o kadar alıştırılmışız ki gücü ele geçirdiğimizde yapacağımız adaletsizlikler önce bizim tarafımızca normal karşılanıyor. Toplumumuzun yaşadığı çok ciddi bir çelişki bu.

Başarı kavramına nasıl yaklaşıyorsunuz? İnsan dönemsel galibiyetler yerine nasıl kalıcı başarılar üretebilir? Nasıl iz bırakabilir?

Tecrübelerim bana şunu gösteriyor: Kapitalizmin geldiği aşama ve rekabet düzeninde, liyakat ilkesi rafa kaldırılırsa bir şirket ya da kurum uzun ömürlü olamaz. Genel kanının aksine liyakat ölçüleri içinde hareket etmeyen insanların, kısa vadede kazanıyor görünseler dahi, uzun vadede kaybettiklerini düşünüyorum.

Başarıya giden yollara dair birçok araştırma var. Bir faktör olarak şu belirlenmiş: *Doğru zamanda doğru yerde miydin?* Bahsettiğim araştırmalar önemli konumları elde etmenin kökeninde, en az yeteneğin etkisi kadar, şansın ve doğru zamanda doğru yerde olmanın da payı olduğunu söylüyor. Örneğin 1880'lerde büyük ekonomileri genellikle demiryolları baronları yönetiyordu. İnternetin büyük zenginleri ortalama 1950'li yıllarda doğmuşlar. Sosyal medyanın varlıklı kıldığı insanların ise 1980 ve 1990'lı yıllarda doğduklarını gözlemliyoruz. Bu da demek oluyor ki belli zamanlarda belli yerlerde olmak mühim mesele. İstediğimiz kadar akıllı ve yetenekli olalım, doğru zamanda doğru yerde değilsek yeteneğimiz karşılığını bulamıyor.

Yeteneğe bakalım. İnsanlar arasında önemli yetenek farkları var ama acaba bu farklar sanıldığı kadar büyük mü? Çevremize ve doğduğumuz yere göre taşıdığımız farklılıkları ele alalım. Örneğin gerek Batı'da gerekse az gelişmiş ülkelerde, kabiliyetli insanların sayısı onların kendini ifade edecekleri doğru pozisyonlardan çok daha fazla. Bir toplumsal yapı on beş bin yüksek vasıflı yöneticiye izin veriyor ama yüz elli bin yüksek vasıflı yönetici adayı var. Çok az kişi senin gibi genel yayın yönetmeni, benim gibi gastronomi yazarı ya da ne bileyim iyi bir iç mimar olabilir. Eminim Batı ülkelerinde de sanat, müzik ve yöneticilikte sivrilecek insanlar var ama potansiyel olarak sivrileceklerin sayısı her zaman için sivrilenlerden fazladır. Buna da "rekabet" diyoruz.

Araştırmacı gazetecileri ele alalım, aralarında on kişi sivrilmiştir belki ama sivrilmeyi hak eden bin kişi vardır. O on kişi demek ki daha iyi ilişkiler kurmuş, doğru zamanda doğru yerde olmuş. Şimdi gel bir de bir orkestra hayal edelim. Diyelim ki sen gerçekten yetenekli bir keman virtüözüsün. En iyisisin hatta. Peki baş kemancı sen mi olacaksın? Orkestra şefinin baş kemancıyı seçmesi yalnızca yetenek esasına dayanmayabilir ve gerçekte birçok nedene bağlı olabilir. İnsanlar genellikle kendilerine benzeyen insanlarla çalışmayı seçer; bazısı kolay yönetebileceğine sıcak bakar, bazısı ise iletişim yerine saf yeteneği önemser.

Kendine benzeyeni seçmenin trajik ve utanç verici tarafları da var. Batı tarihini incelediğimizde uzun süre Asya ve Afrika kökenli öğrencilerin hak ettikleri üniversitelere giremediklerini görüyoruz. Ama biliyoruz ki hakkı yenmiş bu kişiler çoğu zaman, en az o üniversitelere girenler kadar yetenekliydiler. Bu üniversiteler belli bir döneme kadar faşizan bir elemeyle belli bir sınıftan gelen, beyaz ve kendilerine benzeyenleri öğrenci olarak alıyordu. Örneğin yatırım bankalarına uzun süre Musevi kökenli Amerikalılar giremedi. Çok zeki olmalarına rağmen önemli mevkilere yükselemediler. Doksanlı yılların başında, Dünya Bankası'nda çalıştığım dönemde, kadınlar yönetici pozisyonlarında iş bulamıyorlardı. Erkeklerden daha kötü de değillerdi ama karar vericiler tarafından ikincil görülüyorlardı. Zamanla sistemde ve bütün bu kurumlarda değişim yaşandı ve cezai tedbirler uygulanmaya başladı. Dünya Bankası'nda yüksek yöneticiler kadınları terfi ettirmezlerse ceza alıyorlardı. Devlet siyahi öğrencileri kabul etmeyen üniversitelere yardım yapmayı kesiyordu. Fırsat verilir verilmez Musevi kökenli

Amerikalılar yatırım bankalarında göreve başladılar ve başarıyla kendilerini gösterme fırsatı yakaladılar.

Şimdi bak, Dünya Bankası'ndaki yöneticiler erkek oldukları için elbette kötü ya da iş bilmez değillerdi fakat işin içine kadınlar da girince havuz genişledi. Batı'da bu tip problemler ve haksızlıklar bazen büyük reformlarla aşılıyor. Fransa'da İkinci Dünya Savaşı'ndan sonra elit eğitim kurumları oluştu: École Polytechnique[8] gibi kurumlar Orta Doğu kökenli Fransızlara açılmaya başladı. Aday sayısı genişleyince yetenek ve kalite ön plana çıktı. Napoleon Bonaparte zamanında kurulan kurumlar da liyakat ilkesi üzerine yükselmişti. Fakat işlev ve yetenek yalnızca beyaz ve belli bir sınıftan insanlar arasında aranıyordu.

Aslında bugün hâlâ bu sorunlar tamamıyla çözülmüş değil. Çoğu zaman toplumların, toplumları yönetenlerden daha ilerici olduğunu ve birçok alanda reform talep ettiğini görüyoruz. Fakat bu tip insani taleplerin politikaya yansıması uzun zaman alıyor. Kurumlardaki rekabet ve çok seslilik liyakatin artışına sebep olurken politikada aynı olumlu yansımaları göremiyoruz. Örneğin Amerika'da toplumun yüzde 20'si kendini agnostik ya da ateist olarak tanımlıyor. Fakat senatoda kendini öyle tanımlayan sadece bir insan var. Bu da binde bire tekabül ediyor. Yani agnostik ya da ateistler temsil edilemiyor. Bizim gibi gelişmekte olan ülkelerde ise önümüze ayrı engeller çıkıyor. Ülke gerçekliğinde iki önemli ilke vardır: Biri toplumda geçerli olan olgu, diğeri ise siyasi vitrinde geçerli olan olgudur. Toplumda geçerli olan olgu hemşehriliktir. *Nerelisin kardeşim? Ünyeli misin, Fatsalı mısın?*

Biliyorsun, politik düzeyde patronajlık ve belli kesimlere hemşehrilikle avantajlar sağlamak bu toprakların değişmez ilkesi. İkisi birleşince liyakat ikinci planda kalıyor ve

8 Paris yakınlarındaki Palaiseau bölgesinde bulunan, devlete bağlı yüksek eğitim ve araştırma kurumu.

kalitesizliğe, yeteneksizliğe mahkûm oluyoruz. Bu, yalnızca politikacıların da kabahati değil, çoğu zaman toplumsal yapı bunu gerektiriyor. Hızlı bir kentleşmenin ortasında, Batı'da iki üç yüzyılda yaşanmış gelişmeleri biz otuz senede yaşadık. Bu hızlı dönüşüm ekonomik depremleri ve çarpık şehirleşmeyi beraberinde getirdi. Doğu illerinde yaşanan sorunlar ve ekonomik depremlerden dolayı göç dalgaları arka arkaya geldi ve İstanbul nüfusu hızlı bir şekilde büyüdü. Bunların sonucunda insanlar önce aile ve akrabalarına sığındı, arkasından da kendi hemşehrileri olan politikacılara. Herkes bu güvensiz, hızla değişen ve ileri bakmanın çok zor olduğu ortamda sarılacak can simidi arıyor.

Gelişmiş ülkelerde ise seçilen politikacılarla seçmen arasında belirli bir mesafe vardır. Seçmen ve politikacı arasında bazı kurumlar aracılık yapar. Dilekler doğrudan politikacılara gitmez. O ara katmanlardan geçer ve o ara katmanlardan geçtiği için de kişisel isteklerin gerçekleşme ihtimali azalır. Politikacıya ancak tüm toplumu ilgilendiren istekler ulaşır. Mesela bir maden işçisinin kişisel isteği yerine tüm madencileri ilgilendiren bir konu politikacıya ulaşır. Bizde ise tam tersidir, yüksek mevkilerde bir tanıdığınız varsa çoğu işiniz hallolur.

Batı'da en başarılı insanlar, genellikle başarılı oldukları konuyu saplantı hâline getirmiş ve çalıştıkları konu dışında hiçbir şeyi düşünmeyen kişiler arasından çıkıyor. Gerçi bu insanlar çok başarılı da olsalar genellikle mutlu olamıyorlar. Hırsın da etkisiyle büyük bedeller ödüyorlar.

Çok kısaca bir başka faktöre de değineyim. Başarı endeksinde, yetenek ve doğru zamanda doğru yerde olma konusu kadar, adanmışlığın da büyük bir rol oynadığını gözlemliyorum. Örneğin Batı'da en başarılı insanlar, genellikle başarılı oldukları konuyu saplantı hâline getirmiş ve çalıştıkları konu dışında hiçbir şeyi düşünmeyen kişiler arasından çıkıyor. Gerçi bu insanlar çok başarılı da olsalar genellikle mutlu olamıyorlar. Hırsın da etkisiyle büyük bedeller ödüyorlar.

Dalai Lama, "Başarılarını, onları elde etmek için feda ettiklerine bakarak değerlendir," demiş.

Soru da tam olarak bu: Kazanırken ödediğin bedelleri göze almana değecek bir başarı mı istediğin? Araştırmaları incelediğimizde mesleki hırs ve çalışma bağımlılığının aile kurumunu tehdit ettiğini ve birçok evliliğin sona erme sebebi olduğunu görüyoruz.

Bu noktada Robert Wade adlı bir akademisyenden bahsetmek istiyorum. Güney Kore'nin gelişme stratejisini anlatan *Governing the Markets*[9] adlı harikulade bir kitabı var. Profesörlük yaptığım dönemde kendisi kıdemli profesördü. O sırada Dünya Bankası üzerine çalışıyordu. Ben de onun kitabını seminerlerimde kullanıyordum. Bir araya geldiğimizde kendisine kitabı hakkında sorular soruyordum ama çoğu zaman bana cevap bile vermiyordu. Tüm ilgisi o an çalıştığı alanın üzerindeydi ve onun için başka hiçbir şey önemli değildi. Sonra benim Dünya Bankası'nda çalıştığımı öğrendi. Bana o konuda sorular sormaya başladı. Ben kendisinden bir şeyler öğrenmeyi beklerken belki de o benden bir şeyler öğrendi. Mesleki hırsları yüzünden sosyalliği ikinci plana atıp karşısındakini araçsallaştıran bir ilişki biçimi. Sebebi ise basit: Bilgiye adanmışlık. Çünkü Wade'in tüm varlığıyla odaklandığı bir konu vardı ve hırsı o konu dışında hiçbir şeyin ilgisini çekmemesine sebep oluyordu. Yaşamla bağı azalmış mıdır? Şüphesiz. Ama ortaya çok iyi bir kitap çıkardı. Yıllardır da dünyanın en önemli üniversitelerinde hocalık yapıyor.

9 1992'de yayımlanan kitap, Amerikan Siyaset Bilimi Derneği'nin Politik Ekonomide En İyi Kitap ödülüne değer bulundu.

Benim gördüğüm, tanıdığım başarılı insanlar genellikle Robert Wade gibiydi. Hırslı, mutsuz ve çoğu zaman yalnız. Ben bu tip bir yolu asla tercih etmem; çünkü başarı kadar zevklerimizin, hayattan keyif almanın da önemli olduğunu düşünüyorum. Ama bütün bu insanlara da kötücül olmadıklarına emin oldukça saygı duyuyorum. Çünkü başarı yolunda herkesin göze alamayacağı ciddi bedeller ödüyorlar. Herkesten çok çalışıyorlar; başkaları yemeğe çıkarken, konsere giderken, film izlerken düşünüyor, üretiyor ve çoğu zaman yalnız kalıyorlar. Gerekirse geceleri uyumuyorlar, kendilerini dağıtmıyor ve yalnızca alanlarına odaklanıyorlar. Dönemsel olmayan gerçek başarıların kökeninde genellikle bu tür eğilimlere rastlıyoruz. En iyiye ulaşmak büyük bir rekabet gerektiriyor ve insana bu tip bedeller ödetiyor. Bizdeki gibi ruhunu satma anlamında bir bedelden bahsetmiyorum. Ruhunu satanlara saygım yok ama emek verenlere büyük saygı duyuyorum. Çünkü onlar hayatlarından ödün verip ürettikçe insanlık ilerliyor.

"Ruhunu satanlar var," dediniz. Hakikaten de rekabet, insanları olmadıkları birine dönüştürebiliyor; kötülüğe itebiliyor. Siz kötülükle nasıl mücadele ediyorsunuz?

Her zaman çok hayal kuran biri oldum. Güzel bir film izlerken ya da güzel bir kitap okurken hep hayaller kurarım ve sizlere de tavsiye ederim. Çok beğendiğim paragraflara ve düşünce sistemlerine rastlayınca birdenbire kitabı bırakıp atmosfer üzerine düşünmeye başlarım ve zihnimin beni götürdüğü yerleri çoğu zaman kontrol edemem. Örneğin Freud okuyorsam yirminci yüzyılın başlarında yaşadığımı hayal ederim. Bir akşam Freud'un evine yemeğe davetli olduğumu ve ona nasıl sorular soracağımı düşünürüm. Tabii her zaman tozpembe hayaller değildir bunlar: Çok kızdığım, haksızlığına uğradığım insanları da düşüncelerimde cezalandırmayı tercih ederim.

Hiçbir sebep yokken ailemle hayatımızı zorlaştırmış insanlardır kastettiğim. Bazı insanlar öyle bir olgunluğa erişiyor ki kimseyi cezalandırmak istemeyip herkesi affedebiliyorlar. Ama ben henüz o olgunluğa erişmiş biri değilim.

André Gide'in de söylediği gibi, insanın siyah ya da beyaz değil, gri olduğunu ve bu grilik alanında yaptığı bilinçli tercihlerle var olduğunu düşünüyorum. Kötülüğün yapanın yanına kâr kalmaması gerektiğini düşünmek de bu griliğe ait makul bir tercih gibi geliyor. Ahirete inanıyorsanız ceza kavramına bakışınız farklı olabilir ama yaşadığımız dünyada da, bazen yalnızca hayalini kurarak bile olsa, kötülükle etkin bir şekilde mücadele etmek gerektiğini düşünüyorum.

Az önce bahsettiğiniz hayal çok hoşuma gitti. "Freud'a akşam yemeğine gitmek isterdim," dediniz. Ne sorardınız ona? Kendiniz hakkında, toplum hakkında? Yeri gelmişken Freud'dan başka birileri de var mıdır sofrasına oturmak istediğiniz?

Okuduğum her kitap için geçerli bu hayal. Okurken kendimi o dönemde, o ortamda hayal etmeyi seviyorum. Napolyon'un yerinde olsaydım ya da onunla Mısır seferine katılsaydım... Ya da Ludwig Wittgenstein'ın Viyana'sında yaşasaydım… Yani özel bir kişiyle, ille şununla birlikte olayım diye bir şey düşünmedim. Daha çok bir dönemi ve mümkün olduğu kadar soru sorup dinleyebileceğim insanları düşünüyorum. Ama genel olarak Rönesans entelektüelleri denen insanların konuşmasından zevk alacağımı tahmin ediyorum.

Yalnız sorularım hiçbir zaman onların profesyonel olarak meşhur olduğu alanda olmazdı. Çünkü bu tip sorular o kişiyi rahatsız eder. Örneğin bir kardiyologla konuşurken birdenbire, "Geçen gün nabzım şöyle atıyordu, hafif yokuş yürürken soluk soluğa kalıyorum," diye sorular yöneltsem karşımdaki kişi rahatsız olur. Bir başkası şarap eleştirmeni olarak bilinen birine şarap bilgisiyle kendini ispat etmeye çalışır. "Falanca şarapta hangi aromalar vardır?" ya da "En iyi lokanta hangisidir?" diye sorduğu zaman o eleştirmen rahatsız olur, kendini işte gibi hisseder. Bu tür bir yanlışa düşmemeye özellikle dikkat ederdim. Yani Freud'a hiçbir şekilde, "Şöyle bir cinsel fantezim var," ya da "Böyle bir çocukluk travması yaşadım," gibi konulardan bahsetmezdim. Herhâlde bambaşka konularda konuşurdum.

Her zaman çok hayal kuran biri oldum. Güzel bir film izlerken ya da güzel bir kitap okurken hep hayaller kurarım ve sizlere de tavsiye ederim. Örneğin Freud okuyorsam yirminci yüzyılın başlarında yaşadığımı hayal ederim. Bir akşam Freud'un evine yemeğe davetli olduğumu ve ona nasıl sorular soracağımı düşünürüm.

Mesela gastronomiden konuşabilirdim. Yemekle cinsellik arasında bir bağ, bir paralellik görüyor mu diye sorabilirdim. Aslında büyük olasılıkla bırakırdım konuşmayı, onu dinlemeye çalışırdım. Belki Wittgenstein hakkında ne düşündüğünü sorabilirdim. Wittgenstein'a da Freud hakkında ne düşündüğünü sorardım kim bilir ama hiçbir şekilde analitik felsefeden söz açmazdım. Bence insanları rahatsız etmemek, kendilerini ders veriyorlar gibi hissettirmemek önemlidir.

Sizce toplumumuzda hayal gücü eksikliği var mı?

Kesinlikle evet. Fransız yazar Pierre Bayard'ın sevdiğim bir kitabı var: *How to Talk About Places You Have Never Been*. Bazısı epey meşhur birçok yazarın hiç gitmedikleri yerler hakkında nasıl yazdıklarını anlatıyor. Bir başka örnek: William Maxwell'in *Şato* adlı romanı. Bir kısmı Fransa'nın Loire bölgesinde, bir kısmı da Paris'te geçiyor. Hem çok güzel bir hikâye hem de Fransızları analizi, psikolojik derinliklere inişi ve mekân tasvirleri çok güzel. Oysa hayatında Fransa'ya gitmemiş Maxwell.

Yapılan tüm araştırmalar hayal gücüyle okuma arasında çok sıkı bir ilişki olduğunu gösteriyor. Daha çok okuyan insanların hayal gücü daha çok gelişiyor, daha geniş oluyor. Tabii gezmenin, görmenin de payı var. Hayal gücü geliştikçe de aslında, bir yerde empati duygusu daha çok gelişiyor. Bu açıdan bakıldığında biz çok içe kapalı bir topluluğuz. Kesif bir milliyetçilik ve özgüven yoksunluğuyla okumamak bir araya gelince tehlikeli bir bileşim oluyor; her an patlamaya hazır, kendine ve yanındakilere zarar verecek bir bileşim. Hayal gücü bu açıdan da önemli. Onu artırmak için de muhakkak ki daha çok gezmek, görmek, tanımak, anlamak, yabancı dil bilmek gerekli. Hepsi bir arada.

DÖRDÜNCÜ BÖLÜM

HAYATTAKİ ÖNCELİKLERİ BELİRLEME SANATI

"Hayattaki yanılgılarımızdan biri de her zaman ikinci bir şansımız olacağını düşünmektir. Bu yalnızca Hollywood filmlerinde olur ve çoğu zaman tek bir şans bile çıkmaz karşımıza. Şansa ihtiyacımız olan bir hayat yaşıyorsak, şansı heba ettiğimiz an ümitsizliğe kapılırız. Bu yüzden doğru olan, şansa ihtiyaç duymayacak eminlikle yaşamaktır."

Bu bölümde sizin birçok yazınızda altını çizdiğiniz konulardan, hazdan ve zevkten söz açmak isterim. Bu konuları Vedat Milor'dan uzun uzun dinlemenin kendisinin de haz ve zevk vereceğini düşünüyorum. İzin verirseniz şu soruyla başlayalım: İnsan hayatını nasıl güzelleştirir, zevk ve arzularını nasıl keşfeder? Bir de hayata karşı "bildiğini okumanın" yöntemi nedir?

Bildiğini okumak... Bunun üzerine çok düşünmüşümdür. Diyebilirim ki her insan bir romandır. İnsanları anlamak ve keşfetmek istiyorsak önce ilişkilere emek verecek cesareti taşımalı, sonra doğru soruları soracak şekilde aklımızı kullanmalıyız. Böylelikle romanın sayfaları açılır ve okuyup öğrenmeye başlarız. Ne isteyip ne istemediğimize yetkinlikle karar veririz; daha çok öğrenir, daha seçici olma imkânı elde ederiz. Bu sayede kim olduğumuz şekillenmeye başlar ve kişiliğimiz oturdukça seçimlerimizin kalitesi artar.

O hâlde sormalıyız: Biz kimiz, nereden geldik, nereye gidiyoruz, ne bizi mutlu ediyor, ne kötü hissettiriyor ve ne yapmak istiyoruz? Size neyin huzur verdiğini düşünerek yola koyulun. Kendinizi huzurlu hissettiğiniz yerler, zamanlar ve insanlar ait olduğunuz yaşamın kapısını aralar. Keyif aldığınız uğraşlarınızı düşünün. İçinde kendinizi mutlu hissettiğiniz kıyafetler, hatta oturmayı sevdiğiniz bir sandalye... Hepsi hayat kalitemizi belirleyen ve artıran unsurlardır.

Birlikte yaşadığınız toplum ve çevreniz size kendi doğrularını dayatmaya her zaman hazırdır. Topluma göre inançlı biriyseniz sizi inançlı insanlarla beraber olmak mutlu edecektir, maddi olarak varlıklıysanız zengin insanlarla vakit geçirmelisinizdir. Ama siz kendinizi tanımaya başladıkça bu tip önyargıların kırılması kolaylaşır ve yönlendirilen değil, karar veren olursunuz. Kiminle birlikte olduğunuz, nerede ve ne zaman vakit geçirdiğiniz bir nedensellik kazanır. Yaşamımızı olduğundan daha iyi hâle getiren büyü, tam da buradan, toplumun bizi yönlendirme biçimlerine karşı seçimlerimizi gerekçelendirmekten geçer. Bunu hep akılda tutmak gerekir.

Toplum hep tetiktedir. Kendinize uzak kaldığınız her an sizi yönlendirmek için fırsat kollar. Toplumun geneline kalsa hayatın değeri elekten geçirilmiş ve incelmiş zevklerden çok, yalnızca paradan, güzellikten ve güçten ibaretmiş gibi gelir. Oysa her insan zevkleriyle ve seçimleriyle özneldir.

Dedim ya, toplum hep tetiktedir. Kendinize uzak kaldığınız her an sizi yönlendirmek için fırsat kollar. Toplumun geneline kalsa hayatın değeri elekten geçirilmiş ve incelmiş zevklerden çok, yalnızca paradan, güzellikten ve güçten ibaretmiş gibi gelir. Oysa her insan zevkleriyle ve seçimleriyle özneldir.

Kendi adıma, toplumun bana dayattığı önceliklerle hayatımı üzerine kurduğum değerler arasında çoğu zaman benzerlik göremedim. Bunu anlamak elbette ki yıllarımı aldı. Ama şimdi biliyorum: İnsanın farklı görüşten insanlarla tanışması, dünyayı başkalarının gözünden görmeye çabalaması, aslında duyarlı olmadığı konulara dair merakla karışık bir anlama arzusu taşıması hayatı daha anlamlı ve yaşanılır kılıyor.

Toplumumuzda birçok kişi için önemli kabul edilmeyecek zevkler benim hayatımın merkezinde. Görmem gereken filmler benim için birçok ihtiyaçtan önce geliyor. Yine iyi yemek yemek ve iyi şarap içmek konusunda neredeyse tavizsizim. Birçok insan için önemsiz gözüken bu detaylar benim hayatımın olmazsa olmazları. İnsanın yaşadığı yerde kişisel zevkleriyle var olması o insana bir aidiyet yaratır, ona huzur verir.

Okurlarımıza eski Anadolu mimarisindeki köy evlerini düşünmelerini öneririm: Ortada çoğu zaman maddi olarak elverişli imkânlar yoktur ama birçok evde kişisel zevklerin estetiğine rastlarsınız: Oymalar, sedirler, yastıklar… Muazzam renk uyumu, bu uyuma eşlik eden taze çiçekler… Ama toplum kişisel zevkinizi dikkate almaz; size bir dönem deri koltuk takımlarını, bir dönem altın kaplama musluk başlıklarını, başka bir dönem varaklı avizeleri tek doğruymuş gibi dayatır. Moda sürekli güncellenir. Siz de dayatılan doğrulara yetişmeye çalışırken aslolan zevklerinizden daha da uzaklaşırsınız.

Ben de böyle dönemler geçirdim. Bunu tamamen aştığım da söylenemez. Çünkü başkalarını takmamak neredeyse imkânsızdır ve moda çoğu zaman bir şekilde sizi etkisi altına almayı başarır. Ama şundan eminim: Bu etkiyi azalttıkça kendilik bilinciniz daha çok gelişecek, kendinizi tanıdıkça da zevklerinizle var olmanın güzelliğini hissedeceksiniz.

Ben hayattaki önceliklerimizin; toplumun dayatmalarının, ekonomik düzeyimizin, kültürel benzerliklerimizin, inancımız ya da ideolojimizin üzerine kurulmaması gerektiğine inananlardanım. Televizyon programı yaptığım dönemde kanal yöneticilerine kıyasla şoför arkadaşlarla vakit geçirmenin daha çok hoşuma gittiğini fark etmiştim. Değişik kesimlere uzanmadığınızda hayatta çok şey kaçırıyorsunuz ama neyi kaçırdığınızın farkında olmuyorsunuz. Kendi kendilerini aşmış ve hicve alabilen çok insan gördüm. Her kesimden, okumuş ya da okumamış, Konya'da ya da İzmir'de doğmuş, ailesi kunduracı ya da iş insanı olmuş; hiç mühim değil. Bu insanları tanıdıkça fark ettim ki ben kendi kendini hicve alan, çok güçlü inançları bulunmayan ve iddialı olmayan insanlarla vakit geçirmekten, toplum tarafından önem atfedilmiş insanlara kıyasla çoğu zaman daha çok keyif alıyorum.

Toplumun önem atfettiği yaşam biçimlerine boyun eğmiş insanların bu ilişkiyi anlamalarını zor görüyorum.

Kesinlikle. "Ne işin var senin?" bile diyebilirler. Ben her şeyi haz ve heves duyarak yapmanın değerine inanıyorum. Başka perspektifleri öğrenmenin buna hizmet ettiğini de düşünüyorum. Gezmek ve yeni yerler görmekten hoşlanırım. Yabancı bir yerde kalabalık bir kafeye oturup gelen geçeni seyretmek, etrafa bakmak ve gözlemlerde bulunmak bana büyük zevk verir. İletişim kurarken farkında olmadan insanların güçlü taraflarını ortaya çıkarıp nitelikli oldukları konuların üzerine giderim. Diyelim ki bir gezide tanıştığım biriyle vakit geçiriyorum ve karşımızda da mimari açıdan ilginç bir bina var. Bir bakıyorum, karşımdaki kişi o binaya bakıyor: Hemen ona, "İlginizi çeken nedir?" diye sorarım. Binayı bir de onun gözüyle incelerim. Bir defasında bu soruyu sorduğum biri mimariyle ilgili ilginç bir cevap vermişti. Bunun üzerine, "Mimar mısınız, yoksa sanat tarihi mi okudunuz?" diye sorduğumdaysa muhasebeci olduğunu öğrenmiştim ama birçok mimardan daha derin ve estetik bir bakışı vardı. Onun gözüyle binaya baktığımda, nasıl o şekilde göremediğime şaşırmıştım.

Bu, bazılarının filmin başında katilin kim olduğunu hemen anlaması ve bazılarının anlamaması gibi... Trajedilerin de komedilerin de kaynağı insanlardır. Dedim ya, nasıl ki bir roman okuduğunuzda ya da film seyrettiğinizde perspektifiniz değişiyorsa, birçok insanla tanıştığınızda ve onların gözünden dünyaya baktığınızda da aynı şey oluyor. Bazen çok iyi tanıdığımı düşündüğüm bazı arkadaşlarımın niteliklerini onu hiç tanımayan bir arkadaşım daha iyi keşfedebiliyor. Bu da çok hoş bir şey... Değişik insanlarla konuşmak hem nesneler hem de insanlarla ilgili yeni pencereler açabiliyor. Ben bazen bunu farkında olmadan yapıyorum ve bu durum hayattan aldığım hazzı artırıyor.

Çatışma da burada anlamlı hâle gelmiyor mu? Ne istediğinin ayrımına vardığın anda isteğinin peşinden hevesle gidip kimseye kulak asmayacak cesareti bulmak...

Elbette. Örneğin haftanın beş günü akşamları şarabımı içmek bana zevk veriyor ve o günlerde misafir kabul etmiyorum. Sohbetin nereye varacağını bilmediğim için tanımadığım insanlarla içki içmekten hoşlanmıyorum. Bunu da yakınlarınıza ifade etmek epey zor olabiliyor. Dünya sinema tarihinde iz bırakmış, büyük yönetmenlerin filmlerini izlemeyi seviyorum. Klişeler üzerine kurulmuş, zamanımı boşa harcadığım hissi veren bir film yerine gözlerimi kapatarak güzel bir müzik dinlemeyi tercih ediyorum. Daha önce söylemiştim ya, her sabah mutlaka *The New York Times*, *The Guardian* gibi yabancı bir gazete okumaya özen gösteriyorum. Futbola özel bir ilgim olduğu için Avrupa futbolunu, bilhassa İngiltere'nin Premier League'ini keyifle takip ediyorum.

Ben nicelikten çok niteliğe önem veriyorum. Toplum baskısı bir koltuğa iki karpuz sığdırmamızı talep ediyor ama ben buna direniyorum. Ben koltuğuma çok karpuz sığdırmaktansa, karpuzum sulu sulu, güzel olsun isterim. Bu daha çok bir hayat felsefesidir. Her insanın kendi dengesini bulması lazım. Bir şeyi hızlı yapmaktansa keyfini çıkararak yapmak lazım. Yemek yerken de bu böyledir. Acele etmeye gerek yok. Amerika'da bazı önemli yerlerde saate bakıp, "Üç dakikan var, konuş," derler. Ne diyeceğini şaşırırsın. Bu durum karşı tarafı ister istemez metalaştırır. Böyle yaşayınca birçok fırsatı kaçırıyoruz.

Modern dünyanın getirdiği iki önemli zorunluluk var: Verimlilik ve işleri zamana sığdırmak. İnsanlar kendi kendilerine gereksiz amaç ve mecburiyet yaratıyor. Komşularıyla ya da arkadaşlarıyla yarışmak gibi... Ben bu zorunlulukların mümkün olduğunca dışında kalıp zamanım üzerinde kontrol sahibi olmak isterim. Not defterimde yapılacaklar listesine çizik atmaktansa ne yapıyorsam onu verimli şekilde yapmayı, zamanımı esasen ona ayırmayı tercih ederim. Mesela bir gün sadece Raphael'in eserlerini görmek için Vatikan Müzesi'ne gitmek isterim.

Ben nicelikten çok niteliğe önem veriyorum. Toplum baskısı bir koltuğa iki karpuz sığdırmamızı talep ediyor ama ben buna direniyorum. Ben koltuğuma çok karpuz sığdırmaktansa, karpuzum sulu sulu, güzel olsun isterim. Bu daha çok bir hayat felsefesidir. Her insanın kendi dengesini bulması lazım.

Ben kendi hayatımın keyfini çıkarmaya çalışıyorum. Örneğin okumak istediğim kitap için kendime bitirme süresi koymam. Çok zevk aldıysam bir daha okurum. Zaten toplum iki ayağımızı bir pabuca sokmaya çalışıyor, biz de bunu içselleştirip gereksiz şekilde kendimizi yormayalım. "İlla satranç öğreneyim, briç kursuna da gideyim, Japoncayı da muhakkak hatmedeyim, üç günde dört film izleyeyim, Roma'ya gitmişken Vatikan'ı da göreyim," demeye gerek yok. Ne fark ettim biliyor musun, insanlar günümüzde eğlencelerini bile iş hâline getirmeye başladı.

Hafiflemek, fazlalıkları azaltmak; bu kavramları günden güne daha çok duyuyoruz. Aslında ihtiyaç duymadıklarımız hayatımızı kalabalıklaştırıyor olabilir mi Vedat Bey? Bizim için gerçekte neyin gerekli olduğunu nasıl anlayabiliriz ve hayatımızı hafifletme arzusu taşıyorsak fazlalıkları azaltmaya nereden başlayabiliriz?

Kahramanlığın gerekmediği bir ülkede, bir dünyada yaşamak en büyük hafiflik olurdu; öyle değil mi?

Bazı durumları değiştirmenin zor ya da imkânsız olduğunu fark ettikçe rahatlıyor insan. Çözüm ise oldukça basit: Yargılamamak! Örneğin ülkemizde gastronomi alanına girdiğimde yanlış pişirilen yemeklerin yıllar içinde kültürümüze dönüştüğüne şahit oldum: Et kurutulmaz, balık fazla pişirilmez ama bir kültürün yeme alışkanlıklarını değiştirmek ben de dâhil olmak üzere kimsenin elinde değil. Çünkü kültürel dönüşümlere ancak kıtlık ve savaş gibi büyük değişimler sebep olabilir. Bu yüzden profesyoneli olduğum alanda bile tevekkülle yaşamayı ve yargılamamayı öğrendim. Eskiden büyük cümleler ve iddialarla yaklaştığım durumlara artık daha az önem veriyor, çok da üzerinde durmuyorum. Örneğin geçmiş yıllarda dağınık evler beni çok rahatsız ederdi. Çocuğunuz olduktan sonra dağınık olmayan bir evi düşlemek asla gerçekleşmeyecek bir hayale dönüşüyor. Dağınıklık beni eskisi kadar rahatsız etmiyor ve artık kırmızı çizgilerim arasında değil.

Bazı durumları değiştirmenin zor ya da imkânsız olduğunu fark ettikçe rahatlıyor insan. Çözüm ise oldukça basit: Yargılamamak!

Dağınıklık demişken... Bugün birçok insan evine, onu döşemeye, dekore etmeye belki eskisinden çok vakit ayırıyor. Huzur bulacakları yuvalar arayanlar, o yuvalara çok özenenler var ama bir yandan da sabit bir adreste rahat edemeyenler de var. Siz hangisisiniz?

Bir yere yuva demek için gerek bedeninizle gerek zihninizle orada rahat etmeniz lazım. Yani her an diken üstünde olduğunuz yere yuva demek zor.

Düşünüyorum da çok insanda olmayıp bende olan hayat koşullarının getirdiği belki şudur: Çok rahat seyahat edebiliyorum, seyahat etmeyi seviyorum. Jetinde yaşayan bir CEO olsam ve devamlı yurt dışına gidip gelsem, bu devamlı seyahat hâlinden rahatsızlık duymazdım. Bazı insanlar böyledir, Evliya Çelebi gibidirler. Belki kendi adıma, çok ev değiştirmenin etkisiyle böyle hissediyorum.

Çocukluktan itibaren sabit bir hayatım olmadı. Sevdiğim yerler de hep satıldı. Şişli'de Halaskârgazi Caddesi'nde büyüdüm, Çiftçiler Apartmanı'nda. Orası dedemle babaannem öldükten sonra elimizden gitti. Dragos'taki evimizi, oradaki yatak odamı, bahçeyi çok seviyordum. Dedem ve babaannemin vefatından sonra o da satıldı. Yani bir yerde her şey elimden kayıp gitti. Ben de elimden kayıp gittikten sonra artık önem vermedim. "Nerede olursam olayım, yeter ki yanımdaki insanları ben seçeyim," dedim. Bu yüzden de başka birçok insana göre evinin dışında da otellerde de rahat edebilen bir insanım. İlla bildiğim yatağı, bildiğim eşyaları, bildiğim şeyleri aramıyorum.

> Kendini tanımak, kapasiteni bilmek demektir. Hayata karşı nerede, ne zaman, kiminle, ne kadar sorumluluk alabileceğini farkına varmak demektir. Bu bilginin deneyime dönüşmesi de ancak kendini bilmekle ve zamanla olur.

Hayatta ilginç ironiler var. Zamanla bir uçtan bir uca gidebiliyorsunuz. Bahsettiğim gibi, geçmişte dağınık bir evde yaşamaktan rahatsız olurken tam tersi bir yol tutturabiliyorsunuz. Mesela düzen konusunda saplantıları olan biri sizi dağınıklıktan daha fazla rahatsız etmeye başlayabiliyor. Bazı saplantıların ne kadar gereksiz olduğunun, onları bir prensip hâline getirmenin yoruculuğunun farkına varıyorsunuz. Hepimizin bunu sorgulamasını öneriyorum: Her şeyi kendi ideallerinize göre düzenlemekten vazgeçtikçe daha az yıprandığınızı hissedeceksiniz. İstediğiniz hiçbir şeyi istediğiniz hâliyle elde edemiyorsunuz çünkü. Örneğin sevdiğiniz insanlardan, ailenizden, arkadaşlarınızdan, eşinizden çok şey istiyor, bekliyorsunuz. Onlar da sizi sevdikleri için istediğinizi vermek üzere çabalıyorlar ve farkında olmadan onları yıpratıyorsunuz.

Şundan eminim: İnsanlarla ilişki kurarken beklentilerimiz konusunda dikkatli olmalıyız. Diyelim ki aramızda bir iş ilişkisi var ve siz benden beş gün süreceğini düşündüğünüz bir iş istediniz, ben ise o işin yedi gün süreceğini tahmin ediyorsam, "Nurhak Bey projeyi biraz daha esnetebilir miyiz?" demeliyim. Kendini tanımak, kapasiteni bilmek demektir. Hayata karşı nerede, ne zaman, kiminle, ne kadar sorumluluk alabileceğinin farkına varmak demektir. Bu bilginin deneyime dönüşmesi de ancak kendini bilmekle ve zamanla olur.

Kendini bilmek konusuna gelmişken değinmeliyim; insana ciddi bir tatmin duygusu veren bir şey daha var: Başkalarının potansiyellerini ortaya çıkarmak. Dalkavukluk yapmadan karşımızdaki insanın güçlü taraflarını ortaya çıkarmak o insana verilebilecek en güzel hediyelerdendir. Usta-çırak, öğretmen-öğrenci ilişkisinde de böyledir. İyi bir öğretmen öğrencisinin potansiyelini görür ve gelişmesi, yeteneğini ortaya çıkarması için elinden geleni yapar. Öğretmen için en önemli hediye öğrencisinin onu geçmesidir. Bu alandaki çabalarımızın sonuç vermesi bizlere çok güçlü bir manevi tatmin duygusu verir.

İyi bir öğretmen öğrencisinin potansiyelini görür ve gelişmesi, yeteneğini ortaya çıkarması için elinden geleni yapar. Öğretmen için en önemli hediye öğrencisinin onu geçmesidir.

İnsanların hayatlarına dokunmak hakikaten tarifsiz. Ama birçok iyiliğin kökeninde, beklentisizlik değil yatırım duygusunun var olduğunu gözlemliyorum. "Onun için şunları şunları yaptım," diyen ve başkaları üzerinden hayal kırıklığı yaşayan sayısız insan var. Bu tür katkıları bir karşılık beklemeden yapmak mı kıymetli ve anlamlı olan?

Elbette, bu çok önemli. Ama şu da var: Biz beklemesek de insanların büyük çoğunluğu kendilerine yapılan katkıları hatırlıyorlar. Bir beklentiniz olmadığı hâlde bunu görmek mükemmel bir his. Karşı tarafla özdeşleştiğinizde, sorunlarını anladığınızda ve dünyayı onun gözünden görmeye çalıştığınızda gerçek iletişim doğuyor ve iki taraf da yapıcı hâle geliyor. Bu durumda analitik olarak sorulması gereken sorular var.

Birincisi şu: *Ben bir insana kendi önceliklerimi mi dayatıyorum, o gerçekten fikrimi almak istiyor mu?*

Ve ikinci soru: *Eğer bir konuda gerçekten fikrimi almak istiyorsa, onun üzerinde olumlu bir etkiye dönüşebilecek gücüm var mı?*

Kızım Ceylan'la aramızdaki bir konuşmadan bahsedeyim. Geçtiğimiz günlerde morali bir hayli bozuktu. Sebebini sorduğumda, "Herkes benden çok şey bekliyor," diye serzenişte bulundu. Kendisi başarılı olamazsa birçok insanın mutsuz olacağını düşünmüş ve baskı altında hissetmiş. Başarılı olursa da, "Zaten bu sonucu bekliyordu," diyeceklerini düşünerek başarısının önemsiz hâle geleceğini hissetmiş. Kendine haksızlık ediyordu ama sözlerini bitirene, içini tamamıyla dökene dek dinledim. Onu asla yönlendirmedim, yalnızca iş ve okul hayatıma dair hatalarımdan bahsettim. Bana göre her biri ciddi hatalardı ve hayatım üzerinde büyük sonuçları olmuştu. Hayattaki yanılgılarımızdan biri de her zaman ikinci bir şansımız olacağını düşünmektir. Bu yalnızca Hollywood filmlerinde olur ve çoğu zaman tek bir şans bile çıkmaz karşımıza. Şansa ihtiyacımız olan bir hayat yaşıyorsak, şansı heba ettiğimiz an ümitsizliğe kapılırız. Bu yüzden doğru olan, şansa ihtiyaç duymayacak eminlikle yaşamaktır.

Ceylan'a bunları anlattım. Hepimizin geçmişe dönük hataları olduğunu ama başkalarının beklentilerine göre yaşamanın bizleri daha da çok hataya yönlendirdiğini geçmişime dair deneyimlerle paylaştım. Asla nasihat etmedim, yalnızca olanı olduğu hâliyle anlaması için hayatımdan örnekler verdim.

Tıpkı kızımla aramdaki ilişki gibi, arkadaşlık ilişkilerimizin de ihtiyaca ve yönlendirmeye değil, yapıcılık temeline oturması gerektiğini düşünüyorum. İlişkiler "Nurhak bana iyilik yapsın!", "Vedat beni şununla tanıştırsın!" türünde menfaat zeminleri üzerine kurulmaya başladığında, ihtiyaçlarımızın karşılanmasını dostluk zannediyoruz ve bu yapıcı etkilerden uzaklaşıyoruz.

Vedat Bey az evvel size keyif veren olayları, hâlleri saymıştınız. Peki, keyfinizi neler kaçırır diye sorsam...

Aslında hayatıma keyif katan şeylerle keyfimi kaçıran şeyler hep aynı. Olduğunda keyif katan bir şey, olmadığında keyif kaçırıyor. Benim için bir rutine sadık kalmak çok önemlidir. Birçok kişi rutini can sıkıcı bulur ama ben tam tersine rutini hayata anlam katan bir gelenek olarak görüyorum. Rutinim uyanmamdan itibaren başlıyor. Çocukluğumdan beri uyandığımda yatakta biraz daha kalmayı çok severim. Dedem bu davranışıma çok kızardı. Bugün de aynıyım. Örneğin sabah erkenden doktor randevumuz varsa, uyandıktan sonra on beş dakikada evden çıkmam gerekiyorsa keyfim kaçıyor. Ama oyalanabiliyorsam güne çok daha keyifli başlıyorum. Bunlar ufak ama önemli şeyler.

Yine benzer şekilde sabah uyanır uyanmaz kahvaltı yapamam. Kahvemi içerim, kitap okurum ve kulaklığımla müzik dinlerim. Sabah keyfimin en önemli parçası budur. Sabah rutinlerimi yapamadığımda çok huzursuz ve tedirgin oluyorum. Gideceğim filmin, tiyatronun, lokantanın, dinleyeceğim müziğin ve seyahat edeceğim yerin seçimine başkası katılacağı zaman çok mutsuz oluyorum. Benim için büyük zevk kaynağı olan şeyler beni mutsuz etmeye başlıyor. Kendimi toplumdaki geçerli normların dışında hissediyorum.

Biz herkesin aynı şeyi yaptığı, bireysel farklılıkların bencillik olarak görüldüğü bir toplumuz. Bu açıdan bakarsak hakikaten bencil biriyim. Gideceğimiz lokantaya ve ısmarlayacağım şaraba uyum sağlanmadığında mutsuz oluyorum. Yalnız olmak, eşimle olmak ya da seçtiğim arkadaş grubumla olmak bana çok daha büyük keyif vermeye başladı. Öyle bir rutin içine girdim ki yıllar geçtikçe pek tanımadığım insanlarla olmanın bana zaman kaybettirdiğini hissettim. Yine keşfettim ki seyahat planlaması bana çok büyük zevk veriyor. Gideceğim yerlerin lokantalarını araştırırım. Şarap menülerini bulmaya çalışırım. Zamanla bu konuda çok iyi ihtisas geliştirdim. Nerede ne yenir, ne içilir çok iyi öğrendiğimi söyleyebilirim.

Rutin dediğiniz bir anlamda planlamayla mümkün oluyor. Siz gününüzü planlar mısınız ya da nasıl planlarsınız?

Yani evet, ben mikro anlamda da makro anlamda da plancı biriyim. Belki planlama üstüne doktora tezi yazmam da bunun sonucudur; yani o tezi yazmanın sonucunda plancı biri olmadım, zaten planlamayı seviyordum. Belki de kendi hayatımda tatbik ettiğim için toplumlarda da nasıl yapıldığını görmek istedim. Politik ekonomi açısından mümkün olabilecek planlama şekilleri ilgimi çekti.

Günlük planla ilgili soruna dönersek evet, hem günümü hem de haftamı planlarım. Gerek gün içinde hangi saatte ne yapacağımı gerekse de o haftayı planlarım: Mesela hangi filmleri göreceğimi, günbegün ne yemek yiyeceğimi, lokantaya gidilecekse hangi gün lokantaya gidileceğini... Seyahat ederken de en ince ayrıntısına kadar araştırıp planlarım: Görülecek, yemek yenilecek restoranları, gidilecek plajları... Bazen birkaç alternatif bırakırım ama o da bir planlamadır.

Bir yerde hayatımı kontrol etmeye çalışmaktır bu. Uzun dönemi de planlamaya çalışırım. Özellikle finansal açıdan. Yani önümüzdeki sene ne kadar gelir elde edebiliriz, bu gelir nasıl kullanılacak, bunun ne kadarı harcanacak, ne kadarı yatırıma dönüşecek?

Hayattaki her şey gibi bunun avantajları ve dezavantajları var. Yani mesela bu pandemi olayında hepimiz gördük ki bazen planlarınız çöpe atılabiliyor. Ama kendi adıma gene de planlamadan vazgeçmedim. Pandemi sırasında yaptığım planlama sanırım bu huyumun avantajlarını iyice ortaya çıkardı. Çünkü çalışma zamanlarımı iyi belirleyebildim. Sistematik bir şekilde hayatımı devam ettirdim ve ettiriyorum. Bu devamlılık mevcut atmosferde çok işe yarıyor.

Rutinlerinize bağlılığınız başkalarıyla iletişiminize nasıl yansıyor?

Önemli bir soru. Evet, insan ilişkilerindeki rutine de önem veriyorum. "Merhaba!" dediğimde karşılık almak istiyorum. Yaya geçidine geldiğim zaman araçların yavaşlamasını istiyorum. Bütün bu açılardan bakarsanız Türkiye benim için cazip olmayan bir ülke hâline geldi ve bunların politikayla hiç ilgisi yok. Türkiye birdenbire demokratik bir cennet olsa da kültür değişmez. Hayatımı kontrol etmek istiyorum ve iyi kötü bunu başarıyorum.

Benim için lüksten çok düzenli olmak önemli. Bu, takıntıya kadar varabilir. Birine "Takıntılı olma," demek de "Stres yapma," demek gibidir. Daha da strese sokar. Derde deva olmaz. Ben son anda her şeyin değişebileceği ortamlarda rahatsız oluyorum. Çalışırken de böyleyimdir. Bir hocaysanız önümüzdeki dört ay ne yapacağınız, imtihanların ne zaman olacağı bellidir. Oyunun kuralları vardır. Not dağılımı bellidir. İşte ben kendi hayatımda kuralların büyük oranda belli olduğu ortamlarda rahat ediyorum.

Önemli bulduğum bir ayrıntıdan bu noktada bahsetmek isterim. Ben Türkiye'den uzaklaştığım zaman hayatımda iki ciddi taviz verdim: Arkadaş çevremden uzaklaştım, çevremde derdimi anlatabileceğim ve başımı omzuna yaslayabileceğim insanların sayısı azaldı. Ancak kaybettiklerim yanında bir şey kazandım: Planlama yapabiliyorum.

İstanbul'da trafik problemi hayatımızı direkt etkilediği için normalde yarım günde yapılabilecek işler bir günde ancak bitiyor. Bu yüzden Türkiye'de düşünecek, kitap okuyacak vakit bulamıyorum. Yine Türkiye'de hayatımı düzene koymak için planlar yapmakta güçlük çekiyorum. Ülkemizde maalesef önceden plan yapmak ve planlı yaşamak çok zor. Türkiye'de yaptığınız planlar genellikle maruz kaldıklarınız üzerinden değişmek zorunda kalıyor. Gündelik hayatımızı meşgul eden o kadar çok dış etkenle karşı karşıya kalıyoruz ki bazen "Niye?" sorusu bile anlamını yitiriyor. Çünkü aksiliklerin nasıl oluverdiğini anlayamıyorsunuz.

Türkiye'den uzaklaştığım zaman hayatımda iki ciddi taviz verdim: Arkadaş çevremden uzaklaştım, çevremde derdimi anlatabileceğim ve başımı omzuna yaslayabileceğim insanların sayısı azaldı. Ancak kaybettiklerim yanında bir şey kazandım: Planlama yapabiliyorum.

Amerika'da birine, "Size on gün içinde bir yazı göndereceğim," desem başıma bir şey gelmedikçe sözümü tutabiliyorum. Türkiye'de ise kimseye söz veremiyorum, çünkü devamlı bir tedirginlik ve belirsizlik var. Her an her şey değişebiliyor.

İnsanların plan program yapmaması, soyut düşünmemesi kültürümüzden geliyor. Bu ortamdan kurtulunca daha sakin ve daha az sinirlenen biri hâline geldim. Türkiye'de birine bir görev verdiğinizde onun olup olmayacağından emin olamıyorsunuz. Evinizde tadilat yapan ustanın bile her an tepesinde durmanız gerekiyor. Çünkü ortaya çıkan sonuç başta konuştuğunuzdan bambaşka olabiliyor. Usta rahatlıkla, "Öyle bir şey demedin," diyebiliyor. Bunu özellikle bizim ülkede görüyorum. Normalde başta anlaştığımız zaman on kere aynı şeyi tekrar etmek gerekmemeli ama bizde gerekiyor.

Bak, bu konuda kendi hayatımdan ilginç bir not daha... Otuz sene geriye gidelim. Üniversite için Amerika'ya geldiğimde şimdiki eşimle flört ediyordum. Belli bir saatte tenis oynamak için sözleştiğimizde bunu ona fark etmeden birkaç defa hatırlatırmışım. Bir gün bana, "Neden aynı şeyi on kere söylüyorsun?" dedi. "Ben nereden bileyim, Türkiye'de hep birkaç kez söylemek gerekir," diye yanıtlamıştım.

Anlattıklarınız önemli bir tavrı akla getiriyor. Ne istediğini bilmek kadar istemediğini reddetmek de işe yarıyor, öyle değil mi?

Ne istemediğimi çok iyi biliyorum. Seyahat konusunda bir örnek vereyim. Yaz aylarında bir yere seyahat edeceksem şahsiyeti olan ama pahalı olmayan bir otel bulurum. Otel ve denize gireceğim yerin birbirine mesafesi çok uzak olmamalı. Gerekirse hemen tuvalet için otele gidebilmeliyim. Bu tamamen kişisel bir özellik. Küçük ihtiyaç hariç ortak kullanımlı halk tuvaletlerine gitmeyi hiç sevmem. Otelin pencereleri muhakkak açılmalı. Öteki türlü hapishane gibi oluyor. Banyo kesinlikle küvetli değil, duşlu olmalı. Gideceğim plaj muhakkak şezlonglu ve şemsiyeli olmalı. Bunlar gibi bazı takıntılarım ve kendimce lükslerim var. Ayrıca lokanta seçimini herkes benim gibi yapamaz. Ben biraz şanslıydım. Dünyanın çeşitli yerlerinde damak zevki benimkine uyan çok tanıdığım oldu. Yine uluslararası bazı forumlarda yazılar yazıyorum ve oralarda herkesin ulaşamayacağı bilgileri alabiliyorum. Kendime göre ölçütlerim var ve seçimlerimde hislerimi kullanıyorum.

Birinin benimle hayatı paylaşması için ya aynı değerlere sahip olmalıyız ya da benim değerlerime saygı göstermesi lazım. Benim tercihlerim ortalama insanın tercihlerinden çok farklı. Bu farklılık bazen benim tercihlerimin zevklerimle uyumlu olmasından kaynaklanıyor. Bazen de, tuvalet örneğinde olduğu gibi, çok kişisel ve başkalarına garip gelecek şekilde tezahür ediyor. Birçok insan kamuya açık bir tuvalete girmekten rahatsız olmaz ama ben oluyorum. Kendi tuvaletimi istiyorum. Sigara konusunu da çok önemsediğimi söylemeliyim. Hiç hoşlanmıyorum. Yanımda açık havada bile içilse tüm keyfim kaçıyor. Bu tip küçük özelliklerimden dolayı radikal değişikliklerden hoşlanmayan, rutin içinde yaşayan bir insanım. "Falanca yerimize gel, karpuzumuzu ye," gibi teklifleri ancak iş olarak değerlendirebilirim. Gençken de böyleydim. Rutinimin dışına çıkmak istemem. Etrafın düzenli olmasını isterim. Objelerin yerinde olmasını isterim. Dağınıklığın bir dönem benim için inanılmaz bir mutsuzluk kaynağı olduğunu söylemiştim. Şehir yaşamı söz konusu olduğunda da aynıyımdır. Ben çocukken İstanbul daha düzenliydi. Binaların bir harmonisi vardı. Artık böyle değil. Düzensiz. Bir de zevksiz. Avrupa'da ise en basit dükkânlar bile çok hoş ve zevkli döşeniyor.

Şehrin harmonisi insan ilişkilerine, konuşmalara ve beklentilere yansıyor. Nasıl davranırsanız ne tür bir karşılık alacağınızı kestirebiliyorsunuz. Bunu kestiremediğim ortamlar beni rahatsız ediyor. Birkaç yıl önce İstanbul'da bir arkadaşımın evinden çıkıp duraktan taksiye binmiştim ve kendi evime gidecektim. Taksiciye adresi söylediğimde, "Oraya nasıl gidilir?"

dedi. "Ben burada araba kullanmadığım için yolları bilmiyorum ama isterseniz duraktaki arkadaşlarınıza soralım," dedim. Genç şoför hakaret ettiğimi düşünmüş olacak ki durduk yere arabadan inip kapımı açtı, yakama yapıştı ve "Ne diyon lan sen!" dedi. Duraktan beni tanıyan orta yaşlı iki taksici gelip adamı üzerimden aldılar. Yine beni tanıyan bir başka taksici, "Kusura bakmayın Vedat Bey, daha yeni işe başladı. Henüz alışamadı," dedi. Neye alışacak ki? İnsan olmaya mı?

Başka bir örnek vereyim. Vapurda bir kişi çantasıyla beraber iki kişilik yer kaplıyor. Rica ediyorsun. Bazen, "Affedersiniz, buyurun lütfen," diyebiliyor. Bazen de, "Bana ne lan!" diyor. Ülkemizde henüz ortak davranış normları yok. Bu durum bende korku ve tedirginlik uyandırıyor. Taksiciden beni A'dan B'ye götürmesini istemem adamın bana saldırmasına yol açabiliyor. Bazen kendimi korumak için vapurda ayakta kalıyorum. Bu tip ortamlar beni rahatsız ediyor. Belli normların geliştiği yerde daha mutlu oluyorum.

Herkese aynı şekilde muamele edilen, beklentilerin ortak bir zeminde buluştuğu, büyük sürprizlerin olmadığı fakat küçük sürprizlerin her an ortaya çıkabileceği ortamlarda daha rahat ediyorum. Amerika'da hiç tanınmayan biriyim ama makul isteklerinizi gerçekleştirmeye çalışıyorlar. Türkiye'de ise eğer tanınan biriyseniz insanlar sizin için en makul olmayan bir şeyi bile yapmaya hazırlar. Herhangi biriyseniz makul bir istek bile karşı tarafın sizi terslemesine neden oluyor.

> Türkiye'de tanınan biriyseniz insanlar sizin için en makul olmayan bir şeyi bile yapmaya hazırlar ama herhangi biriyseniz makul bir istek bile karşı tarafın sizi terslemesine neden oluyor.

Bu defa bir Amerika örneği vereyim. Geçen akşam gideceğim lokantanın mönüsünde bir kişilik kuzu budu vardı.

Lokantaya telefon edip, "Yarın geliyorum. Benim için kuzu budu yerine kuzunun sırtını yapabilir misiniz?" dedim. "Söz veremeyiz ama yarın kasabımızdan almaya çalışırız," dediler. Sonrasında tekrar aradığımda, "Sizin için kuzu sırtını aldık. Hazırlayacağız," dediler. Gerçekleşen makul bir istek... Üstelik arada hatır, gönül ya da tanınma ilişkisi de yok. Herkese eşit muamele. İşte bu ilişki biçimi beni mutlu ediyor.

Bir mutluluk kaynağı da nesneler elbette... Benim nesnelere verdiğim önem modayla değil, sevgiyle açıklanabilir. Evinize asacağınız bir resmi moda diye değil, o resme on sene sonra bile baktığınızda yeni bir şey görecek misiniz diye düşünerek almalısınız. Aksi takdirde haz duyulması gereken şey sıkıntı verir ve zaman içinde sevmediğiniz bir nesneye dönüşür. Meşhur bir ressamın resmi diye önce baş köşeye koyulur, modası geçince de evin bir köşesine atılır. Her obje böyledir. Bir haz kaynağı da olabilir, insana acı da verebilir. Mesela eskiden çok kitap alırdım. Şimdi ise evde fazla kitabın birikmesi beni huzursuz ediyor. Bu yüzden okuyacağımdan emin olduğum kitapları alıyorum. Eve temel ihtiyaçlarımız dışında bir şey alacaksam eğer, o şeyi gerçekten istemem ve sevmem gerekiyor. Yoksa çok şey birikiyor. Alışveriş yapmak, güzel bir mobilya almak hoşuma gidiyor ama üzerimde alma baskısı olmaması lazım. Şarap için de aynı şeyi söylüyorum. Eskiden bir şarap üreticisine gittiğimde ayıp olmasın diye kendimi satın almaya mecbur hissederdim. O şarapları sevmezsem ne olacak?

Sözün özü, hayatta ne yapacaksak yapalım, onu sevmemiz lazım. Onu mutlu bir şekilde tüketeceğimize ikna olmamız lazım. Alışverişi çok seviyoruz. Yurt dışına giden Türklerin aklında ilk olarak alışveriş vardır. Fakat o kadar zevkli bir olayı bile yarıştırmaya ve stres kaynağına çevirmeye başladığımızı düşünüyorum. "Falancada o çantadan var, bende de olmalı," diye alışveriş yapmak zevkli olmuyor. Çünkü o zaman hangi çantanın sana yakışacağına bakmıyorsun.

Yeri geldi, bir huyumdan daha bahsedeyim: Erkekler genelde kadınlarla alışverişe gitmekten zevk almaz ama ben bayılırım. Hem fikrimi söylemekten hem de tezgâhtarlarla konuşmaktan zevk alırım. Araba merakı bana çok sıkıcı gelmiştir ve arabaya fazla merakı olan insanlarla da pek anlaşamam. Bu konuda güçlü yargılarım var. Vehbi Koç'un eski, gariban Ford bir arabası ve yaşlı da bir şoförü vardı. Bu ona yetiyordu. Düşünün Vehbi Koç istese Jaguar'ın fabrikasını alabilirdi ama, "Ayağımı yerden kessin, kliması çalışsın yeter," diyordu.

Biraz da can sıkıntısından söz edelim mi? Sıkılmak tamamıyla olumsuz, aşılması gereken bir his mi? Büyük adımların büyük buhranlardan sonra ortaya çıktığı düşüncesine katılır mısınız? Can sıkıntısının insanı yaratıcılığa, üretime iten olumlu etkileri de olabilir mi?

Can sıkıntısı ikiye ayrılır: Negatif can sıkıntısı ve pozitif can sıkıntısı. Negatif can sıkıntısı dışa dönüktür, pozitif can sıkıntısı ise içe. İlki başkalarıyla, ikincisi ise daha çok kendimizle ilgilidir. Ben negatif can sıkıntısının kökeninde, bilgiden yoksunluğun ya da sahip olunan bilgiyi hayat üzerinden yorumlama eksikliğinin yattığını düşünüyorum. Bu anlamda canımın hiç sıkılmadığını söyleyebilirim, çünkü sıkılmaya vaktim yok. İnsan vaktini doldurduğu oranda dışa dönük sıkıntısı azalır, çünkü kendini işlevsel ve yararlı hisseder.

Roma'da yaşayan bir Türk tanıdığım var. İtalyan mutfağına çok hâkim ve bu konuda bir kitap da yayımladı. Roma'ya gelen birçok Türk'ün kendisine, "Burası çok sıkıcı. Yapacak bir şey yok mu?" diye sorduğunu anlatmıştı bir defasında. Şimdi Nurhak, insanın Roma'da canının sıkılması büyük bir başarıdır ve bu durum meraksızlığın bir sonucu da olabilir.

> Can sıkıntısı ikiye ayrılır: Negatif can sıkıntısı ve pozitif can sıkıntısı. Negatif can sıkıntısı dışa dönüktür, pozitif can sıkıntısı ise içe. İlki başkalarıyla, ikincisi ise daha çok kendimizle ilgilidir. Ben negatif can sıkıntısının kökeninde, bilgiden yoksunluğun ya da sahip olunan bilgiyi hayat üzerinden yorumlama eksikliğinin yattığını düşünüyorum.

Aklıma benzer bir örnek daha geldi. Yakın zamanda gittiğim Yunan adasındaki bir plajda yan şezlongda genç bir çift uzanıyordu. Türkçe konuşuyorlardı. Erkek, kıza, "Yapacak hiçbir şey yok. Canım sıkılıyor," dedi. Yüksek ihtimalle canını sıkan, Yunan adasında Alaçatı ya da Bodrum'daki gibi eğlence arayışıydı: Kalabalık, gürültülü ve içine girdikçe kendinden uzaklaşabileceği disko ve barlar yoktu bu minik Yunan adasında. Saatlerce şezlonglarında uzandılar ve denize çok az girdiler. Artakalan zamanlarında ise telefonlarıyla oynadılar. Onun dışında hiçbir şey yapmıyorlardı.

İnsan kendine kişisel meşgaleler bulamadıkça o an içinde bulunduğu yer kendisine ne sunuyorsa ona uyum sağlamak zorunda hissediyor. Zıt bir örnekle açıklayayım: Yedi yaşımdan beri tanıştığımız bir arkadaşım var. Bir süredir Datça'da yaşıyor. Her ânı dolu, mutlu ve huzurlu. Peki, onu huzurlu kılan ne? Çünkü plajdaki genç çiftin aksine, dışa dönük can sıkıntısı oluşturabilecek durumlara kişisel meşgaleleriyle meydan okuyor; kitap okuyor, koroda şarkı söylüyor, bir tiyatro grubuyla piyes sergiliyor, aynı zamanda da golf ve tenis oynuyor. İnsan yeter ki istesin; keyif alacağı ve kendini verimli hissedebileceği alanları mutlaka bulur, yoksa da yaratır. Bu arayışı kendine değil; dışarı yönelten birçokları zihnini yeterince çalıştırmamanın, yalnızca kendisine sunulanla önemli ya da önemsiz hissetmenin sıkıntısını çekiyor.

Gelelim pozitif can sıkıntısına: Dünya tarihindeki birçok büyük yazarın ortak bir yönü var; çoğu istediği işi tam olarak yapamamış, ekonomik olarak ayakta kalmak adına istemedikleri işlerde çalışmış. Örneğin Franz Kafka bir sigorta şirketinde çalışıyor ama onu hayata bağlayan, işinden çok yazma tutkusu. Biyografisini incelediğimizde görüyoruz ki istemediği bir mesleki yaşamın içinde hayata tutunma gayreti eserlerine daha güçlü bir bağla sığınmasına neden olmuş. Yine Ludwig Wittgenstein... Çok varlıklı bir ailenin çocuğu olarak dünyaya gelmiş ama son derece mütevazı bir hayat sürmüş. Savaşa gitmek zorunda olmamasına rağmen, "Herkes giderken ben neden gitmeyeyim?" diye düşünerek cepheye gitmiş. Canı çok sıkılmış olacak ki o dönem tuttuğu notlar *Tractatus Logico* gibi büyük bir eserin ortaya çıkmasına sebep olmuş.

Bugün plazalarda çalışan iş insanlarının içlerindeki cevher çoğu zaman canları sıkıldığında ortaya çıkıyor. Birçoğu hayatlarına dair radikal kararları sıkıntıyla yürekli bir şekilde yüzleşerek alıyor ya da gerçekten istedikleri şeylerin yine bu yüzleşmeyle farkına varıyorlar.

Kendi hayatımdan bir örnekle açıklamak istiyorum. Georgia Tech'te hocalık yaptığım dönemde epey canımı sıkan durumlar yaşamıştım: Sosyoloji Bölümü'nü istemiştim ama olmadı ve Public Policy'ye, yani Kamu Yönetimi'ne girdim. İçinde yer almak zorunda kaldığım projeler ilgimi çekmiyordu. Kendi ilgilerimle aidiyet kurarak var olabileceğim bir alan yoktu. Günden güne depresifleştim ve kendimi dar bir alanda sıkışmış hissettim. İlginçtir; gastronomi üzerine daha fazla düşünmeye, yazmaya ve okumaya başlamam tam da o sırada oldu. Gastronomiyi içinde bulunduğum sıkıntıdan bir kaçış olarak gördüm ve sonunda benim için ait olduğum bir yaşam biçimine, yarı profesyonel bir mesleğe dönüştü. Demek ki içe dönük sıkıntınız kimi zaman hayatınızın dönüm noktası bile olabilir.

Bugün plazalarda çalışan iş insanlarının içlerindeki cevher çoğu zaman canları sıkıldığında ortaya çıkıyor. Birçoğu hayatlarına dair radikal kararları sıkıntıyla yürekli bir şekilde yüzleşerek alıyor ya da gerçekten istedikleri şeylerin yine bu yüzleşmeyle farkına varıyorlar. Bazıları yorucu şehir yaşamıyla baş edemediğini düşünerek kendine yeni bir hayat kurma çabasına girişiyor. Bazıları kendini yazı yazmaya veriyor. Orkestra kuranlar, resim yapanlar, işi gücü bırakıp üçüncü nesil kahveci açma kararı alanlar da genellikle bu sıkıntıların itici gücüyle yeni arayışlara yöneliyorlar. Bu durumu içe dönük bir can sıkıntısından doğan pozitif kabiliyet olarak görüyorum.

Bu konuda Batı'yla aramızdaki belirgin bir farkı vurgulamak istiyorum: Batı'da üniversite giriş sınavı olmadığı için insanlar çoğu zaman istedikleri meslekleri icra ediyorlar. Belli bir mesleği yapan kişi neredeyse zamanının tamamını mesleğini icra etmeye ayırıyor. Belki de bu zaman daralması ve yoğunluk yüzünden artık Batı dünyasında Kafka gibi örneklere rastlayamıyoruz. Türkiye'de ise durum çok farklı. Çoğu zaman yetkin olduğumuz alanlar yerine tesadüfi işlerde çalışıyoruz. Mesleğimizin gerektirdiklerinden farklı icraatlar ortaya koyuyoruz. Örneğin nanoteknoloji konusunda uzmanlaşmış bir elektrik mühendisi, mesleğini icra etmek yerine, zamanının çoğunu basın iletişimine ya da Ankara'da devletle müzakereye harcayabiliyor.

Öğrendiği becerileri uygulama şansı olmayan insanlar için iki yol var: Ya kendilerine sunulan duruma ayak uydurup köreliyorlar ya da sıkılıp farklı alanlara yöneliyorlar. Bu yüzden de işi hariç başka alanlarda kendilerini geliştirebilen insanlarımızın sayısı giderek çoğalıyor. Böylelikle de yaptıkları işleri daha katlanılabilir hâle getiriyorlar. Örneğin eşimin boş zamanı yok. Mesleğinin gereklilikleri bütün zamanını kapsıyor. Ama Linda Türkiye'de profesör olsaydı mesleğinin gereklerini yerine getirebilmesi için ülkedeki iş bölümünün de ileri aşamada olması gerekecekti.

Bir yandan da şöyle düşündüğümü söylemeliyim: İnsanlarımızın eğitim alma biçimleriyle iş hayatında karşılaştıkları durumlar arasında büyük bir uçurum olduğu için bu paradoks çoğu zaman içe dönük bir sıkıntıya, sıkıntı ise bizi yeni alanlara teşvik eden itici bir güce dönüşebiliyor; bir nevi dezavantajın avantajına...

Her şey dönüp dolaşıp mutluluk başlığına geliyor. Siz ne dersiniz mutluluk hakkında Vedat Bey, nasıl tanımlarsınız? Bir de acaba bu konuda, yani mutlu olma hususunda biraz takıntılı mıyız dersiniz?

Çok sevdiğim yönetmen François Truffaut'nun bir filmi var, *Kadınları Seven Adam*. Oradaki ana karakter çok meşhur bir aktör değil, Charles Denner'dı sanırım. Çapkın bir karakteri canlandırır. Ama benim filmde en hoşuma giden sahne genel akışın dışında bir sahnedir. Orada Denner, küçük bir çocuğu ağlarken görüp çok duygulanıyor. Kızın yanına oturuyor. Kırmızı elbiseli, şeker bir kız. Denner kızın başını okşayıp, "Niye ağlıyorsun?" diye soruyor; sonra da tam hatırlamıyorum replikleri ama, "İtiraf et, aslında bazen böyle ağlamaktan keyif alıyorsun. Bundan mutlusun," diyor. Kız da, "Evet," diye cevap veriyor. "Nasıl anladın?" Birden iki farklı kuşak arasında güzel bir ilişki doğuyor.

İnsanlar hakkında dışarıdan bakıp karar vermek çok zor. Sonuçta hepimizi elbette bir hiçlik, ölüm bekliyor. Kanımca insan hiç bu konuyu düşünmemeli bile. Yani, "Mutlu muyum?" diye kendine sormamalı. Ancak, "Nasıl mutlu olurum?" diye düşündüğün an kendini farklı etkilere açık bırakabilirsin.

Şöyle anlatayım; arabesk psikologların kitaplarına, gerek insanın vücudu gerekse düşünceleri, hisleri üzerine bir nevi zaafları kullanarak tahakküm etmeye çalışan ve bunu da büyük ölçüde

> İyi havada da kendinizi iyi hissedebilirsiniz spor yaptıktan sonra da, güzel bir şarabı yudumladıktan sonra da, başka biriyle ilişki kurduktan sonra da... Size kendinizi iyi hissettirecek o kadar çok kaynak var ki... Önemli olan bunları artırmak ve ertelememek.

maddi gayelerle yapan kişilere ve akımlara teslim olabilirsiniz. Kendi adıma öyle çok derin bir felsefem de yok ama ânı güzelleştirmeye odaklanıyorum. Tek bildiğim şu: Ben sonunda tek başına inzivaya çekilerek yaşayacak biri değilim ve bana göre bir şeyden hoşnut olmak ilişkisel bir olay. Sevmek, sevilmek hakikaten önemli. Çünkü yaptığınız bir davranış, söylediğiniz bir söz karşı tarafı hoşnut kılarsa, pozitif bir cevap alırsanız kendinizi çok iyi hissediyorsunuz. Aynı şekilde karşı tarafın söylediği bir laf da, özellikle sizin değer verdiğiniz, sevdiğiniz birinden geliyorsa, size kendinizi çok iyi hissettiriyor. Benim buradaki vurgum kendimi iyi hissetmek üzerine. İyi havada da kendinizi iyi hissedebilirsiniz spor yaptıktan sonra da, güzel bir şarabı yudumladıktan sonra da, başka biriyle ilişki kurduktan sonra da... Size kendinizi iyi hissettirecek o kadar çok kaynak var ki önemli olan bunları artırmak.

Diğer bir prensibim de bunu geleceğe ertelememek. Bir şey beni o anda hoşnut kılıyorsa, bana keyif veriyorsa bunu şimdi yapmayayım, ileride daha rahat bir şekilde yaparım dememek. Ya da daha fazlasını yaparım diye beklememek. Kısacası ânı yaşamak.

Sevmek ve sevilmek dediniz. Dilerseniz sohbetin bu bölümünü sevmek üzerine konuşarak kapatalım. Sevgililer, dostlar, ilişkiler... Antik Yunan'da Stoacıların üzerine uzun uzun düşündüğü bir konuyu size de sorayım: Hangisi daha baskın olmalı; aşk mı, dostluk mu Vedat Bey?

Güzel bir soru bu. Çünkü mantığa aykırı bir durum var burada. İlk başta insanın aklına, "Niye ikisi birlikte olmasın?"

gibi bir cevap geliyor ama bu cevabın doğruluğundan emin değilim. Çünkü aşk nasıl tanımlanır, o önemli bence. Benim tanımlamamın iki unsuru var.

İlki, biraz iktisat da okuduğum için, oradan geliyor. İktisatta *utility function* denilen önemli bir kavram vardır. Herkesin bir fayda fonksiyonu olduğunu anlatır. Kişiye en çok fayda sağlayan malları, hizmetleri, durumları gösterir. Aşkta bu fayda fonksiyonları birbirine bağlı oluyor; yani dostluğa göre daha da güçlü bir biçimde, daha karşılıklı gelişiyor. Yani onun *utility function*'ı seninki gibi oluyor, seninki de onunki gibi. En basit deyimle aynı şeye ağlayıp aynı şeye gülüyorsun, aynı şey sana keyif veriyor. Onun parmağı acıdığı zaman senin parmağın daha çok acıyor. Onun sağlığına bir şey olduğu zaman sen mahvoluyorsun, öyle ki kendi sağlığına bir şey olursa o kadar üzülmezsin.

Gördüğünüz gibi bu tanımlamada cinsel birliktelik girmiyor işin içine. Mesela İtalyanların farklı aşk biçimleri için farklı kelimeleri vardır. Şunu vurgulamak istiyorum, böyle bir aşkta cinsel birliktelik şart değildir. İkincisi, ilişkinin cinsel boyutunun da olduğu bir aşk.

Aşk demek bir yerde dışlayıcı olma hâlini ifade ediyor aslında. Şöyle ki aşkın gözü kördür, âşıklar başka hiçbir şey görmez. Yani orada gerçekten bütün dikkatini karşı tarafa veriyorsun ve öyle bir ruh hâli içindesin ki hani yanında yangın çıksa farkına en son varan sen oluyorsun. Dünya umurunda olsa bile dış olaylar seni daha az etkiliyor. Bunu kendi hayatından da bilir birçok insan. Örneğin birbirine çok âşık bir çiftin yanında olsanız dışlandığınızı hissedersiniz. İkisi de iyi niyetli bile olsa, arkadaş bile olsanız birbirlerinden size ayıracak vakitleri yoktur, ilgileri yoktur. Yani bir insanın kapasitesi on ise, onunu da âşık olduğu insana verince diğerlerine bir şey kalmıyor. Ondan azaldığı zaman ancak size kalıyor diyelim.

Burada bir de çocuk konusu var. Bir çocuğun aşk olmayan bir evde doğması, sevgi görmemesi çok üzücü. Ebeveynlerinin

Aşk, dostluğu bir ölçüde dışlar. Dikkat edin; zaten çok arkadaşı olan insanlar, çok daha sosyal olanlar kolay kolay iyi bir âşık olamazlar. Ya da uzun süre âşık olarak kalamazlar.

birbirini sevmemesi çok acı ama bir yandan aşırı sevdiği zaman da bu durumun çocuk açısından harika bir şey olduğu söylenemez. Çünkü o zaman da yeteri kadar ilgi görmüyor. Bu anlamda aşk, dostluğu biraz dışlamış oluyor. Dikkat edin; zaten çok arkadaşı olan insanlar, çok daha sosyal olanlar kolay kolay iyi bir âşık olamazlar. Ya da uzun süre âşık olarak kalamazlar. O açıdan hangisi daha baskın olmalı diye düşünürseniz insana göre değişir, ben bilmiyorum.

Benim hayatımda belki bu yüzden aşk baskın çıktı. Hiçbir zaman çok arkadaşı olan, geniş çevreye sahip, çok kişiyle tanışan biri olmadım. Ama mutluyum. Yakınmadığıma göre demek ki benim için doğru olan bu yaşama tarzıymış. Fakat ya biri, ya diğeri olmalı en azından; ikisi de yoksa insan kendini boşlukta hisseder.

BEŞİNCİ BÖLÜM

YENİ DÜNYADA HAYATIMIZI NASIL KURACAĞIZ?

"Ben çağa ayak uydurma çabası taşıyan biri değilim. 'Çağ bana ayak uydursun,' diye düşünenlerdenim. Yeniliklerden mümkün olduğu kadar kendimi soyutluyorum. Çünkü hayatın özünün, ilişki kurmak ve anı oluşturmaktan geçtiğini düşünüyorum: İnsanlarla, eşyalarla ve durumlarla bir ilişki kurmalıyız. Yapabildiğim ölçüde çağa ayak uydurmayarak, çağın daha da ilerisinde olduğumu düşünüyorum. Çünkü ihtiyaçlarımı bildikçe manipüle edilme ihtimalim azalıyor."

Sosyal medyadaki varlığınız ilgi uyandırıyor. Sıklıkla keskin gözlemlerden çıkan cümleler de yazıyorsunuz. Siz sosyal medyaya nasıl bakıyorsunuz? Kendi kullanımınızda nelere dikkat ediyorsunuz?

Şimdi sosyal medya deyince benim kullandığım üç ayrı mecra var; biri Twitter, biri YouTube, diğeri de Instagram. Bunlar farklı mecralar. Ben de farklı amaçlarla, farklı şekillerde kullanıyorum. Farklı amaçlar ve şekillerde kullandığımda üçü birbirini bir anlamda tamamlıyor. Bu amaçları da neticede bu mecraların neye uygun olduğuna göre, hangi fonksiyonların o mecralara daha uygun olduğuna göre düşünüp planladım.

Daha önce planlama üzerine konuşmuştuk; işte bu, konuştuğumuz türdeki planlamanın bir parçası. Özetle, sosyal medya kullanımım tesadüfi bir şekilde ilerlemiyor.

Biraz açayım istersen. Instagram görsel bir medya, orada paylaşacaklarınız da dakika ile sınırlı; bu yüzden orayı gastronomi ağırlıklı ve seyahat amaçlı kullanıyorum. Bazen kendi seyahatlerimden izlenimlerimi, bazen de yemekleri paylaşıyorum. Biraz bilgilendirme amaçlı kullanıyorum fakat tamamen kendi gözlemlerim bunlar. Yani bir sosyal fayda amacı gütmüyorum. Herkesin yediği yemekleri yiyeyim, göstereyim gibi bir amacım da yok. Burada amaç, dediğim gibi, daha çok paylaşmak ve biraz da bilgilendirmek; bu kadar basit. İlgi duyan, meraklı olan, yararlanmak isteyen izler.

Twitter biraz farklı. Yazılı bir mecra. Orada neden keyif alıyorsam onu yapmak istiyorum. Keyif aldığım da gayriciddi olmak, birçok şeyi tiye almak; tiye aldığım konuların başında da kendim geliyor, yani Twitter'da kendimle dalga geçmeyi çok seviyorum. Bir de Twitter'ın çok bilgilendirici bir araç olarak kullanılamayacağını ya da bunun çok zor olduğunu düşünüyorum. Eksik kalıyor, yanlış kitlelere ulaşabiliyor, yanlış anlaşılıyor. Bununla beraber hicve de çok uygun. İroni ve sarkazm çok hoşuma gider. Bu ikisi özellikle totaliter ülkelerde daha da etkilidir. Bunun sonucunda çok insan anlıyor ironiyi; güzel bir etkileşim oluşuyor, diyalog kuruluyor. Farklı kesimlere ulaşabiliyorum. Bazıları da anlayamıyor. O da çok hoş bir duygu. Anlayamayınca biraz galeyana geliyorlar, çok sinirleniyorlar. Bunlar genelde troller. O da beni güldürüyor, keyif veriyor. Trolleri kendi silahlarıyla vurmak bana haz veriyor. Yani bu tip bir keyif de benim için bir artı. O yüzden Twitter'ı aynı şekilde kullanmaya devam edeceğim.

YouTube diğer ikisinden çok farklı. Burada daha ciddiyim. Kaliteli bir içerik ortaya koymayı amaçlıyorum. Gerek gastronomik olarak gerek de gastronomi harici izlediğim filmler, okuduğum kitaplar hakkında yorumlar yapmak, düşüncelerimi aktarmak için kullanıyorum. Orada tabii şunun farkındayım; daha ciddi olduğunuzda, konuya yaklaşımınız çok boyutlu olduğunda ulaştığınız insanların sayısı azalıyor. Ancak bu beni yıldırmıyor, başka bir deyimle popüler olmak hiçbir şekilde amacım değil. Oradaki amaç daha derin içerikler ortaya koymak. Mesela bunu gastronomide yaptım. Özellikle en iyileri bulup, kendi konularında onları konuşturup, onlara bir mecra sunmak istedim. Mecrayı kullandırdığım ve benim değer verdiğim insanlar dediğim gibi işlerinin profesyonelleri. Bu insanlara bir mecra sunmayı biraz misyon olarak görüyorum. Orada sayılara değil, etkiye bakacaksınız; etkiniz olup olmadığına.

YouTube'da özellikle şaraba ağırlık verdim. New York'ta yaşayan arkadaşım Gökhan Atılgan ile birlikte içeriğinin çok iyi olduğunu düşündüğüm 11-12 program yaptım. Orada amaç, bilgiyi ileriki kuşaklara bırakmaktı. Projeyi o şekilde değerlendiriyordum.

Yani bu üç mecrayı topladığınız zaman bazen eğleniyorum, bazen de geniş kitlelerle aramda güzel bir diyalog kuruluyor. Bu da bana hoş ve pozitif geliyor.

Sosyal medya kullanımım üzerine düşündüğümde, üniversitedeki hocalık dönemimin yansımalarının etkisini kayda değer buluyorum. Twitter ve Instagram'da, özellikle de Twitter'da, bir yandan öğretici bir yandan da ironik olmaya çalıştığımı belirtmiştim. Üniversitedeyken en büyük korkum didaktik ve sıkıcı bir hoca olmaktı. İnsanların gündelik ihtiyaçlarına karşılık verme arzusu taşıyan, öğrencileriyle diyalog kurmayı deneyen, soyut kavramları güncel hayattan ve popüler kültürden örnekler vererek anlatmaya çalışan bir stilim vardı. Bu mecralarda da olaylara farklı yaklaşılabileceğini ironik olarak göstermeye çalışıyorum. Pek tabii eğlenme ve keyif alma hakkımı da göz önünde bulunduruyorum.

Dilerseniz biraz da toplumun genelinin sosyal medyayı nasıl kullandığına bakalım. Görülme biçimlerimiz hayatımızın merkezi hâline geldi diyebiliriz. Siz sosyal medyayı planlayarak ve bir amaç doğrultusunda kullandığınızı söylediniz, sosyal medyanın üzerinizde negatif etkileri olmadığını da anlattınız. Ama yine bu mecranın bir tür teşhir illüzyonu yarattığı, bunun da ciddi sıkıntılara yol açtığı biliniyor. Şunu sormak isterim: Bu illüzyondan korunmanın bir yolu var mıdır?

Sosyolojik teoriler insanın yakın çevresini kıskandığını gösteriyor. İnsan olarak yaptıklarımızı, yaşayış biçimimizi, ekonomik gelirimizi, fiziksel görünümümüzü yakın çevremizle kıyaslıyoruz. Ama aynı yakın çevremizi oluşturan insanların yaşadıkları olumsuzluklara da şahit olduğumuz için bu kıskançlık çoğu zaman makul bir dengeye oturarak bizlere zarar vermiyor. Sosyal medya içinse aynı durum söz konusu değil: Hiç tanımadığımız, hayatlarına şahit olmamızın imkânsız olduğu insanlar artık parmak uçlarımızda ve aslında oldukları değil, bizlere görünmek istedikleri biçimlerle hayatımıza giriyorlar. Tek tıkla bir insanın hayatına girdiğinizi zannedebiliyorsunuz. Asıl sorun ise hiç tanımadığınız, hayatınızdan oldukça uzak yaşantılar süren bu insanlarla kendinizi kıyasladığınız zaman ortaya çıkıyor.

Başkalarının hayatlarına tanık olurken kendimizi mahrum bırakılmış mı hissediyoruz?

Buradaki temel sorunun, başkalarının hayatı üzerinden kendi hayatımızın değerini anlamaya çalışmak olduğunu düşünüyorum. Bu anlamda sosyal medya kullanımında kişinin zekâsı, akıl yürütme biçimi, bilgi düzeyi ve sağduyusu çok önemli. Sağduyu geliştikçe sosyal medyadaki manipülasyonların hayatımız üzerindeki sarsıcı etkisi de giderek azalıyor.

Örnek vermek için birkaç yıl önceye dönmek istiyorum: Kızım Ceylan'ın beni ve annesini sürekli eleştirdiği ve bizi ebeveyn olarak yetersiz gördüğü bir dönem yaşamıştık. Oldukça şaşırmıştık. Aynı dönemlerde kızımızın sosyal medyada epey vakit geçirdiğini fark ettik. İlginçtir, Ceylan'ın şikâyetlerinin köklerine indikçe sosyal medyadaki gösterişli ebeveyn profillerinden oldukça etkilendiğini gözlemledik. Bu profiller bütün vakitlerini çocuklarına ayırdıklarını iddia eden ve çocuklarının hiçbir isteklerini geri çevirmeyen, onlara kusursuz bir dünya sunmuşçasına gerçeklikten uzak imajlar çizen ebeveynleri temsil ediyordu. Ceylan, arkadaşlarının ya da çevresinin aileleriyle olan ilişkilerini gözlemlemek yerine, sosyal medyadan edindiği, gerçekte var olmayan aile profilleri üzerinden kendini dezavantajlı bir çocuk gibi hissetmişti. Sonra yavaş yavaş büyüdü ve sağduyusu gelişti. Başka arkadaşlarıyla konuşup yakın çevresinin ailevi ilişkilerine tanık oldukça fikirleri daha gerçekçi temellere oturdu. Artık sosyal medyaya daha eleştirel yaklaşmaya başladığını gözlemledik ve zamanla söz konusu manipülasyonun farkına vararak kendi ailevi ilişkilerini olumlu ve olumsuz yönleriyle, kendi düşünceleri üzerinden düşünüp tartabildiğini hissettik.

> Sosyal medyada temel sorun, başkalarının hayatı üzerinden kendi hayatımızın değerini anlamaya çalışmak. Bu mecrada kişinin zekâsı, akıl yürütme biçimi, bilgi düzeyi ve sağduyusu çok önemli. Sağduyu geliştikçe sosyal medyadaki manipülasyonların hayatımız üzerindeki sarsıcı etkisi de azalır.

Sosyolog kimliğinizle sosyal medyanın insanlara kendilerini eksik, yetersiz hissettirmesini nasıl yorumluyorsunuz? Bu zedeleyici algılara nasıl meydan okuyabiliriz?

Yetersizlik duygusunun oldukça vahim sonuçları var: Geçtiğimiz yıllarda, İspanya San Sebastian'da çocuk hastanesinde çalışan kıdemli bir hastabakıcıyla konuşuyordum. Son dönemde en sık rastlanan çocuk hastalığının anoreksiya olduğunu söylemişti. O âna kadar anoreksiyanın çocuklar üzerinde bu denli kitleselleşmiş bir hastalık olduğunu düşünmemiştim. Bana en sık karşılaşılan çocuk hastalıklarını sorsalar anoreksiya aklımın ucundan bile geçmezdi. Hastalığın neden yayıldığını biraz araştırınca görüyorsunuz ki en büyük sebeplerden biri sosyal medyanın bize doğru ve kusursuz olduğunu düşündürttüğü zayıf bedenler.

Uzun süre geçerli kalmış inançların mutlaka geçerliliği yadsınamaz bir tarafı vardır. Bunlar bazı önemli sosyal olgulara işaret ediyordur. Fakat bunlara saplanıp kalırsanız olayı ancak bir yönüyle kavrayabilirsiniz. Sosyal olgulara mümkün olduğu kadar farklı perspektiflerden bakmamız lazım. Üniversitedeyken öğrencilerime bir sosyal olgu verip analiz etmelerini isterdim; örneğin boşanma. Öğrencilerle beraber boşanma oranlarını incelediğimizde Danimarka, Amerika, Belçika'ya göre Türkiye'deki oranların daha düşük oluşunu kendi aramızda tartışırdık ve onlardan sağduyularını kullanarak bu olguyu nedenleriyle açıklayan birkaç farklı teori geliştirmelerini isterdim. Bazı öğrenciler oldukça kıvrak ve zekice cevaplar veriyordu. Batılı ülkelerde insanların mutsuz, boşanmaların da daha kolay olduğu gibi akla ilk gelen cevapları veren öğrenciler de oluyordu ama sosyal güvence sisteminin gelişip gelişmediği, aile baskısı, devletin sosyal güvenlik ağı oluşturup oluşturmadığı, partner bulmanın kolaylığı ya da zorluğu gibi detaylı analizleri düşünenlere de rastlanıyordu.

Demem o ki olayların derinine baktığımızda her birinin farklı boyutlarını görme şansını yakalıyoruz. Sosyal medya ise çoğu zaman olaylara tek taraflı bakanların seslerini yükselttiği, başkalarını dinlemeye açık olmadığı, farklı bakış açılarının insanları sinirlendirdiği ve kendi pozisyonlarını seslerini yükselterek garantiye alan insanların görünür olduğu bir alan. Bu yüzden de dile getirilenleri çok da ciddiye almadan, mizahı merkezde tutarak, en önemlisi bu mecralarda çok fazla zaman da harcamayarak kendi sesimi duyurmaya çalışıyorum. Bunu da başkalarının hayatını takip etmeyerek ve beklentiyi asgari düzeyde tutarak yapıyorum.

Sosyolojide kendini göreli yoksun hissetme teorisi var. Bu göreli yoksunluk olgusuna teknolojinin gelişim hızının artışıyla daha çok rastlıyoruz. Geçmişte otuz senede olan değişimler artık iki yılda, belki de iki ayda gerçekleşebiliyor. Modern insanın tarihini inceleyip protesto ve sosyal hareketleri baz aldığımızda durağan toplumlarda protestoya sık rastlanmadığını görüyoruz. Bu noktada tarih sosyoloğu Charles Tilly'nin Fransız İhtilali'ne dair gözlemlerinden bahsetmek istiyorum: Fransız İhtilali sırasında Vendée'de yaşayanlar yoksullukla mücadele etmelerine rağmen devrimi desteklemeyi tercih etmiyorlar. O insanların neden devrimin değil, kralın tarafında olduklarını Tilly çarpıcı gözlemlerle anlatıyor. Çünkü o tarihte o bölgede hızlı değişimlere pek rastlanmıyor. Vendée'de sınıfsal uçurumlar yok, insanlar neredeyse aynı düzeyde yaşıyorlar ve rutinlerini kırabilecek bir değişimin ihtimali, değişimin türünden bağımsız olarak onları rahatsız ve mutsuz etmeye yetiyor.

İnsan, kendisi yükselişte olsa bile, başkalarının kendisinden çok daha hızlı yükselmesine şahit olduğunda, kendi yükselişini önemsizleştirerek mutsuz olabiliyor.

İnsanın kendisi yükselişte olsa bile, başkalarının kendisinden çok daha hızlı yükselmesine şahit olduğunda, kendi yükselişini önemsizleştirerek mutsuz olabiliyor.

Yani sorun çoğu zaman alçalmamız ya da yükselmemiz değil, birlikte yaşadığımız insanların bizden daha yüksekte ya da daha aşağıda olmaları veya öyle zannetmemiz değil mi?

Buna, az önce de söz ettiğim gibi *relative deprivation theory*, yani "göreli yoksunluk" deniyor. Birçok şeyi güçlü bir arzuyla elde etmek istiyoruz fakat arzulayarak elde ettiğimiz şeyleri elde edenlerin sayısı çoğaldıkça, arzularımız gerçekleşse bile mutsuz olabiliyoruz. Birlikte olduğunuz insanlar için bile bu durum söz konusu olabiliyor: Bir insan ilgi duyduğu bir kişiyle birlikte olduktan sonra arayışını hemen başka insanlar üzerine yönlendirebiliyor ve birlikte olduğu insan o an değersizleşiyor.

İlişkiler için verdiğim bu örnek başka alanlar için de geçerli. Örneğin tatile gitmeyi çok istediğiniz bir yer o yere ayak bastığınızda değersizleşebiliyor. Uzun zamandır yemek yemek istediğiniz, çok zor rezervasyon kabul eden bir restoran var diyelim; sonunda yer ayırtmayı başarıyorsunuz ve oraya gittiğiniz an, yan masada yeni tanıştığınız birinden, girilmesi daha zor başka bir restoran olduğunu duyuyorsunuz. Siz, "Acaba o restorana da girebilecek miyim?" diye düşünürken yaşadığınız mevcut ânla birlikte o ân içinde bulunduğunuz restoran da değersizleşiyor. Yeni doğan arzunun peşinden sürüklenerek yaşadığınız ânı ıskalar hâle geliyorsunuz.

Yeni, yepyeni bir şeyden bahsetmediğimi söylememe de izin ver Nurhak. Ama bir ince ayrım var. Değersizlik duygusu tarihimiz boyunca vardı ve biz insanlara aitti. Fakat son dönemlerde zaaflarımızın manipüle edilme biçimleri çoğaldıkça kıskançlık hissimiz bizi var eden değerlerimizin yerini aldı. Varlıklı bir hayat süren ve nispeten stresli yaşayan insanların zamanla Budizm gibi felsefelere daha çok yönelmeleri gibi, hırsın ve kıskançlığın yarattığı agresiflik bizleri sürekli yeni anlam arayışlarına itiyor. Özellikle Batı'da, imrenilen hayatlara sahip olduğu düşünülen insanların, birdenbire soluğu guruların yanlarında, ashram'larda aldıklarını görüyoruz. Maalesef bu arayışların çoğuna hislerimiz değil, moda yön veriyor ve moda olan her yenilik de sorunlarıyla birlikte geliyor.

Sosyal medya kullanıcılarının bir konuda, aslında o kadar keskin fikirleri olmasa da, bir anda hızla radikalleşebildiklerini görüyoruz. Sizce bunun altındaki dinamikler nelerdir?

Sosyal medya üzerine yapılan araştırmalar, dikkatin belli bir konuya kısa süre için yönelmesiyle keskin duyguların ortaya çıkabildiğini söylüyor. Yani sosyal medya kullanırken asla duygusuz değiliz. Peki ama duyarsızlaşma nerede başlıyor? İnsanlar anlık konulara dikkat kesiliyor kesilmesine ama bu dikkat âdeta sabun köpüğü gibi... Duygularınızı tetikleyen konu kısa sürede gündemden düşüyor ama o süre içinde de diğer tüm konuların önüne geçiyor. Bir şehit haberi, maden kazası, orman yangını o anda kendinize karşı güçlü bir beklenti doğuruyor, duygularınız ortaya çıkıyor. Şahit oluyorsunuz. Sonra bir süreç başlıyor. Olaya şahit olanlar güçlü bir şekilde pozisyonunu ve fikirlerini belirtmek zorunda kalıyorlar. Bir şey söylemezseniz konunun ya da olayın etkisine göre suçlanıyorsunuz ve size duyarsızlık yaftası yapıştırılıyor. O konu da zaten kısa sürede gündemden düşüyor ve insanların ilgisi başka yöne kayıyor.

Burada ciddiye aldığım iki sorun var. İlkini açıklamak için Profesör Timur Kuran'dan "tercihlerin çarpıtılması" deyimini ödünç alabilirim. Sosyal medyanın formatı son derece güçlü ve sadece "evet" ve "hayır"lara açıktır. "Balığa limon sıkılır, sıkılmaz," ya da "Menemene soğan koyulur, koyulmaz," gibi güçlü alternatiflere açıktır. Biraz düşünen insanda, nüanslı düşünebilme kapasitesi var. Kürtaj konusunu ele alalım. "Bu konuya genellikle karşı değilim ama annenin hayatı tehlikede değilse ya da çocuk üç aydan daha büyükse bence kürtaj yaptırmamalı," nüanslı bir düşünce tarzıdır. Kişinin tercihleri çok daha nüanslı ve farklı da olsa sosyal medyada tercihlerini saptırmak, pozisyon almak zorunda kalıyorlar. Bunu bilen insanlar da diğerlerini çok kolay manipüle edebiliyorlar. Dünyanın her yerinde bunun sonuçlarını görüyoruz. Postmodern denen çağ tam olarak budur.

"Balığa limon sıkılır mı, sıkılmaz mı?" anketimi ele alalım. İnsanların bu soruya nasıl cevap vereceklerini merak ettim. Soruyu çok sert sorduğunuzda ciddi bir şekilde cevap alınıyor. Tercihi, olması gerektiğinden katılaşıyor. İki düşman kamp oluşuyor. Yorumlarda ciddi bir kamplaşma ve karşı tarafı zevksizlikle, anlamamakla, lezzeti öldürmekle itham eden bir tavır görüyorsunuz. Bu saf bir örnek... Bunun ciddi bir sonucu yok. Politize olacak konularda bunu yaptığınızda hem katılım daha fazla oluyor hem de sorunuz çok etkili oluyor. "Şort giyen kadın ahlaksız mıdır?" gibi sorularla gündem yaratılıyor ve insanlar bu oltaya takılıyor. Durum böyle olunca kutuplaşmanın ötesinde ötekileştirme de yaşanıyor. Ötekileştirmeden sonra da karşı tarafı insan olarak görmeme ve potansiyel olarak ona zarar vermenin mubah olduğu sonucu ortaya çıkıyor.

İşin içine ırk, din, dil, etnik ayrımlar, ahlakla ilgili tutumlar girdiği zaman bu durum daha da çok sivriliyor. "Kadınlar bacaklarını göstermeli mi?", "Vatan müdafaası için öldürmek mubah mıdır?" gibi sorular sorulunca sosyal medya da düşmanlık ve ötekileştirmeyi daha çok ortaya çıkarıyor. İnsanlar tercihlerinden farklı bir şekilde pozisyon almak zorunda kalıyorlar. Facebook, Twitter ve Instagram bu manipülasyona çok açık. Olay manipüle edildiğinde insanların tercihleri daha nüanslı olsa bile katılaşıyor.

Herkesin sinir olduğu, sevdiği, desteklediği konularla dolu bir gündemi var. Ama işin başka bir yönü de bulunuyor. Herkes tepkili olduğu her konunun üzerine gidip bütün cephanelerini bir kişiye, bir olaya aktarmaya çalışıyor. Hâl böyle olunca görevini yaptığını zannediyorsun. İçini boşaltıyorsun. "Bunu yapan canidir. Bunu yapanın yaşamaya hakkı yoktur. Bu caniyle aynı havayı solumak bile rencide edici!" türünde cümleler paylaşıp o an için tatmin oluyorsun. Ama bu yaklaşım sorunların çözümüne de yardımcı olmuyor. Biraz sonra ise hiçbir şey olmamış gibi bambaşka bir konuya geçip gülüp eğlenebiliyorsun. Zaten Türkiye'de gündemin kendisi de müthiş bir hızla değişiyor.

Protesto için neredeyse şehir meydanlarının yerini alan hashtag'leri nasıl yorumluyorsunuz?

Bu sorunları derinlikli tartışmak gerekir. Değişim sosyal medya paylaşımıyla değil; sivil toplum örgütleriyle, tabandan gelen hareketlerle olur. Sosyal medyada duyguları güçlü ifade etmenin bu alanlardaki gerçekçi değişimlere hiçbir faydası ya da etkisi yok. Çünkü insanlar görevlerini orada protesto ederek yaptıklarını sanıyorlar. Kalıcı çözümler üreten örgütlenmeyi savsaklıyorlar.

İkinci bir mesele, bazılarının sosyal medyada aydın kişilikli bir insanın kurduğu bir cümleyi yanlış anlayarak tepki göstermesi. Hatta bu yanlış anlaşılmalar çoğu zaman protestoya bile dönüşebiliyor. İnsanları bu şekilde küstürüp bölüyorlar.

Dünyanın her yerinde iletişim sorunu var ama bizim ülkemizde sosyal medya kullanımının üslubu itibariyle bu sorunlar daha görünürde yaşanıyor. Potansiyel dostlarımızı kendimizden soğutuyor, düşmanlarımızla nasıl baş edeceğimizi bilmiyoruz.

Dünyanın her yerinde iletişim sorunu var ama bizim ülkemizde sosyal medya kullanımının üslubu itibariyle bu sorunlar daha görünürde yaşanıyor. Potansiyel dostlarımızı kendimizden soğutuyor, düşmanlarımızla nasıl baş edeceğimizi bilmiyoruz.

Akıllıca stratejiler geliştiremiyoruz. Örneğin bazı veganların attığı çok sert sloganlar iletişim sorununun boyutunu ortaya koyuyor. Diğer yandan sosyal medyanın yarattığı duyarlılık kasma girdabına onların da kapılmaları kendi ajandalarına da zarar veriyor. Toplumda kendini ikinci sınıf gibi hissetmeyen varlıklı ve eğitimli bir kadın, kadın meselesi hakkında konuşunca, "Sen bambaşka bir dünyada yaşıyorsun ve mağdur olanlar için duyar kasarak kendini tatmin ediyorsun," deniyor. Hatta, "Senin yaptığın sınıfsal ayrım, kopuk yaşıyorsun," bile diyebiliyorlar.

Kendini bu şekilde ifade edip başkalarını suçlayınca, şahsını doğruyu tek bilen kişi olarak ortaya koyunca sonuçta davaya zarar veriyorsun. Çözmek istediğin konuya hiç yardımcı olamadığın gibi önyargıların daha da güçlenmesine yol açıyorsun. Bu tip olaylar tekrarladıkça insanlar daha duyarlı olmuyor, hatta giderek duyarsızlaşıyorlar. Kısacası davasında haklı olsalar bile sosyal medyayı öfke kusmak için kullanan insanlar vatandaşlık görevlerini yerine getirdiklerini düşünürken aslında kendi bindikleri dalı kesiyorlar.

Her şeyden önce olayları iyice anlamadan tepki vermememiz gerekiyor. Bir süre beklemeyi herkese tavsiye ederim; çünkü internet, insanı duygularını en güçlü şekilde ortaya çıkartmaya yönlendiriyor. Duygular yüksekken tepki vermek yerine daha derin düşünerek ve çözüm üreterek olaylar karşısında nitelikli bir bakış geliştirebiliriz. Böylelikle sosyal medyanın kendi kendini tatmin etme ve başkalarını linç etme yerine dönüşmesine en azından kendimizden başlayarak engel olabiliriz. En kötü senaryo her şeyin sonunda insanın hiçbir şeye duyarlı olmamasıdır. Şu anki ifade biçimlerinde daha çok depresyon ve öfke kontrolsüzlüğü var. Önerimi yapayım: Sosyal medyada vakit harcamak yerine bir film izleseniz ya da iki saat denize girip kitap okusanız daha mülayim olacağınızı garanti edebilirim.

Mülayim bir dil tutturmak gerektiğini söylüyorsunuz ama bir yandan öfke de gerekli değil midir?

Öfke iki ucu kirli değnek gibi bir şey... Önce özsaygı ve özgüvene bakmamız gerekiyor. Özsaygı ve özgüven güçlü olduğu zaman bir miktar öfke de gereklidir. O öfke muhakkak ki insanı motive eden, daha iyisini yapmaya sevk eden bir duygudur. Bunlar olmadığı zaman ise yıpratıcıdır, kişinin kendisine zarar vermesine yol açar.

Futboldan örnek verelim. Yenilen takım hakeme kızar ve bazen haklıdır. Hakem belki gerçekten de hatalıdır. Yanlış bir kart göstermiş olabilir. Fazla sert şekilde cezalandırmıştır bir takımı. Ama o takım dağılıyor mu, dağılmıyor mu? Mesela geçen gün Juventus-Porto maçını seyrettim, Porto sahada on kişi kaldı. Belki ikinci sarı kart gereksizdi, tartışılır. Bizde bu durumda çoğunlukla takım dağılır. Çünkü takımlarımız genelde o hatalı karardan soyutlanarak kendi oyununa bakıp yeni bir taktik kuramaz. Ama öfke Portoluların işine yaradı, toparlandılar ve çok güzel bir oyun ortaya koydular. Porto demişken Portekiz'in de Avrupa Şampiyonası'nda on kişi kalıp şampiyon olduğunu hatırlıyorum. Özgüven varsa bir miktar öfke bu açıdan faydalı. Ama bu olmadığında öfke kişisel düzeyde o insana zarar veriyor. Çünkü daha iyi yapmaya motive etmiyor, tam tersine havlu atmak için gerekçe oluşturuyor.

Sosyal medyanın handikaplarının yanında bizlere ne tür avantajlar sağladığını da konuşalım istiyorum.

Olumlu tarafından bakarsak haber kaynaklarının tekelleştirildiği otoriter ve totaliter ülkelerde sosyal medyanın pozitif rolünün varlığından bahsedebiliriz. En etkili kullanım biçimi kamuoyu oluşturmaktan çok tüm basın organlarını ele geçirmiş tarafın ikiyüzlülüğünü ve gizlediklerini ortaya koymaktan geçiyor. Basın ve yayın iktidarın aracı hâline geldiğinde sosyal medya örgütlenmede etkin bir araç oluyor. Mesela seçimlerde meydanı boş bırakmamak için nerelerde gözlemciye ihtiyaç varsa haberdar olunabiliyor. Bu tip konularda hakikaten çok önemli. Az önce negatif bir etki olarak, belli bir ajandayı çok dar bir şekilde kullanıp mahalle baskısı oluşturma örneği vermiştim. İkincisinde ise konu başka; ajandanızı saptıranları teşhir ediyorsunuz ve saydamlık sağlıyorsunuz. Riyakârlığın boyutunu teşhir edip yine saydamlık yaratarak konuyu tartışmaya açıyorsunuz. Gündemden düşürülmeye çalışılan ya da çarpıtılan konuları açıklığa kavuşturup bastırılan tarafın sesi oluyorsunuz. Kamu yararına olmayan birçok olayı ortaya çıkarıp tartışılmasına, araştırılmasına ve gerçeğin ortaya çıkmasına vesile oluyorsunuz.

Sosyal medyayı yeterince konuştuk ama onu da kapsayan daha geniş bir konuya girmek isterim. Malum, teknolojik yenilikler hayatımızda giderek daha fazla yer tutuyor. Konuşacak başlık çok. Bir yandan teknolojiye karşı kendimizi nasıl koruyabileceğimiz meselesi de var. Kendi adıma kişinin kendini izole etmesinin, yakın çevresi hariç ulaşılabilir olmamasının, yani bir anlamda çağa ayak uydurmamasının ilerleyen yıllarda bir değere dönüşeceğini düşünüyorum. Aynı durum teknolojik karmaşıklık karşısında gelişen minimallik için dc geçerli olabilir: Daha az gürültülü, daha sakin, daha az eşyalı, daha az komutlu, steril yaşamlar... Sizin sosyal medya hariç gündelik hayat içinde teknolojiyle aranız nasıl?

Ben çağa ayak uydurma çabası taşıyan biri değilim, "Çağ bana ayak uydursun," diye düşünenlerdenim. Yani iki uca da gitmeye meyilli değilim, daha ortada bir karardan yanayım. Örneğin online bankacılık sistemleriyle çalışmıyorum, tüm bankacılık işlemlerimi telefonla ya da yüz yüze görüşerek yapmayı tercih ediyorum. Karşı tarafın sesini duyarak işlerimi çözüyorum. İnsanlarla bire bir iletişime çok önem verdiğim için çoğu zaman kendimi teknolojinin yeniliklerinden soyutluyorum. Teknoloji konusundaki tavsiyeler bir kulağımdan girip diğerinden çıkıyor.

Yakın zamanda bir arkadaşım Instagram'da kullanmam için kordonsuz yaka mikrofonu hediye etmişti. Fakat o mikrofon birçok yeni sorunu da beraberinde getirdi ve bende stres yaratmaya başladı. Bir zaman sonra insanların, "Videolarda gürültü oluyor, daha iyi bir mikrofon kullanabilirsiniz," tavsiyelerine kulak asmamaya başladım. Başkalarının dilekleri ve isteklerinin hayatımı yönlendirmesine izin vermedikçe kendime daha çok saygı duyduğumu fark ettim. Benden talep edilen mikrofonu taktığımda belki izleyiciler tarafından daha iyi duyulacaktım ama o mikrofonun bana yüklediği stres çoğu zaman kaliteli bir ses elde etme arzumdan daha ön planda duruyordu. Aynı zamanlarda profesyonellikten uzak, amatör videoların daha sıcak ve cana yakın etkiler doğurduğunu gözlemledim. İlginçtir, bugün dijital video yayıncılığının merkezini de televizyonlardan alıştığımız kusursuzluk estetiği değil, amatörlüğün getirdiği samimiyet güçlü kılıyor.

Tabletten kitap okumayı reddediyorum; çünkü okumak, okuduğunuz eserle nesnel bir iletişim kurma ve arşivleme duygusuyla birlikte anlamlı hâle geliyor. Gazeteleri internetten takip etmek hoşuma gitmiyor. Gittiğim bazı restoranlarda şarap listelerini dijital tabletlerle sunuyorlar, bu durumdan da hazzetmiyorum.

Egoizmin bazı durumlarda insanın kendisini koruması için gerekli olduğunu düşünüyorum. Örneğin tabletten kitap okumayı reddediyorum; çünkü okumak, okuduğunuz eserle nesnel bir iletişim kurma ve arşivleme duygusuyla birlikte anlamlı hâle geliyor. Gazeteleri internetten takip etmek hoşuma gitmiyor. Gittiğim bazı restoranlarda şarap listelerini dijital tabletlerle sunuyorlar, bu durumdan da hazzetmiyorum. Bu uygulamayı gerekli bir yenilikmiş gibi sunan restoranlara bir daha gitmiyorum. Teknolojik yeniliklerden mümkün olduğu kadar kendimi soyutluyorum. Çünkü hayatın özünün, ilişki kurmak ve anı oluşturmaktan geçtiğini düşünüyorum: İnsanlarla, eşyalarla ve durumlarla bir ilişki kurmalıyız.

Evlerinin her köşesini elektronik cihazlarla donatmış tanıdıklarım var. Unuttukları en önemli şey elektroniğe bağlı teknolojilerin daima bozulmaya mahkûm olduğu... Örneğin küçük çaplı bir fırtına uzun süre elektriksiz kalmanıza sebep olabiliyor. Bir elektrikli otomobile sahip olduğunuzu düşünelim, böyle anlarda başınız beladan kurtulmuyor. Oysa o aracı en yeni teknolojiye sahip olduğu için almıştınız. Bu gibi sebepler yüzünden denenmiş, bilinen, oturmuş eşyaları ve yaşam biçimlerini tercih ediyorum. Bana, "Yeniye ayak uydur," denmesi çoğu zaman klasiğe olan bağlılığımı artırıyor. Çünkü yaşamın temelinin gayet basit olduğunu ve temel ihtiyaçlarımızın teknolojik gelişmelerden uzak bir minimallikle sürdürülebileceğini biliyorum.

Bir başka örnek: Akademik bir konferansa makale yollamak istiyorsunuz ve bütün işlemleri internet üzerinden gerçekleştirmenizi istiyorlar. Sorunların ardı arkası kesilmiyor: En iyi ihtimalle şifrenizi unutarak vakit kaybediyorsunuz ve işler yine karışıyor. Eskiden belgelerimizi sekreterlere teslim ederdik; gerekli imzalar atılır, makaleler postalanır, damga tarihleri esas alınırdı. Makaleler, akademik muhatapların ellerine geç ulaşsa bile, damga tarihi gecikmemişse makaleniz kabul edilirdi. Günümüzde makaleyi göndermeniz gereken gün bilgisayarınız çalışmadıysa basit bir elektronik aksilikle sürecin dışına itilebiliyorsunuz.

Yapabildiğim ölçüde çağa ayak uydurmayarak çağın daha da ilerisinde olduğumu düşünüyorum. Çünkü ihtiyaçlarımı bildikçe manipüle edilme ihtimalim azalıyor. "Çağa ayak uydurmaya çalışmak" tabirinin tamamıyla subjektif, inandırıcılıktan uzak bir manipülasyon olduğunu düşünüyorum.

Kızım Ceylan küçükken onunla Burgazada'da bir oyun oynardık. Adanın pek meşhur kedilerine lazerle ışık tutar, kedileri bir o yana bir bu yana koştururduk. Neredeyse hepimizin bildiği bu oyunu hatırlıyorsunuzdur: Siz ışığı tutarsınız, kedi yavaşça yaklaşır, yakaladığını sandığı anda da ışığı başka bir tarafa kaydırırsınız. "Çağa ayak uydurmak" tabiri işte bir anlamda bizleri lazer ışığını yakalamaya çalışan kedi durumuna düşürüyor. Bu sebeple çağa ayak uydurmak için kırmızı ışığın peşinden koşmayı değil, gerçekte neye ihtiyacımız olduğunu düşünmeyi ve buna göre hareket etmeyi tavsiye ediyorum.

Her insan ilgili olduğu alanlardaki yenilikleri takip etmeli, bu doğru ama her alandaki yeniliğe yetişmeye çalıştıkça geride kalmanın kaçınılmaz olduğunu unutmamalı, manipüle edilmek yerine kendi tercihlerimizle var olmanın yollarını aramalıyız.

Teknolojik gelişmeler konusunda hepimiz seçici olmalıyız. Örneğin mesleğimiz grafik tasarım uygulamacılığıysa elbette ki alanımızdaki en yeni programlara uyum sağlamamız şahsi avantajımızadır. Fakat her alanda ortaya çıkan yenilikleri yaşamımıza uyarlamaya çalışmak hayatımızı karmaşık ve içinden çıkılmaz hâle getiriyor. Her insan ilgili olduğu alanlardaki yenilikleri takip etmeli, bu doğru ama her alandaki yeniliğe yetişmeye çalıştıkça geride kalmanın kaçınılmaz olduğunu unutmamalı; manipüle edilmek yerine kendi tercihlerimizle var olmanın yollarını aramalıyız.

Az önce kar fırtınasının insanları elektriksiz bırakabildiğinden söz açtınız. Teksas'taki kar fırtınasını da yakından takip ettiğinizi sanıyorum. İnsanlar medeniyetin ortasında müthiş bir yoksunluk yaşadı. Fazla bağımlı mı olduk teknolojiye? İnsan kendi başının çaresine bakma becerilerini unuttu mu?

Mutlaka öyle fakat ben bu durumdan şahsım adına çok mutluyum. Doğa konusundaki bazı düşüncelere öteden beri katılmıyorum. Bir süre önce bıraktığımız becerilerimizi tekrar öğrenmek bence çok zor bir süreç. Çünkü hayat Thomas Hobbes'un meşhur deyimiyle, "Nasty, brutish, and short!"[10] Yani pis, vahşi ve kısaydı eskiden. Mesela daha dün okuduğum bir kitapta Ortaçağ edebiyatı profesörü Irina Dimitrescu'nun "My Father and The Wine" (Babam ve Şarap) adında bir makalesi bulunuyor. Romanya kökenli bir aile; yazar daha çok küçükken Kanada'ya gitmişler, orada büyümüş. Sonra Amerika'da okumuş, şimdi de Almanya'da. Babası evde her işi kendi yapmak istiyormuş. Bilirsiniz, vardır böyleleri. Bu yüzden sonunda yazarın annesiyle de ayrılmışlar. Çünkü eskiden atalarımızın kendilerinin yaptıkları her şeyi bugün bir başına yapmak çok zor. Çok güzel bir makale bu, *Yale Review*'da yayımlanmış; size girişteki alıntıyı okuyayım. Gastronomi üzerine epey kitap yazmış yazar ve akademisyen Angelo Pellegrini'den bir alıntı bu. Pellegrini'nin *Unprejudiced Palate* (Önyargısız Damak) isimli kitabından. [Bulup okuyor.]

> *The making of wine binds me to my ancestors who were tough-sinewed peasants and whose feet were rooted in the earth.* [Şarap yapımı beni sağlam, dinç ve toprağa bağlı köylü atalarımla buluşturur.]

10 Thomas Hobbes'un *Leviathan* yapıtından... Hobbes, insan yaşamını *solitary, poor, nasty, brutish, and short* [yalnız, yoksul, pis, vahşi ve kısa] diye tanımlar.

Yani şarap yaptığımız zaman bu bizi atalarımıza bağlıyor. Elleri nasır tutmuş, belki ayakları da nasırlı ama ayağı yere sağlam basan insanlara. Makaleyi okuduğunuz zaman bunun açılımını da görüyorsunuz, çok hoş bir makale. Nostaljik değil aslında.

Şunu söylemek isterim, insanlığın şu an geldiği aşama benim çok hoşuma gidiyor. Çünkü eskiden fiziksel uğraşıdan dolayı önemli, zevkli ve kendini geliştirici aktivitelere zamanın kalmıyordu. Okumak gibi, müzik dinlemek gibi, konuşmak gibi, film seyretmek gibi… Benim bununla bir sorunum yok. "Doğaya dönelim," felsefesini bu açıdan hep komik bulmuşumdur. Eh, doğaya dönersem… Ne yapabilirim? Ben çocukluktan beri konforuma çok düşkün biri olmuşumdur. Hiç param olmadığı zaman bile… Umumi bir tuvaleti kullanmanın bile benim için imkânsızlığından bahsetmiştim ya da doğal şartlarda çadır kurmak falan. Kendime aykırı bulduğum bir durum bu.

Teksas'ta Amerikalıların elektriksiz kaldığı, ısınamadığı duruma dönersek... Bu, deregülasyonun sonucu. Amerika'daki her şeyi özelleştirmenin, cumhuriyetçi partili liberteryen ideolojinin sonucu olarak insanları özel sektöre aşırı bağımlı hâle getirdiler. Gerekli yatırımları yapmadılar. Çünkü özel sektör kısa dönemde kâr getirmek zorundadır. Kendisinin de sahip olduğu çok sayıda hisse senedinin artması için kısa dönemli kâr gerekiyor. Uzun dönemli yatırım yapılamıyor. Devlet de regüle etmediği zaman liberteryen ideolojinin sonucu olarak böyle bir felaket ortaya çıkabiliyor. Ekonomik anlamda "Bırakınız geçsinler, bırakınız yapsınlar"ın günümüzde tamamen trajik ve dramatik sonuçlara nasıl yol açabildiğini bir de ABD'de görmüş olduk.

Felaketleri konuşmuşken… COVID-19 salgını da hem hayatı algılama biçimimizi değiştirdi hem de iş yapma ve ilişki kurma şekillerini. Bugün yaşananların gelecekteki yaşamımızda ciddi etkileri olacağı tahmin ediliyor. Siz ne dersiniz?

Farklı perspektiflerden bakılabilir. Bir yandan mevcut önyargılar bu salgın sırasında daha da güçlendi. Devletle, toplum yaşamıyla ilgili önyargılar... Çizgiler daha da kalınlaştı. Hükümetler de bunu genellikle kendi iktidarlarını sağlamlaştırmak için kullanmaya çalıştı. Tabii bunun dışında yaşamda bazı değişiklikler oldu. Salgın neyi gösterdi bize? Öncelikle insanın sosyal bir hayvan olduğunu, başkalarına ne kadar ihtiyaç duyduğumuzu. Nasıl sıkıntılar çektiğimiz ortada.

İş dünyası açısından belki bunun tam tersi geçerli. Modern teknoloji şu anda birçok açıdan başarılı bir sınav verdi. Yani işler insanlar bir ofise gitmeden, evlerinde çalıştığı zaman da yürüyor. Bu belki eskisi kadar çalışana ihtiyaç yok demek. İş dünyası açısından bir ikinci sonuç da ofisler için o kadar yüksek kiralar vermeye gerek olmadığının fark edilmesi. Sonuçları çok yakında göreceğiz.

Bunlar dışında kapitalizmin zaten bir süredir var olan bazı trendleri giderek daha hızlandı. Bireyselleşmenin, sosyal medya devriminin getirdiği birtakım trendler var. Bence bunların başında NFT (*non-fungible token*) denen hadise geliyor. Yani dijital dünyanın giderek metalaşması, başkalarını dışlayıcı bir şekilde satın alınabilir hâle gelmesi. Bu çok önemli. Bir örnek vereyim: Çok izlenen, meşhur bir videom vardı. Tamamen tesadüf eseri çıkan bir sahneydi. Gittiğim bir şarküteride dükkânın sahibi Ezine peynirinin içindeki süt oranını söylerken hesabı şaşırmıştı. Keçi, koyun, inek sütünün sırayla yüzdelerini verirken bir türlü yüzde yüzü tutturamadı. Şu anda NFT teknolojisi o videonun sahibi olup istediğin insana devredebilmeyi, satabilmeyi sağlıyor. O kişi de bunu tekrar pazarlayabilir. Bu, tabii gençler açısından, iş dünyası açısından çok önemli. Aracıların ortadan kalkacağını gösteriyor. Ne demek bu? Biliyorsun bir işi yaratan kişiyle, bir fikir sahibiyle, girişimciyle tüketici arasında birçok kurum, birçok organizasyon var. Bundan para kazanan birçok insan var. Yatırım bankaları var, *venture capital*'ler var, avukatlar var, pazarlamacılar var. Bunlar gidebilir. Âdeta kendi pazarlığınızı kendiniz yapar duruma gelebilirsiniz. Bu aracıların sayısı azalacak, niteliği değişecek.

Bir şey daha... İnsanların daha yalnız yaşaması, bireyselleşmesi, dış dünya ile ilişkilerinin daha çok dijital kültür üzerinden kurulması gibi trendler zaten hâlihazırda mevcuttu. Salgın bunları daha da hızlandırdı. Burada ilginç olan bir başka unsur paralel olarak gelişen kripto paralar. Ne olacakları belli değil fakat belli bir oranda yükselseler bile her şey gibi onlar da düşüşe geçecek. Bir yerde tabii ki onların da balonu söner gibi olacak ama ortadan kaybolmayacaklar, gelişmeye devam edecekler. Sayıları artacak.

Kapitalizmin başka önemli kurumlarının da meşruiyeti sarsılmaya başlıyor. Bunların arasına yavaş yavaş merkez bankaları ve Hazine girebilir, bu kurumların farklı üniteleri girebilir. Mühim gelişmeler ve globalleşmeyi de derinleştiriyorlar. Mesela Türkiye'de dijital üretim yapan bir sanatçıyla Bangladeş'te, Amerika'da ve Japonya'da yapan arasında, onları gerek alıcı ve satıcı gerek de meslektaş olarak birbirine bağlayan çok büyük ortak bağlar kuruluyor. Bunun da tabii ki kolektif yaşam biçimleri üzerine etkisi var. Kolektif yaşam biçimleri demek kültür demektir, bunların ulusal kültürler üzerinde etkisi bulunur. Globalleşmeye bu anlamda uyum sağlayan insanlarla sağlayamayanlar arasındaki uçurum giderek artmaya başlayabilir. Bir tür kutuplaşma yaşanabilir. Bu durum gelir dağılımının kötüleşmesinden bile daha büyük

Kapitalizmin birçok önemli kurumunun meşruiyeti sarsılmaya başlıyor. Bunların arasına yavaş yavaş merkez bankaları ve Hazine girebilir, bu kurumların farklı üniteleri girebilir. Mühim gelişmeler ve globalleşmeyi de derinleştiriyorlar.

depremler yaratacaktır. Çünkü sonuçta o dünyaya uyum sağlayacak, üretecek yeteneğe sahip insanlar var; olmayanlar var. Dahası devreye yaş farkı da giriyor, oyunun kuralları giderek değişmeye başlıyor. Sonuçlarını göremiyoruz. Yakın tarihten bildiğimiz, öngörüsü olan insanlar bazı trendleri görebildiklerini iddia ediyorlar. Ama "İleride şu olur," dedikleri zaman çoğunlukla yanılıyorlar. Çünkü ileriyi görmek konusunda insanlığın notu, karnesi en fazla on üzerinden iki.

Dünya hızla değişiyor. Ulus devlet, göçler, gelir kaynakları, sermaye-emek ilişkisi, sermaye içi ilişkiler açısından çok ciddi depremler yaşayacağız. Çok daha belirsiz bir dünyaya giriyoruz. Zenginliğin çok süratli bir şekilde el değiştirdiği bir dünyadan bahsediyorum. Eh, bu değişim sonucunda ne olacağını belki yaş olarak bizler göremeyeceğiz ama çocuklarımızı, çocuklarımızın çocuklarını bence çok daha heyecanlı, her an değişebilen ve hiçbir şeyin kolay kolay önceden kestirilemeyeceği, plan yapmanın giderek zorlaşacağı bir dünya bekliyor.

ALTINCI BÖLÜM

TOPLUM İÇİNDE YAŞAMANIN YOLLARI

"İnsanların hemen hemen her konuda kamplaştığı tuhaf bir dünyada yaşıyoruz. Kamplaşmış insan dinlemez, dinlese de anlamaz; her düşünceyi kendi düşüncesine hizmet eden bir tamamlayıcı ya da potansiyel bir düşman olarak görür. Bu tip insanlarla diyalogda, ilkesiz bir yerden onlar gibi görünmenizi önermiyorum. Ama kışkırtıcı olmak yerine yalnızca dinlemeye ve anlamaya çalışmak size farklı dünyaların kapısını aralayabilir. Kendi fikrimizi söylemeden önce karşı tarafı anlamaya çalışmak hayatı ve insanları kavramak için bulunmaz bir hazinedir."

İnsanız, bir toplum içinde yaşıyoruz. Bu, hem bir dert hem de bir rahatlık... Diğer insanlar yükümüzü alıyor ama bir yandan sırtımıza başka ağırlıklar yüklüyorlar. Bu açıdan kurduğumuz ilişkilerin niteliği, sağlamlığı hayatımızı da tanımlıyor. Birçok insan sağlıklı ilişkiler kuramadığını söylüyor. Neden böyle sizce? Nedir doğru ya da sağlıklı ilişkilerin temelinde duran?

Samimi ilişkilerin merkezinde güven vardır. Kendini güvende hisseden insan, modern dünyanın alışkanlıklarının aksine, kendisini her zaman güçlü görmesinin imkânsız olduğunu bilir. Üzülecektir, ağlayacaktır, mutsuz olacaktır, düşkün hissedecektir. Bütün bu negatif hisler bizlere, yani insanlara özgü. Ama günümüz insanı ne yapıyor? Pozitif yanlarını ne kadar paylaşıyorsa negatif yanlarını bir o kadar gizlemeyi tercih ediyor. Çünkü üzüldükçe, çaresiz hissettikçe, mutsuz oldukça güçsüz hissederiz. Oysa dostluk ve sevgililik gibi kavramlar, ilişkide olduğumuz insanlarla olumlu yanlarımızı paylaştığımız kadar olumsuzlukları da paylaşabilmekten geçiyor. Bu anlamda doğru ilişkiyi "insana, kendisini olduğu gibi sunma fırsatı veren ilişki" diye tanımlayabiliriz.

Bu konuda ülkemizi Amerika'yla kıyaslayacak olursam, daha iyi durumda olduğumuzu söyleyebilirim. Amerikan toplumunda kendini devamlı güçlü gösterme durumu vardır ve bu imajlar sahici değil, karikatürizedir. Türkiye'de ise *Erkekler Ağlamaz* diye şarkılarımız olsa da ne güzeldir ki istediğimiz zaman ağlayabiliyor, sevdiklerimize içimizi dökebiliyoruz.

Ama bir handikabımız var. Dürüst oldukça, nazik ve ince davrandıkça istismara uğradığımızı düşünüyor ve bu istismarın refleksiyle insanlara güvenimizi kaybediyoruz. Temkinli ve mesafeli yaşamaya başlıyoruz. İstismarcılar her zaman güvenilir insanlardan daha çoklar, kabul. Peki ama kendimizi koruma altına aldığımız bu mesafeler ve temkinli davranışlar bizi gerçekten güvenebileceğimiz, düzgün insanlardan da uzak tutuyorsa? Hak etmediğimiz şekilde yalnızlaşmamak için bu konu üzerine daha çok eğilmemiz gerektiğini düşünüyorum. Herkes bunu kendine bir sormalı.

Ceberut bir devlet yapısıyla yönetilmemiz de ilişkilerimizi olumsuz etkileyen bir başka güçlü unsur. Örneğin insanlarımız, gençlerimiz zekice esprilerle, hakaret etmeden bir tweet atıyorlar. Yakınları ya da tanıdıkları çoğu zaman gülerek, "Silivri şu an soğuktur," diye cevap veriyorlar. Devlet insanlara bu korkuyu aşıladıkça insanlarımız günden güne içlerine kapanıyor ve toplumdaki farklı kesimler arasındaki diyalog giderek kopmaya başlıyor. Karşılıklı güven azalıyor. Sırlarımızı paylaşacağımız insanların sayısı elbette az olabilir ama ekonomi, cinsiyet, din, dil açısından toplumun farklı kesimleriyle ilişki kurmak hepimize iyi gelir; ufkumuzu açar. İnsanların aslında birbirinden çok farklı olmadığını görürüz. Değişik kesimlerin sorunlarının farklılıklarına şahit oluruz. Durumumuzun sandığımız kadar iyi ya da kötü olmadığını fark ederiz. Ama ceberut devlet, ilişkilerimiz üzerinde etkili oldukça farklı kesimlerle diyalog kurmaktan korkar hâle geliyoruz.

> Dürüst oldukça, nazik ve ince davrandıkça istismara uğradığımızı düşünüyor ve bu istismarın refleksiyle insanlara güvenimizi kaybediyoruz. İstismarcılar her zaman güvenilir insanlardan daha çoklar, kabul. Peki ama temkinli davranışlar bizi gerçekten güvenebileceğimiz, düzgün insanlardan da uzak tutuyorsa?

İlişkilerimizi etkileyen bir faktör daha var. İş bölümünün artması, insanların aynı işte daha çok çalışması ve boş vakitlerimizin giderek azalması hayatımızı ev ve iş arasında sınırlıyor. Bu sınırlı zaman diliminde, içimize kapandığımız dünyamız üzerinden, dünyaya bizim gibi bakan insanlarla bir araya gelmeye çalışıyoruz ve ufkumuz daralıyor. Yeni dünyalara açılan pencerelerimiz birer birer kapanıyor ve önyargılarımızla yaşar hâle geliyoruz.

Politikanın ilişkilerimiz üzerinde ne kadar etkili olduğunu yaşarken fark edemiyoruz. Siyasi kesimler kendi politikalarını meşrulaştırmak için tarihî olguları bile hiçe sayabilen büyük yalanlar söyleyebiliyor ve algılarımızı manipüle ediyorlar. Onlara inananlar, inançları etrafında birleşip dışarı karşı düşmanlaşarak, kendi aralarında yaşamaya başlıyorlar. Kendileriyle aynı düşüncede insanlarla sınırladıkları çevrelerinde giderek gerçeklikten kopmaya başlıyorlar. Toplum giderek kutuplaşıyor, yabancılaşma ve ötekileştirme artıyor. Gerçeklerden habersiz kitleler manipüle edilmeye daha da açık hâle geliyor. Siyasi akılların yaptığı gibi onlar da kendi düşüncelerinden olmayan insanları önce ötekileştiriyor, sonra da tecrit ediyorlar. Üçüncü aşamada da insani özelliklerden arındırıyorlar. Sonra da onlara her türlü saldırıyı mubah görüyorlar. En kötü ihtimalle ve son aşamada da yaptıklarını inkâr ediyorlar. Bu, klasik bir süreçtir ve tüm dünyada böyledir. Bunun sonuçlarına kızıyoruz, haklıyız ama peki, kendimiz de aynı duyguları taşıyıp aynı önyargılarla yaşıyorsak? Çünkü insan kendi yaptığını değil, başkasının yaptığını görmeye meyilli ve bu durumu fark etmemiz epey zaman alabiliyor. Bunu da kendimize bir soralım.

On beş yaşındayken birkaç arkadaşımla sohbet ediyorduk. Hepimiz varlıklı sayılabilecek aileler tarafından yetiştirilmiştik ve ekonomik olarak rahat büyümüştük. İleride eşimiz olabilecek kadın profilleri üzerine konuşuyorduk. Ortaya iki fikir çıktı ve ben o iki fikirde de yalnız kaldım. Öncelikle herkes bakire bir kızla evlenmek istiyordu. Bu konunun üzerinde durmaya gerek yok, çünkü böyle istemelerinin nedenleri çok açık. Karşı argüman olarak, "Nasıl ki siz bakir olarak evlenmek istemiyorsanız ve deneyiminiz olsun istiyorsanız onlar da isteyebilir, eşitlik nerede?" diye sordum ve bu çıkışım arkadaşlarım üzerinde pek de etkili olmadı. Tartıştığımız ikinci fikir, nasıl bir eşle evlenmek istediğimiz üzerineydi. Benim dışımdaki arkadaşların hepsi çok da akıllı olmayan bir kızla evlenmek istediğini söylüyordu. Hepsinde "Akıllı kız çekilmez," görüşü hâkimdi. İlişkiler konusunda en büyük yanılgılarımızdan biri de budur: Çoğu zaman her yaptığımızı beğenen, devamlı ne kadar akıllı olduğumuzu söyleyen kişilerle beraber olmayı tercih ediyoruz.

Bu yüzeysel hayranlığa dayalı ilişkiler tahterevallide birimiz yukarıdayken birimizin aşağıda kalması kadar hiyerarşik.

Kısa zamanda bizi mutlu edip iyi gelse de uzun vadede verdiği zararları göremiyoruz. Bu tip ilişkiler yüzünden değişime ve gelişime gerek duymuyoruz ve çoğu zaman yaptığımız kabul edilemez hatalar bile bu hiyerarşi sebebiyle ilişki içinde meşrulaşabiliyor.

Bu anlamda ilişkinin önce güven, sonrasında ise denklik gerektirdiğini düşünüyorum. Hepimiz için iyi olanın, hiyerarşiden uzak ve içindeyken güvende hissedeceğimiz beraberlikler olduğunu zannediyorum.

Peki, bir ilişkideyken, iletişim hâlindeyken düştüğümüz yanlışlar var mı? Sizin gözleminiz nedir?

Dinlemeyi bilmiyoruz. Birçoğumuz iletişimi yalnızca kendi fikirlerini dile getireceği konuşma anları olarak görüyor. Onaylanmadığımızda barbarlaşıyor, düşüncelerimizi daha yüksek sesle dile getirmenin bizi anlaşılır kılacağını zannediyoruz. Karşımızdaki insanlar üzerinde baskı kurdukça kabul gördüğümüzü düşünmek bizi yalnızlaştıran en büyük yanılgılarımızın başında geliyor. Bu barbarlık kendini güçlü görenin sesinin daha çok çıkmasına, kendini eksik görenin suskunlaşmasına sebep oluyor ve birçok insandan öğrenebileceğimiz sayısız şeyi ıskalar hâle geliyoruz.

> İlişkinin önce güven, sonrasında ise denklik gerektirdiğini düşünüyorum. Hepimiz için iyi olanın, hiyerarşiden uzak ve içindeyken güvende hissedeceğimiz beraberlikler olduğunu zannediyorum.

Cerrahpaşa Tıp Fakültesi'nde çalışan profesör bir arkadaşım var. Kendisi Karadenizli ve geleneksel bir aileden geliyor. İkinci eşi Pamela, Hollanda asıllı bir Zimbabweli. Arkadaşım eşinin ailesine misafirliğe gittiğinde kültürlerinden çok etkilendiğini şaşkınlıkla anlatmıştı. Pamela'nın ailesi hafta sonları uzun kahvaltı sofraları kurup saatlerce fikirsel tartışmalara giriyormuş. Aile bireyleri genelde aynı fikirde olmuyorlarmış. Sofrada yaş ve statüden bağımsız, birçok konuda görüşlerin paylaşıldığını ve asla kırıcı davranılmadığını söylemişti. Eşi Pamela bizim kültürümüze ters düşecek şekilde ama saygısından ödün vermeden sürekli babasını eleştiriyormuş. Tartışmanın sonunda baba, kızına birçok konuda hak veriyormuş; "Haklısın kızım, senin söylediğin gibi davranmalıydım," türünde, onu önemsediğini gösteren bir dille yaklaşıyormuş. Profesör arkadaşım bu duruma çok şaşırdığını ve hayran kaldığını söylemişti. Son sözü hep babaların söylediği, kız çocuklarının kendilerini ifade etmesinin genellikle hoş karşılanmadığı bir toplumda yaşıyoruz. İlişkide kim daha otoriter konumdaysa onun sözünün son söz olduğu diyaloglarla sınırlı kalıyoruz. Akılcı doğruları dile getirip tartışmak yerine bize dayatılan hiyerarşiyi kabul ediyoruz ve ilişkilerimizde bu hiyerarşiye göre hareket ediyoruz.

Sohbetimizin bir noktasında bir vesileyle Vehbi Koç'tan bahsetmiştim hatırlarsan. Ben üniversitedeyken anneannem Yeniköy'de Tugay Apartmanı'nda oturuyordu ve Vehbi Koç'la komşulardı. Dostlukları komşuluklarına nazaran oldukça eskiye, Ankara yıllarına dayanıyordu. Birbirlerine değer verir, sürekli misafirliğe gidip gelirlerdi. Sohbetlerine şahitlik ettikçe Vehbi Bey'in bir özelliği oldukça dikkatimi çekmişti: Alıştığımızın aksine gördüğüm en iyi dinleyicilerden biriydi. Bir gün bu durumu kendisine sorduğumda, "Başarımdaki en büyük katkı başkalarıdır. Yöneticilerim çok yönlü ve değerli insanlardır. Onları çağırırım; uzun uzun anlatırlar, ben de dinlerim. Sorular sorarım. Değerlendirme yapıp kararlarımı öyle alırım," dedi. Doğrusu çok etkilenmiştim. Bu bilgiyi ilerleyen yıllarda her zaman hayatıma dâhil etmeyi denedim, epey de faydasını gördüğümü söyleyebilirim.

Daha önce bir ölçüde konuşmuştuk, çok önem verdiğim için yine altını çizmek istediğim bir konu bu. Kızımdan da öğreneceğim çok şey var, beni taşıyan taksi şoföründen de programı çeken kameramandan da.

Bazen hiç tahmin edemeyeceğiniz insanlarla bile ortak bir nokta buluyorsunuz ve birden o ilişki daha keyifli hâle geliyor. Bence farklılıkları daha da vurgulamak yerine bu ortak noktaları aramak lazım. Henüz başımdan geçen bir örnek vereyim. ABD'de restoranlar COVID sonrası ilk açıldığında dışarıda oturabileceğimiz, teraslı bir lokantaya gittik. Garsonla hiçbir ortak tarafım yoktu. Yani benim ilk başta sorduğum birkaç soruya cevap veremedi. Soruların cevabını bilmediği için de rahatsız oldu, fark ettim. Mümkün olduğu kadar bizim masadan kaçmaya çalışıyordu. Çünkü yeni bir soru gelmesinden, cevap verememekten korkuyordu. Bu durum bana dokundu. Hemen ortak bir konu bulmaya çalıştım. Buzlar erisin, o da rahatlasın.

Şarap servis ederken nasıl bardak tercih ettiğimi sorduğunda nihayet beklediğim fırsatı yakaladım. "Bu zor bir soru, yani hani şey gibi soruyorsun; manken kadınları mı seversin, yoksa şöyle biraz daha dolgun etli butluları mı; ikisinin de yeri var." Sırf o biraz gevşesin diye söylemiştim tabii. Birden gülmeye başladı. "Benim tercihim belli," dedi, "ben etli butludan hoşlanıyorum." Ondan sonra adam inanılmaz arkadaş canlısı oldu. Dışarıda oturduğumuz için birayı, kokteylleri plastik bardakta getiriyorlar; çünkü yönetim öyle istemiş. "Ben bundan keyif alamıyorum," dedim. O da hak verdi, bir yerde risk aldı ve içeceklerimizi bize kendine göre güzel bir cam bardakta getirdi. Ondan sonra yemeğimin kalan kısmından daha çok keyif aldığımı söylemeliyim. O da rahatlamıştı.

Bahsettiğim ortaklıklara böyle küçük, gündelik konular da dâhil. Çok önemlidir bu. Yani bir benzerlik, bir ortak nokta, İngilizce deyimiyle *a hook*, yani bir yerden kancayı takmak faydalı oluyor. Ben bunu hemen her ilişkide yapmaya çalışırım. Karşı tarafı rahatsız eden bir şey varsa önce onun ne olduğunu anlamayı denerim. "Ondan daha zengin olduğum kanısına kapıldı da bundan mı rahatsız oldu?" derim mesela. Sorun her neyse onu anladıktan sonra bir şekilde ortak bir nokta, işte o kancayı bulmaya çalışırım. Bunu bulduğun zaman ilişkiler de daha keyifli hâle geliyor. Bu yüzden herkesle diyaloğa girmenin ve dinleyen taraf olmanın hepimize iyi geleceğini düşünüyorum.

Mevki, makam ve statülere itibar etmeden.

Kesinlikle. Bir sır vereyim sana. Yalnızca eşimin bildiği, şeytanın avukatlığı diye tabir edilebilecek bir özelliğim vardır. Bazen inanmadığım düşünceleri savunuyor gibi görünüp karşımdakinin fikirlerini daha detaylıca anlamaya çalışırım. Bu özelliğim geçmişte bana epey yarar sağladı, ilk bakışta diyalog kurmamın imkânsız görülebileceği birçok insanla yan yana olma fırsatı yarattı.

Çünkü insanların hemen hemen her konuda kamplaştığı tuhaf bir dünyada yaşıyoruz. Kamplaşmış insan dinlemez, dinlese de anlamaz; her düşünceyi kendi düşüncesine hizmet eden bir tamamlayıcı ya da potansiyel bir düşman olarak görür. Bu tip insanlarla diyalogda ilkesiz bir yerden onlar gibi görünmenizi önermiyorum. Ama kışkırtıcı olmak yerine yalnızca dinlemeye ve anlamaya çalışmak size farklı dünyaların kapısını aralayabilir. Kendi fikrimizi söylemeden önce karşı tarafı anlamaya çalışmak hayatı ve insanları kavramak için bulunmaz bir hazinedir.

Kendi hayatımdan bir örnekle açıklamak istiyorum: 1990'da Dünya Bankası'nda Kemal Derviş'le çalışıyor, stratejik raporlar yazıyordum. O dönemde Cezayir'deki politik durumu okumak ve ülkenin geleceğine dair öngörülerde bulunmakla ilgiliydim. Ne gibi reformlar yapılabileceğini araştırıyordum. Dünya

Bankası çalışanları genellikle dar ve yüksek bir zümre içinde yaşarlar; lüks otomobillere biner, yoğun olarak bürokratlarla ilişki kurarlar. Reform araştırmalarım için Cezayir'e gittiğimde, yalnızca ülke üzerinde söz sahibi olduğu düşünülen kişilerle değil, toplumun her kesimiyle diyalog kurmaya çalıştım. Döndüğümde Kemal Derviş'e, gözlemlerime dayanarak mevcut hükümete toplumda hiç destek bulunmadığını ve sosyalist dincilerin kazanacağını söyledim. Kemal Bey'in, "Mümkün değil," dediğini hatırlıyorum. Hatta şakayla inatlaşıp şampanyasına bahse girmiştik. Nitekim gözlemlerim beni yanıltmadı ve sosyalist dinciler iktidara geldi. Bunu müneccim olduğumdan değil, halkın içine girdiğim için görüp tahmin edebilmiştim.

Peki, herkesle iletişime açık olma hâlinin tam tersi, iletişime açık olmamak bizi nereye götürüyor?

Eskiden beri kahve köşelerinde, "Yarısını sallandıracaksın, yarısını keseceksin," gibi cümlelere rastlarız. Bu genellemelerin kökeninde iletişim noksanlığının yattığını düşünüyorum. İletişim kurup sorunları çözmekten çok, kendi pozisyonlarını karşı tarafa dikte etmeye çalışan insanlar bağırmaya, suçlamaya ya da yok etmeye meyilli oluyorlar. Bir örnekle açıklayayım: Sosyal medya hesabımdan bir Yunan adasında yediğim güzel bir bamya yemeğini paylaşmıştım. Altına gelen ilk yorum şöyleydi; "Ülkemizde bamya yok mu? Neden bir Türk gurme çıkıp da bamya yemeklerimizden bahsetmez?" Bu cümleyi okuyunca ilk anda eleştiriye hak verip, "Eleştiri haklı, Konya'dan da güzel bir bamya yemeği paylaşayım," diye düşündüm. Ama aynı kişi yorumunu şöyle sürdürüyordu; "Çünkü sizler komplekslisiniz. Kendi egonuzu tatmin etmek istiyorsunuz." Konu ne olursa olsun, iletişim hemen suçlamaya ve ego tatminine dönüşebiliyor. Konu ülkedeki bamya yemeklerini daha iyi tanıtmaksa diyalog kurmaya hazırım ama birdenbire suçlama gelince ya dalga geçerek cevap veriyorum ya da karşı suçlama yapıyorum.

Bu sorun eğitim sistemimizden, ailemizden ve hocalarımızdan başlıyor. Fikir ayrılığı olduğunda karşı tarafı ikna etmeye çalışmak yerine karşıdaki sağırmış gibi bağırmak tercih ediliyor. On beş yaşlarındayken İsviçre'ye gitmiştim. Oradaki hocaların bazı kabahatlerle ilgili uzun uzun izaha giriştiğini ve öğrencileri ciddi anlamda dinlediğini gördüm. Birini suçlamak kolay değildir. Suçlamadan önce anlamaya çalışıyorlar. Tabii ki kurallar ve cezalar var ama bizdeki gibi büyüğün küçüğe, güçlünün güçsüze yaptığı gibi buyurganlık, komut verme yok. Bizde komut kültürü var. Bu da Osmanlı'yı oluşturan çok uluslu mozaik içinde Türk etnik kökenli kişinin çoğunlukla köylü ya da asker olmasına dayanıyor. Hayatları boyunca komut alıp vererek yaşamışlar. Orduda iletişim kurmaya çalışmazsın. Emir-komuta zinciri vardır. Tabii artık sürekli savaşılan o dünyada yaşamıyoruz. Dışarıyla savaşamadığımız için de kendi kendimizle savaşıyoruz.

Bu tip davranışlar özsaygı eksikliğinden mi kaynaklanıyor?

Özsaygısı olan bir insan kendisine sorulmadan karşı tarafa ne yapması gerektiğini söylemez. Ama bunun aksi pek çok örneği her alanda, her yerde görüyoruz. Belli bir yaştan sonra insanlar tutum ve davranışlarında daha da sertleşiyorlar. Bunun kişisel sonuçları olduğu gibi toplumsal sonuçları da var. Hangi ekonomik sistemi ele alırsanız alın, ekonomik aranjmanlar insanlarla yürür. Ama tartışma, müzakere, iletişim yerine komut verme geldiği zaman sistemler çalışmıyor. Oldukça zor, biliyorum. Ama yine de özsaygısı yüksek bir insanın, hangi durumda olursa olsun suçlama ve iletişimsizliğe karşı mücadele gösterebileceğini ve bu durumlardan en az hasarla kurtulabileceğini düşünüyorum.

Kişisel plandaki iletişimsizliğe bir bakalım. Futbolu severim ve Galatasaray taraftarıyım. Fenerbahçe'yle oynanan bir derbi maçını düşünelim ve diyelim ki Galatasaray ofsayttan bir gol attı. Bir Galatasaraylı olarak ofsaytı gözümle gördüysem ve o an Fenerbahçeli bir insanın kızgınlığına şahitsem, onunla empati kuramasam da iletişim kurabilirim ve hak vererek onu yatıştırabilirim. Bizde ise genelde, "Haydi canım bize verilen gol de ofsayttı," diye lafa girilir ve iletişim başlamadan bitirilir.

Empati insanların çok azında olan bir yetenektir. Aslında hayatta mutlu ve rahat olmak için ne kadar empati kurmak gerektiği de tartışılır. Sürekli empati kuran bir insan zamanla depresifleşebilir. Çünkü dünya adil bir yer değil. Fakat empati kuramayacağımız durumlarda bile iletişimde ısrar etmek gereklidir. İletişim kuramayan toplumlarda tüm olumsuzluklar biriktirilir ve her alanda öfke patlaması yaşanır. Kanserden ölmek üzere olan hastalar var, kronik mutsuz insanlar var, kötü hocaların elinde oyuncak olan öğrenciler var... Hepsiyle empati kurmak bize majör bir depresyonun, melankolinin kapılarını arayabilir. Egoizm ise bu melankoliyi dengede tutar. Bu anlamda empati oldukça meşakkatli ve diğerkâm bir yoldur.

Empati insanların çok azında olan bir yetenektir. Aslında sürekli empati kuran bir insan zamanla depresifleşebilir. Çünkü dünya adil bir yer değil. Fakat empati kuramayacağımız durumlarda bile iletişimde ısrar etmek gereklidir. İletişim kuramayan toplumlarda tüm olumsuzluklar biriktirilir ve her alanda öfke patlaması yaşanır.

Bir ofiste çalıştığınızı düşünelim, odanızın kapısı açık ve farkında olmadan yüksek sesle konuşuyorsunuz. Yan odadaki çalışan gelip kibarca kapınızı kapatmanızı isterse anlayışla kapıya yönelebilirsiniz. Fakat aynı kişi size öfkeyle bağırarak kapıyı kapatmanızı emrederse siz de öfke gösterebilirsiniz. Bizde bu örneğin uç varyasyonlarında, bulunduğunuz yere göre, "Ulan eşek gibi bağırarak konuşuyorsun, kapat şu kapıyı!" diyenlerle bile karşılaşabilirsiniz. Siz de dayanamaz, "Kapatmıyorum lan!" dersiniz ve ilkel çatışma tam da burada başlar.

Şimdi de başka bir senaryo: Kapıyı kapatmanızı isteyen kişinin sizden nefret ettiğini, sizin bunu bildiğinizi ama aynı kişinin ricasını güler yüzle dile getirdiğini farz edelim. Çoğu zaman kibarlıkla o kapıyı kapatırsınız ve iletişim kurmak mümkün hâle gelir. İşte bu fonksiyonel, yani gerekli iletişimdir. Toplumun fonksiyonel hâle gelmesi için bu iletişim biçimi hepimiz adına gerekliliktir ve toplumsal alışkanlıklarının tersine, basit sorunlara kolay çözüm üretebilmenizi sağlar.

Empatiye dönersek... Kızım Ceylan çok fazla empati kuruyor. Bunu nasıl azaltacağına dair kara kara düşünüyorum. Şaşıracaksınız belki ama empatinin fazlasının yersiz bir acıma duygusu ve edilgenlik yarattığını düşünüyorum. Çünkü az önce de tarif etmeye çalıştığım gibi bir insan başkalarına acıyarak hayatını devam ettiremez. Bununla beraber Türk toplumunda empatiye ihtiyaç olduğunu söyleyebilirim. Batı'da da üst düzey bir empatinin varlığından söz edemem ama fonksiyonel iletişim konusunda daha çözümcül oldukları için bizden ilerideler.

İletişim kurmak her türlü ilişkide insanın yararınadır. En büyük eksikliğimiz iletişimsizlik. Bu; daha önce de değindiğim gibi askerî bir toplum olmanın, asker gibi düşünmenin bir sonucudur. Buna karşı çıkılan dönemler de oldu ama sonuç olarak askerî düşünme tarzı yine bu topraklarda zafer kazandı. Devamlı komut alıp vererek büyümüş insanlar özsaygılarını kazanmak istediklerinde geçmişte yaşadıkları ezilmişlik onları vicdansızlaştırabiliyor.

Sosyal medya hesabımdan bir şarap videosu paylaşmıştım. Biri, "Bırak şarap reklamı yapmayı da yemek tanıt. Sen yemek gurmesisin," yazmış. Ben de, "Ben şarap reklamı yapmıyorum. Beğendiğim şarabı paylaşıyorum. Çünkü şarap eleştirmeniyim," diye cevap verdim. Aynı kişi bu sefer daha kibar bir dille, "Tamam ama şarap çocuklar için zararlı. Bu tarz videolarınızın başına +18 yazarsanız iyi olur," yazmış. Eleştirisini makul bulup dediğini uyguladım. Bunun üzerine birçok kişi ona hakaret etmeye başlayıp, "Bu sayfada işin ne!" diye yüklendiler. O da bunun üzerine, "Vedat Bey bana sizin gibi cevap vermedi. Siz neden hakaret ediyorsunuz?" diye kendisine tepki gösterenlere çıkıştı. İşte bahsettiğim iletişimsizlik!

> İletişim kurmak her türlü ilişkide insanın yararınadır. En büyük eksikliğimiz iletişimsizlik. Bu; askeri bir toplum olmanın, asker gibi düşünmenin bir sonucudur. Buna karşı çıkılan dönemler de oldu ama sonuç olarak askeri düşünme tarzı yine bu topraklarda zafer kazandı.

Karşılıklı taviz verilerek anlaşma sağlandığında bile sizin tarafınızdakiler -belki de size kendilerini ispat etmek için- hemen askeriniz gibi davranıyorlar ve bunu size yardım için yaptıklarını zannediyorlar. Ülkemiz liderlerinin de esas sorunu budur. Kraldan fazla kralcılık oynayanlar bir zaman sonra sizi sizden daha fazla savunur hâle gelirler. Bu savunma ve fanatizme engel olup sınır koyamadığınız noktada iletişim çöker ve şovenlik başlar. Bizde iletişimin yerini psikolojik bir sado-mazoşistlik almış. Özsaygısı olmayan insanlar diğerlerini yerin dibine sokarak tatmin oluyorlar. Burada hem mazoşizm hem de sadizm var. Gereksiz yere karşıdakine saldırıyorsun ve hakaret edilmekten hoşlanıyorsun. Toplum da bunun sonucunda giderek yaşanmaz hâle geliyor.

Sosyal medyanın dinamikleri de bunu besliyor sanırım. Birilerine "ayar vermek", ayar verdiğini göstermek, "kapak yapmak" epey rağbet görüyor.

Bunu besleyen çok unsur var. Dediğin gibi sadece yapmak değil, göstermek de lazım. Görmekten çok görülmeyi önemsediğimiz bir dönem bu. İmajlarımız günden güne gerçekliğimize ağır basıyor ve bu durum sosyal medya kullanımının yaygınlaşmasıyla daha çok ortaya çıkıyor. Temsil ettiğimiz imajlarla kendi gerçekliğimiz arasındaki kısır döngüde, imajlara hapsolduğumuz bir hayat yaşıyoruz.

Her şeyin ötesinde bir de dil meselesi var. İletişimsizlik konusunu konuşmak için öncelikle dil felsefesine eğilmemiz lazım. İnsanlar iletişim kurabilmek için ortak bir dili paylaşmalı ve o dilde benzer deneyimleri yaşamalılar. Araştırmalar benzer deneyimleri yaşayan insanlar arasında bir zekâ düzeyi ortaklığı olduğunu gösteriyor. Aynı dili konuşuyorsan ve benzer deneyimleri paylaşmışsan iletişimsizlik ortadan kalkmıyor ama minimuma inebiliyor, çünkü iletişim böylelikle kendiliğinden kurulabiliyor.

Görmekten çok görülmeyi önemsediğimiz bir dönem bu. İmajlarımız günden güne gerçekliğimize ağır basıyor ve bu durum sosyal medya kullanımının yaygınlaşmasıyla daha çok ortaya çıkıyor. Temsil ettiğimiz imajlarla kendi gerçekliğimiz arasındaki kısır döngüde, imajlara hapsolduğumuz bir hayat yaşıyoruz.

Yarattığı imajlar altında ezilen, boğulan, kapana kısılan sayısız insan olduğunu gözlüyorum. Gerçeklikle yaratılan imaj arasında fark büyük olunca imajların alıcıları da mitler yaratmaya başlıyor ve kusursuzluk yanılgısı ortaya çıkıyor. Bir profesöre alanı dışında bir soru soruyorlar ve bilemezse, "Ne biçim profesörsün!" diyebiliyorlar. Yalnızca kamuya mâl olmuş insanlar da değil, günümüzde birçok kişi olduğu hâliyle kabul görmekten çekindiği için olmadığı biri gibi görünmenin kolaylığını tercih ediyor. Siz kendinizi kusursuz biri gibi sunmaya çabaladıkça hakkınızdaki şehir efsaneleri de hızla yayılmaya başlıyor ve kendi kendinize yabancılaşıyorsunuz. Şunu rahatlıkla söyleyebilirim, başkalarının sizi görme biçimi zamanla kişiliğinize baskın hâle geliyor ve yaratılan imaj kişinin gerçekliğinden bağımsız bir gerçeklik kazanıp ona hükmetmeye başlıyor.

Karl Marx toplumda sermaye birikimi ve sonuçlarına etkileyici gözlemlerle dikkat çekiyordu. Modern dünyada da sembolik sermayeler giderek önem kazanıyor. Popüler insanlar ve onların hayranları, büyük sermayesi olanlar ve hiç sermayesi olmayanlar gibi ayrışıyor. Bir taraf kendini tamam, diğer taraf ise hep eksik hissediyor. Bu yapay ayrım, günümüzde şöhretin basitliği ve giderek daha fazla ön plana çıkmasıyla alakalı olarak, toplumda patolojik sorunlar doğuruyor. Amazon'un sahibi Jeff Bezos'un yüz seksen milyar doları olduğunu öğrendim. Bazı ülkelerin bütçesinden bile büyük bir meblağ bu, rasyonel bir açıklaması yok. Güç, şöhret, para... Maradona'yı, Messi'yi, Ronaldo'yu ilahlaştırmak o kadar da anlamlı değil. Bunu da ancak, imajlara hayranlık duyarken aslında kendimizi ertelediğimizin farkına vardığımızda anlayabiliriz.

"Bir taraf kendini tamam, diğer taraf ise hep eksik hissediyor," diyorsunuz. Çok etkileyici bu. Peki, bu hâl nereye varır Vedat Bey?

Bunu söylediğim bağlamı açayım. Günümüz insanının rol modelleri ulaşamayacakları insanlar olmaya başladı. İşte Bezos'u örnek verdim. Maradona, Messi, Ronaldo... Kendini ertelemek buradan başlıyor. Bu, insanın kendi potansiyelini ortaya koymasını önlüyor. İnsanın sosyal bir hayvan olduğunu biliyoruz ama onun da dışında bir öğretiye göre insanın taklit eden bir hayvan olduğunu belirtmiştik. Bunu sosyologlar, psikologlar iyi bilir. O yüzden rol modeli kavramı yaratılmıştır.

Olaya azınlıklar açısından bakalım. Mesela Afrika kökenli Amerikalıların toplumda ilerlemesi için *affirmative action* denen bir hadise vardır. Üst düzey üniversitelere öğrenci kabul edilirken bazen *affirmative action* nedeniyle liyakat ilkesinden taviz verilir ki Afrika kökenli Amerikalılar o üniversiteye girebilsin, azınlıklar girebilsin, mezun olabilsin. Hayatta başarılı olsunlar. Ortaya rol modelleri çıksın. "Bak işte o da başarılı oldu, o da profesör oldu, doktor oldu, iş insanı oldu," denilebilsin. Örnek gösterilebilsinler. Bu sayede de yolu açsınlar.

Demek ki rol modelleri herkes için önemli. Rol modelleri gerçekçiyse bu kötü bir şey değildir. Çünkü sizin ona ulaşma şansınız bulunur. Ancak günümüzde giderek, belki sosyal medyanın etkisiyle, bu idollerin bizlerden çok uzak olması, hiçbir zaman erişemeyeceğimiz insanlar olması rol modellerin toplumdaki karşılığını değiştiriyor. Çünkü Messi düzeyinde bir futbolcuya, Federer gibi tenisçiye ya da birçok koşulun yan yana gelmesiyle yüz seksen milyar dolarlık servet sahibi olmuş Bezos gibi birine çok nadir rastlanır. Böyle kişileri rol model almanın faydası yoktur, o başarıya ulaşmak hemen hemen imkânsızdır. Onları rol model aldığımız zaman ise sadece tatminsiz oluyoruz, mutsuzlaşıyoruz.

Öte yandan bir sosyolog olarak tekrar altını çizmek isterim ki erişebileceğimiz rol modelleri benimsemekte bir sorun yoktur, onları taklit edebiliriz. Bu taklitçiliği reklamcılar da çok iyi bilir. Örneğin pandemi sırasında seyahat edilemiyor ama sevdiğimiz bir yazarın Karayipler seyahatini okuyunca pandemi sonrası oraya gitmeyi planlayabiliriz. Bu da bir taklittir. Yani insan taklit etmek, benzerini yapmak istiyor. Sevdiği bir yemek yazarını bir lokantada gördüğü zaman aynı deneyimi yaşamak istiyor. Bunlarda bir mahzur yok. Bu her zaman için olmuştur. Yeni olan, bu rol modellerin giderek ulaşılmaz duruma gelmesi ve yanlış insanları taklit etmeye çalışmamız. İşte bu, modern dünyanın bir sorunu.

İlişkiler üzerinden insanları tanımaya çalışıyoruz ama ilişkiler sanırım bir yandan kendimizi tanımanın da bir aracı. Biz diğer insanları etkiliyoruz; peki, çevremiz bizi nasıl etkiliyor? Çevremiz üzerinden kendimizi nasıl tanırız?

İnsanın gelişiminde genetiğin ve çevrenin önemi kıyaslanarak tartışılır. Altmışlı yıllarda Amerika'da yapılan ve büyük tartışmalara sebep olan bir psikiyatri deneyinden bahsetmek istiyorum. Tek yumurta üçüzü olan bebekler, ruhsal problemleri olan annelerinden alınarak farklı ailelere evlatlık veriliyorlar. Birbirlerinden habersiz büyüyen bu üçüz gençler, on dokuz yıl aradan sonra tesadüfen birbirlerini buluyor. Fakat bu durumun basit bir evlatlık verilme süreci olmadığı ortaya çıkıyor. Hayatları, "İnsan karakteri genetikle mi, yoksa yetiştirilme tarzı ve sosyal çevreyle mi gelişir?" sorusunun cevabını arayan acımasız bir deneye konu edilmiş. Çocuklardan biri karı-koca doktorluk yapan bir aileye evlatlık verilmiş ve nispeten mutlu büyümüş. İkinci çocuk lise öğretmeni bir babanın geçimini üstlendiği bir ailede büyümüş, sert ve katı şartlarda gelişimini tamamlamış. Kurallara göre yetiştirilen bir çocuk ve ailesinin kendisinden beklentisi çok büyük... Üçüncü çocuk esnaf bir göçmen aileye evlatlık verilmiş. Bu ailenin babası yaşamayı seven, sevgi dolu biri ve ekonomik olarak imkânları sınırlı olsa da çocuklarını karşılıksız sevgiyle büyütmüşler.

Çocuklar, tesadüflerin de etkisiyle birbirleriyle tanışınca, medya peşlerine düşüyor ve ilgi odağı oluyorlar. Gazetelerde manşetlerden haberleri yapılıyor, televizyon programlarına çıkıyorlar. Psikiyatrlar da onları uzaktan izlemeye devam ediyor ve karakter gelişimlerini esas alarak genetik, aile ve çevrenin önemini araştırıyorlar. Sonuçlar gösteriyor ki psikolojik hastalıklar da dâhil olmak üzere hastalıklar ve zekâ düzeyi genetikle ilgili. Davranış biçimi, tutum, özgüven, hayatta mutlu olma kapasitesi, iletişim kurma biçimimiz ise yetiştirildiğimiz çevreye göre şekillenip değişiyor. İlginçtir; ekonomik olarak en zor şartlarda büyüyen, babası esnaf olan çocuk üçüzlerin en mutlusu ve karakter olarak en olgunu. Aralarındaki en sorunlu çocuk ise sert ve mesafeli bir ailede büyüyen öğretmen çocuğu. Çünkü genellikle ilgiden mahrum kalarak ve büyük beklentilerle büyütülüyor. Kardeşleriyle açtıkları lokantadan da bir süre sonra ayrılıyor. Sebep esnaf sınıfına uyum sağlayamayacak kadar yüksek beklentilere sahip yetiştirilmesi. Gerçekleştirdikleri kendisine yetmiyor ve sürekli hayal kırıklığına uğruyor. Ne elde ederse etsin değerini bilemiyor, zevkini çıkaramıyor ve en sonunda da intihar ederek yaşamına son veriyor.

Kronik olarak ruhsal problemler taşıyan bir aileden geliyorsanız problemlerin genetik olarak size aktarılması yüksek ihtimal. Yine çocuğun ailesinden aldığı sevgide büyük bir boşluk ve eksiklik varsa o boşluğun doldurulması çoğu zaman epey zor oluyor ve biz farkına varıp profesyonel desteklerle üzerine çalışarak emek vermediğimiz takdirde o eksiklik hayatlarımızda kanayan bir yara olarak kalıyor. Çoğu zaman birincil gerekliliği maddiyat olarak gördüğümüzden sevginin önemini ıskalıyoruz. Oysa deney bize gösteriyor ki öğretmen ailede yetişen çocukla işçi ailede yetişen çocuk arasında, mutluluğa ulaşma konusunda, dağlar kadar fark var. Çünkü biri sevgiyle, diğeriyse beklentiyle büyütülmüş.

Peki, yetiştiğimiz değil de edindiğimiz çevreye, bizzat yaptığımız seçimlere, kurduğumuz arkadaşlıklara bakarsak...

Yine sosyal çevre konusuyla ilgili yıllardır yapılan farklı bir araştırmadan bahsetmek istiyorum. İnsanlara, "Pek çok kişiyle paylaşılamayacak kadar özel bir durumun olduğunda bunu anlatabileceğin kaç arkadaşın var?" diye soruyorlar. Batı'da ve Amerika'da yaklaşık elli senedir yapılan bu araştırmaya, yıllar önce ortalama üç kişi cevabı verilirken günümüze gelindikçe bu rakam ikiye inmiş. Elli sene önce insanların özel durumlarını paylaştıkları üç yakınları varken yıllar geçtikçe bu sayının giderek azaldığını gözlemliyoruz.

Bu sonucu dramatik bir değişim gibi algılayabiliriz ama asıl üzücü olan bu değil. Eskiden insanların yüzde doksanının dertlerini paylaştığı en az iki kişi varmış, günümüzün modern dünyasında ise yaşayan her üç kişiden biri dertlerini paylaşacak kimseyi bulamıyor. Araştırmaya göre, bazı insanlar ortalama verilerin tersine, çevrelerinde altı yedi kişiyle büyük yakınlıklar kurabiliyorlar; ortalama bu yüzden dibe inmiyor. Şaşırtıcı olansa keşiş gibi yaşayan, kimseye derdini açamayan insanların günden güne çoğalması. O kişiler on gün ortada görünmeseler bile kimsenin dikkatini çekmiyorlar ve bir başlarına, yaşadıklarını içlerinde sır gibi tutarak dünyaya veda edebiliyorlar.

Arkadaşsızlığın giderek temel bir soruna dönüştüğü ilginç zamanlardan geçiyoruz. Biliyorsunuz ki en kolay arkadaş edinilen zamanlar lise ve üniversite yıllarıdır. İş hayatına atıldıktan sonra modern dünyada birçok insan arkadaş bulma sıkıntısı çekiyor. Toplumda bireysellik arttıkça ve iş bölümü geliştikçe birtakım sosyal dinamikler yalnızlığı da beraberinde getiriyor. Günümüz dünyasında gerçek

> Tıpkı nesli tükenen hayvanları özel şartlarda koruma altına almak gibi, hepimiz sayıları ve niteliği günden güne azalan gerçek ilişkilerimiz için daha çok emek vermek ve bu ilişkilerin değerini bilmek durumundayız.

arkadaşlıklar sahip çıkılması ve emek verilmesi gereken bir nimete dönüşüyor. Tıpkı nesli tükenen hayvanları özel şartlarda koruma altına almak gibi, hepimiz sayıları ve niteliği günden güne azalan gerçek ilişkilerimiz için daha çok emek vermek ve bu ilişkilerin değerini bilmek durumundayız.

İhtiyaçlar etrafında bir araya gelmeyi ve bunu kendimize bile itiraf etmeden sürdürebilmeyi ilişki zannediyor olabilir miyiz?

Tam da dediğin gibi günümüzde birçoğumuz duygularımız yerine ihtiyaçlarımız etrafında bir araya geliyoruz ve örtülü bir şekilde kurduğumuz çıkar ilişkilerini dostluk ya da sevgililik zannediyoruz. Zaman içinde farklı çevrelere girdikçe tanıdıklarımın arkadaş seçimlerini daha yakından gözlemleme imkânım oldu. İlginçtir; çoğu tanıdığımın arkadaş çevresini kendi varoluşuna göre değil, hayattan beklentilerine göre kurduğunu fark ettim. Örneğin hayattan beklentisi kısa yoldan zengin olmak olan bir arkadaşımın, çevresi de genellikle kısa yoldan zengin olmuş insanlardan oluşuyordu. Bu arkadaşım özel bir bankada müfettişti ve hırsı sebebiyle başka idealler peşinde koşarken önce işini, sonra da eşini kaybetti.

İlişkilere dair beklentimizi şu an değil, gelecek üzerine kurduğumuzda, birlikte olduğumuz herkes ulaşmak istediğimiz hayaller için bir köprü görevi görüyor ve insanlara amaçlarımıza hizmet eden beklentiler yüklüyoruz. Yine farkında olmadan yaşadığımız zamanı değersizleştiriyor ve içinde olduğumuz ânı bir sıçrama evresi olarak görüyoruz. Yaşarken çoğu zaman farkına varamadığımız bu hırs ve beklenti günden güne ilişkilerimizin bozulmasına neden oluyor. Çünkü ilişki karşındakinin değişmesini beklemek değil, onu olduğu hâliyle kabul etmektir.

Yine yakın çevremden örnek vermek istiyorum: Hayata maddiyat üzerinden bağlılıkları epey yüksek iki arkadaşım vardı. Farklı sektörlerde çalışmalarına rağmen ikisi de çok başarılı ve oldukça akıllılardı. İkisinin de şaşmaz politikası yakın çevrelerini varlıklı insanlardan oluşturmak üzerineydi. Bu çevreyi oluştururken asla kendilerinden ödün vermediler ve kimseye yağ çekmediler. Bu sayede kendilerini oldukları hâlleriyle kabul ettirmiş olacaklar ki ikisi de çevrelerinin de etkisiyle çok başarılı oldu. Biri eğlence sektörüne girdi ve arkadaşlarının onun mekânına gitmesi orayı epey popüler yaptı. Diğer arkadaşım ise birçok yönetim kuruluna üye oldu ve verdiği danışmanlıklar sayesinde iyi bir gelir elde etti. İkisi de amaçlarına sadık yaşadılar ve arzu ettikleri yaşama biçimleri üzerinden başarılı oldular. İlk örnekten farkları ise geçmişte ne yaşıyorlarsa geleceklerini de bu devamlılık ilkesine göre kurgulamalarıydı. Yaşadıkları ânı amaçlarının gölgesinde bırakmayıp değersizleştirmediler. Zaten öylelerdi, öyle yaşıyorlardı ve amaçları da yaşadıkları hayatla paralel ilerledi.

> Yaşarken çoğu zaman farkına varamadığımız hırs ve beklentiler günden güne ilişkilerimizin bozulmasına neden oluyor. Çünkü ilişki karşındakinin değişmesini beklemek değil, olduğu hâliyle kabul etmektir.

Şunu rahatlıkla söyleyebilirim, amacımız ve yaşadığımız hayat arasındaki denge ve tutarlılık çevremizle aramızdaki uyumun da köklerini oluşturur. Hırslı kişiler olabiliriz, açgözlü olabiliriz, meraklı olabiliriz. Birimiz için maddiyat hayatın vazgeçilmeziyken bir diğerimiz için en büyük öncelik belki huzurdur. Ben de amaçlarım itibariyle açgözlü biri olduğumu söyleyebilirim fakat açgözlülüğümün hedefinde maddi amaçlar değil, bilgiye ulaşma arzusu var. Bahsettiğim örneklerin tersine, "Falancanın oğlu Miami'ye geliyormuş, ben de buradayım. Hemen tanışmak için fırsat kollayayım da bir gün mutlaka işime yarar," türünde ilişkilerle hayatımın hiçbir döneminde işim olmadı. Küçümsemek ya da hor görmek için söylemiyorum; tercihtir, amaçların farklılaşmasıdır neticede. Ben başkalarına istemli olarak zarar vermeyen her varoluşa saygı duyuyorum.

Çocukluğumdan itibaren, amaca yönelik çıkar ilişkilerine ne kadar uzaksam, bilginin olduğu yerlere bir o kadar yakın olmak istedim. "Albert Hirschman buralardaymış, onunla tanışabilir miyim?" ya da "Michel Foucault Berkeley'e derse gelecekmiş, onun dersini nasıl izleyebilirim?" türünde heyecanlar ilk gençlik yıllarımdan itibaren hayatımın merkezinde yer aldı. Eski Brezilya devlet başkanı Fernando Henrique Cardoso'nun okulumuza geleceğini duyduğumda onunla tanışmak için hevesle fırsat kolladığımı hatırlıyorum. Sosyoloji alanında birlikte çalışılması en zor ama alanında en iyi olduğu düşünülen bir danışman vardı. Kimse onunla çalışmak istemezken ben özellikle isterdim.

Bilgiye dair açgözlülüğüm bana sayısız kapı araladı. Bu açgözlülük sayesinde saygı duyduğum insanlar arasında yer alabildim ve zaman içinde kendimi geliştirme fırsatı elde ettim. Burada dikkate aldığım ilk koşul her ne şartta olursa olsun her zaman samimi olmaktı. Sürekli içimden geldiği gibi davrandım ve kendimden yukarıda gördüğüm insanlara amaçlarım uğruna asla yağcılık yapmadım. Çünkü yağcılar kısa vadede kazanıyor görünseler de bir şekilde yağ çektikleri anlaşılır ve oldukları yerde sayarlar.

İlişkiler demişken insanın kendisiyle en özel ilişkisine, yalnızlığına da gelmek isterim. Sizin yalnızlığı önemsediğinizi biliyorum ama toplumumuzda yalnızlığın çok benimsenmediğinin de farkındayım. Sizce modern insan yalnız olmaktan neden bu kadar korkuyor ve niçin kendini başkaları aracılığıyla yaşatmaya çalışıyor? Ne dersiniz yalnızlık için? Önemli bulur musunuz?

Yalnızlık bir seçkinlik belirtisidir ve emek ister. Seçkinlikten kastım elbette ki para ya da soyluluk değil. Tam aksine, kendi zevk ve tercihlerini belirlemiş bir birey olabilmek benim için bütün ekonomik değerlerin ve kendini soylu addetmenin ötesindedir ve daha değerlidir. Ama şu da var ki ekonomik zorluklar yalnızlığı bir lükse dönüştürebiliyor. Kendi geçmişimden, ekonomik olarak büyük zorluklar yaşadığım dönemlerden biliyorum: Madden zor durumdaysanız başkalarıyla iç içe yaşamak zorundasınızdır ve yalnızlığınız istemsiz olarak elinizden alınır.

Türkiye'de ekonomik refaha kavuşmuş insanlar genellikle apartmanda yaşamayı tercih ederler, Amerika'da ise tercih apartman yerine müstakil evlerdir. Başkalarına bağımlı hâle geldikçe saygının giderek azaldığını hissedersiniz ve özgürlüğünüz elinizden alınır. Örneğin ülkemizde insanlar çöplerini kapınızın önüne koyabilirler ve bu durum, eylemi gerçekleştirenler için bırakın saygısızlığı, önemsiz ve normaldir. Bizde kirli ayakkabılarını bile apartmanın ortak kullanım alanına koyan çok insan vardır. İngiltere ve Amerika gibi ülkelerde böyle şeyler olmaz. Bizde devamlı özel alanınıza girerler ve sınırlarınızı aşarlar. Sürekli bir kavga gürültü içinde kalırsınız ve bağımsızlığınız zedelenir, yalnız kalışınız zorlaşır. Ülkemizde kendi kendine zaman harcamamak, devamlı başkalarıyla birlikte olmaya çalışmak kültürel bir kod hâline gelmiş. Yine de yalnızlığımızı koruma lüksü ekonomik zorluklar sebebiyle aşılamaz değildir.

Bilhassa İtalyanlarda ve Türklerde yalnızlığın utanılacak bir durum olduğunu hissettiren kültürel kodlara rastlıyoruz. Örneğin bir restorana tek başınıza gidin, size acıyarak bakarlar; hissedersiniz.

Yalnızlığın algılanış biçimi kültüre göre farklılıklar gösteriyor. Doktora tezim sırasında Fransa'da araştırma yaparken lokantalara genellikle tek başıma giderdim. Fransa'da tek başınıza yemek yiyorsanız yan masadakiler en fazla "Afiyet olsun!" diyerek kibarca selam verirler. Fakat dediğin gibi İtalya'da bir lokantaya tek başınıza gittiğinizde durum farklı olur. İtalyanlar tek başına birini gördüklerinde mutlaka masalarına davet ederler. Buradaki varsayımları, canınızın sıkıldığı ya da yalnızlığınızın kendi tercihiniz olmadığıdır. İstemsiz, kültürel reflekslerle, "Acaba eşi mi terk etti? Hiç mi arkadaşı yok?" türünde düşüncelerle, kötü niyetli olmadan, size acıyarak bakarlar. Bu anlamda, yalnızlığın algılanış biçimi itibariyle, İtalyanlarla epey benzediğimizi söyleyebilirim.

Tercih edilen yalnızlığın acınacak bir durum olarak görülmesinin oldukça derin kökleri ve nedenleri var. Çocukluğunuzu hatırlayın: Neredeyse her kültürün ortak noktası yaramazlık yapan çocuğa aynı cezanın verilmesidir. Hepiniz yaşamışsınızdır, yaramazlık yaptıysanız odaya kapatılırsınız ve elinizden sevdiğiniz ne varsa alınır. Daha küçükken bile, belki farkında olmadan, çocuklarımızın davranışlarını düzeltmek için onlara yalnızlığın kötü bir şey olduğunu aksettiriyoruz. Cezalandırmak istediğimiz çocuklarımızı yalnızlığa itiyor, onlara yalnızlığın olumsuz bir durum olduğunu kodluyoruz. O çocuklar büyüdüğünde de haklı olarak yalnızlıktan kurtulmak için her yolu deniyorlar.

> Kendine ayırdığı yalnızlık zamanını enerji depolamak, kitap okumak ve müzik dinlemek için kullanan insanlar dünyanın her yerinde azınlık olarak görülüyor. Bu tip insanların özgüvenleri genellikle daha güçlü oluyor, çünkü bir başlarınayken dışa dönük bir eksiklik hissetmiyorlar.

Bilimsel olmayan bir gözlemim daha var: Kendine ayırdığı yalnızlık zamanını enerji depolamak, kitap okumak ve müzik dinlemek için kullanan insanlar dünyanın her yerinde azınlık olarak görülüyor. Entelektüel ve elit olduğunu düşündüğüm bu tip insanların özgüvenleri genellikle daha güçlü oluyor, çünkü bir başlarınayken dışa dönük bir eksiklik hissetmiyorlar. Mutlaka bir dala tutunmak isteyen insanların ise aslında özgüvenleri daha düşük olan, daha stresli yaşayan, ne yapacağını pek bilmeyen, vasat zekâ ve bilgi düzeyinde insanlar olduklarını düşünüyorum.

Başkalarında kendini unutma çabası mı?

Bir tür iç dürtü diyelim. Özgüvensizliğin verdiği korunma hissiyle, kendilerine benzediğini düşündükleri insanlarla dayanışma içinde olmak... Yalnız kalamıyor bu kişiler.

Bir yandan da kızımı, eşimi ve kendi çocukluğumu düşünüyorum. Ceylan on iki on üç yaşlarındayken birkaç arkadaş yan yana gelirlerdi, hepsinin elinde telefon olurdu ve genellikle konuşmazlardı. Telefonlarında enteresan bir şey gördüklerinde birbirleriyle paylaşana dek arkadaş grupları içinde suskun kalırlardı. Artık Amerika, Türkiye, Bangladeş ya da Almanya fark etmiyor; her yerde durum aynı. Eşim Linda'nın çocukluğunda ise genellikle hep birlikte televizyon izliyorlarmış. Aynı anda aynı programları izledikleri için de daha çok konuşuyorlarmış. Aynı kuşak içindeki diyalog, edindikleri enformasyon hem ortak hem de daha kısıtlı olduğu için çok daha güçlüymüş. Benim çocukluğumda ise televizyon yerine radyo vardı. Yeni jenerasyonla kendi çocukluğumu kıyasladığımda, kuşaklar arası iletişimimizin şimdiki gençlere oranla çok daha güçlü olduğunu gözlemliyorum. Şimdiki jenerasyona göre büyüklerimle çok daha rahat diyalog kurabiliyordum. Şimdi ise kuşakların kendilerine özgü dilleri var ve ufak yaş aralıkları bile insanlar arasında farklı dillerin getirdiği bir mesafeliliği ve anlaşılamama duygusunu yaratabiliyor. Eskiden duvarlar bu kadar net ve sert değildi. Bu yüzden büyüklerle olmak daha öğretici olabiliyordu. Kendiniz gibi düşünen, aynı zevkleri taşıdığınız insanlarla değil, size farklı dünyaların kapılarını arayan insanlarla bir arada olabiliyor; hevesle peşlerinden gidebiliyordunuz.

Yalnız başına kalmayı başarıp bu durumdan keyif alabilen insanlar, başkalarıyla olmayı kendilerinden kurtulmanın bir yolu olarak görmedikleri için, başkalarıyla olmanın değerini de daha iyi biliyorlar. Bu tip insanların sosyalleşirken de daha etkin ve verimli olduklarını gözlemliyorum. Sürekli antrenman yapan sporcunun daha iyi oynaması gibi... Yalnız başına kalmakla sosyalleşmek birbirine zıt değil, birbirini tamamlayıcı olabiliyor. Kendinize ayırdığınız zamanı okuyarak ve düşünerek geçirdiğinizde dışarı çıkıp farklı insanlar gördüğünüz zaman hem soracak iyi sorulara hem de anlatacak iyi hikâyelere sahip oluyorsunuz. Sürekli benzer insanlarla konuştuğunuzda ise hayatınız monotonlaşıyor.

Yalnız başına kalmayı başarıp bu durumdan keyif alabilen insanlar, başkalarıyla olmayı kendilerinden kurtulmanın bir yolu olarak görmedikleri için, başkalarıyla olmanın değerini de daha iyi biliyorlar.

Bir yerde herkes aynı hayatı yaşıyor gibi... Benzer hikâyeler, benzer düşünceler...

Bugünün en önemli meselelerinden biri işte bu. "Savaş generallere bırakılmayacak kadar ciddi bir iştir,"[11] sözü gibi, en önemli arzu nesnesinin para olduğu dünyamızda boş zamanlarımız da insanın kendi tercihlerine bırakılmayacak kadar önemli bir konu hâline geldi. Yani sistem açısından.

Okurlarımızın bir kısmının aşina olduğunu tahmin ettiğim "Gig Ekonomisi" diye bir kavram var: Dijitalleşmeyle birlikte, serbest zamanlı çalışmaların ve platformların

11 Eski İngiltere başbakanı Winston Churchill'e ait bir sözdür.

çoğalmasıyla birçok insan serbest zamanlı çalışabilir hâle geldi ve bu ekonomi günden güne büyüyor. Pek çok insan kendi ürünlerini ve hizmetlerini internet aracılığıyla kolaylıkla tüketiciye ulaştırabiliyor. İşte bahsettiğim bu Gig Ekonomisi servis sektörünün çok geliştiği dünyadır. Eve sipariş edilen yemeklerin, Uber'lerin, Airbnb'lerin dünyasıdır. Pandemi sırasında Gig Ekonomisi daha da büyüdü. Endüstri insanların boş zamanlarını doldurmak için ciddi bir çaba harcıyor, bu zamanı kendi lehine paraya çevirmeye uğraşıyor. Boş zamanlar paket şeklinde hazırlanmış eğlence biçimleriyle dolduruluyor. Alıştığımız reklamların yerini sosyal medyaya entegre olmuş viral marka entegrasyonları alıyor. Ürün yerleştirmeler, marka imajları devamlı aklımıza yerleştirilmeye çalışılıyor ve bir enformasyon bombardımanına tutuluyoruz. Belli ki metaların tüketiminin cazip olduğu sistem tarafından aklımıza kazınıyor ve kendimize ait olduğunu düşündüğümüz zamanımızı da aslında farkında olmadan piyasaya hizmet ederek, bize aktarılan tüketim arzusuyla daraltıyoruz.

Bu daralmanın en büyük aracısı ellerimizden düşürmediğimiz akıllı telefonlarımız. Modern insanın özerkliği telefonda harcadığı zaman ölçüsünde azalıyor. Hepinize, zor olsa da, telefon kullanımını minimuma indirgemeyi, çocuklarınıza belli bir yaşa gelene kadar telefon vermemeyi ve bu enformasyon bombardımanını asgari seviyede tutmak için sosyal medyada az vakit geçirmeyi tavsiye ediyorum. Çocukların entelektüel gelişimleri tamamlanana kadar

Modern insanın özerkliği telefonda harcadığı zaman ölçüsünde azalıyor. Hepinize, zor olsa da, telefon kullanımını minimuma indirgemeyi, çocuklarınıza belli bir yaşa gelene kadar telefon vermemeyi ve bu enformasyon bombardımanını asgari seviyede tutmak için sosyal medyada az vakit geçirmeyi tavsiye ediyorum.

sosyal medyadan uzak durmaları gerektiğini düşünüyorum. Özerkliğinin ayaklar altına alınıp ezilmemesini isteyen ve yalnızlığıyla barışmayı arzulayan her insan için bu tip kararları olmazsa olmaz görüyorum. Twitter'da baktığınız tweet'ler sizi yüzeysel ve temsil ettiğiniz değerlere benzer bir algıya sürüklüyor, Instagram'dan takip etmeyi tercih ettiğiniz insanlar sebebiyle günden güne aynılaşıyorsunuz ve gerçekliğe açılan pencereniz giderek daralıyor.

Gig Ekonomisi çağında endüstri için zamanın tek karşılığı paradır. İnsanlara bir şey satılacak ki o para alınsın. Bunun için de önce onları özendirmek gerekiyor. Burada sorgulamamız gereken durum şu: Elimizde akıllı telefonumuz varken yalnız olduğumuzu düşünüyoruz. Ama bu yalnızlık zamanlarını, akışın dışında kalmayı seçmediğimiz için, kendimize dönük olarak değil; farkında olmadan endüstriye hizmet ederek harcıyoruz. Bu da bizleri dünyayı kendimiz için daha anlamlı bir yer hâline getirmeye çabalamak yerine, "Daha çok nasıl tüketebilirim?" duygusuna yönlendiriyor.

O hâlde yalnız kalmak biraz da düzene meydan okumak anlamına mı geliyor?

Yalnızlık, düzen için, kaybedilen para demektir. Sistem bizlerin her an ekonominin bir parçası olmamız gerektiği beklentisiyle var olur. Bu durumun farkına vararak düzenin ihtiyaçlarına cevap veren bir parça olmayı reddetmek insana öncelikle muazzam bir haz, sonrasında ise şahsiyet kazandırır.

Gençler için özellikle önemli bir konu bu. Çünkü gençlik, insanın kendisi için neyin iyi neyin kötü olduğunu yola çıkarak bizzat deneyimlemektir ve bu deneyim, maalesef, yetişkinliğe adım attıkça çok az insan için hayatı anlamlandıracak pozitif tecrübelere dönüşür. Bu noktada istersen felsefede çok tartışılan bir kavramdan, "Yanlış Bilinç"ten bahsedelim. Daha çok Karl Marx'tan aşina olduğumuz bir kavram bu fakat felsefe tarihine baktığımızda birçok filozofun bu konuda fikirleri ve katkıları olduğunu gözlemliyoruz. Yanlış Bilinç, özetle insanın yaşamı, yaşadığı gerçeklik üzerinden değil; sistemin dayattığı imajlar üzerinden algılama refleksidir. Bir zaman sonra insanlar kendi yaşamlarını objektif bir şekilde konumlandıramaz ve sistemin onlardan beklediği bakış açısıyla hayatlarını yorumlamaya başlarlar.

Peki, kişi bu döngüden nasıl çıkar? Kişisel gerçekliğini algılayarak ve hayattan ne istediğinin bireysel olarak farkına vararak. İşte bu, gerçek rasyonellik ve kurtuluş ümididir. Öteki türlü farkında olmadan manipüle edilmiş ve hâkim bakışı üstlenmiş oluruz ve hayatımız başkalarının tekeline girer.

İşi biraz pratiğe dökelim. İnsan yalnız kaldığında ne yapabilir? Psikolojik olarak, bir insanın tek başına ayakta durması bir cesaret belirtisi midir? Parça parça başka yerlerde konuştuk ama yine sorayım, siz yalnızken neler yapmayı tercih edersiniz?

Kendi kendime vakit geçirirken genellikle kulaklığımı takar, iyi müzikler dinler, bir yandan da kitap okurum. Batı dünyasında insanlar, yalnız zamanlarını değerlendirmek adına, meditasyona daha çok yöneliyorlar. Bilhassa stresli işlerde çalışan insanlar bu baskıyı hafifletmek için meditasyon yapıyorlar. Ben profesyonel olarak meditasyon yapmıyorum ama gözümü kapatıp hiç konuşmak istemediğim ve kendimi dinlendirdiğim kısa zamanlar da oluyor. Genellikle klasik müzik dinliyorum. Bazen Türkçe, çoğunlukla İspanyolca, İtalyanca, Fransızca şarkılar, bazen de opera dinliyorum.

Nadiren de olsa telefonla uğraşırım ama bu çok sık olmaz. İlginçtir, telefonumla uğraşırken insanlar beni rahatsız etmiyor ve telefonla ilgilenmemi kişisel alan gibi görüyorlar. Fakat kitap

Nadiren de olsa telefonla uğraşırım ama bu çok sık olmaz. İlginçtir, telefonumla uğraşırken insanlar beni rahatsız etmiyor ve telefonla ilgilenmemi kişisel alan gibi görüyorlar. Fakat kitap okurken çok rahatlıkla gelip okumamı bölerek konuşmaya başlayabiliyorlar.

okurken çok rahatlıkla gelip okumamı bölerek konuşmaya başlayabiliyorlar. Telefonla uğraşmanıza duyulan saygı kitap okumanıza duyulan saygıdan daha yüksek. Bu konuyu eşime anlattığımda, "Demek ki kitap okumak sizin kültürde gereksiz görülüyor," dedi. İnsanlarımız siz tek başınıza kitap okurken, "Zavallının herhâlde canı sıkılıyor. Başka bir şey yapmayı tercih edebilirdi ama alternatifi yok sanırım. Ben gidip onunla bir konuşayım," diye düşünüyor olmalılar. Fransa'da insanların metrolarda ayakta bile kitap okuduğunu gözlemliyorum. Ülkemizde ise Burgazada-Eminönü vapuru ortalama bir saat on dakika sürüyor ve genellikle kitap okuyan kimseye rastlamıyorum.

Seyahat ve anı yazıları epey hoşuma gidiyor. Önemli yazarların yazdığı seyahat yazılarını onların gözünden okumayı çok seviyorum. Mesela Martin Heidegger'in Yunanistan seyahati güzidedir.[12] Bazen roman, bazen biyografi, bazen tarih, bazense sosyoloji üzerine okumalar yapıyorum. Mizah yazılarını da çok severim ama iyi mizah yazarı bulmak epey zor. Okuduğum kitabın ya da yazının ilk satırdan itibaren beni sarması ve hayata yeni bir perspektiften bakmamı sağlaması lazım. O âna kadar düşünmediğim bir durumu dile getirmeli ya da çok iyi bildiğim bir olguya farklı bir bakış açısı sunmalı. Okurken en çok önem verdiğim kıstas bu. Bu yüzden benim için sıkıcı konu yok, çünkü her konu ilginç bir bakış açısıyla

---

12 *Sojourns-The Journey to Greece*; Martin Heidegger, State University of New York Press, 2005 (Orijinali 1962).

işlenebilir. Gazete de okuduğum olur ama dünyada ve Türkiye'de gazetelerin içeriği giderek zayıfladığı için artık okurken genellikle sinirlerim bozuluyor.

Bir de şunu söylemeli: Şu anda dünyanın dört bir tarafında yaşayan insanlarda kitlesel bir tedirginlik ve özgüven eksikliği bulunmakta. Bu duygulara cevap vermeye çalışan ama hiçbir çözüm vaadi getirmeyen, geçici rahatlama sağlayan kitap türleri var: Kişisel gelişim kitaplarından bahsediyorum. Bana oldukça yüzeysel ve sığ geliyorlar. Süpermarketlerden alınan, ömrü uzatılmış zararlı ürünlerin düşünce dünyasındaki uzantıları gibiler ve insanlara duymak istediklerini söyleyip asla ciddi ve derin konulara değinmiyorlar. Bu tür kitapların beni rahatsız eden tarafı yazılmaları değil, iddiaları: İçerikleri sıradan bir şarabı dünyanın en iyi şarabıymış gibi satma çabasına benziyor. Bu yüzden de kendi kendime zaman geçirirken bu tip kitaplardan bilhassa uzak duruyor, zekâmı ve hayal gücümü kamçılayarak bana yeni bir perspektif sunacağını düşündüğüm kitapları tercih ediyorum. Okuduğum metin beni az da olsa sarsmalı. Kendimi iyi hissetmeme değil, kötü hissetmeme de neden olmalı.

YEDİNCİ BÖLÜM

TÜRKİYE ASALAK SINIFTAN NASIL KURTULUR?

"Sistem bizden dâhil olmamızı, çaba sarf etmemizi, özveride bulunmamızı istemiyor; çünkü başarıyı çaba harcamadan taklit etmek çok daha kolay. Dışarıdaki tasarımlara para verip taklit etmeyi başarı zannediyoruz. Bu taklitçilik devlet politikalarından iş dünyasındaki kârların nasıl elde edildiğine kadar her alana yayılmış ve sinmiş durumda. Tufeyliden kurtulmak için devlet yapısının ve ekonomik yapının dönüşmesi şart. Burada başlangıcı her insanın kendine dair sorumluluğunda görüyorum ve sistemin bizden talep etmediği noktada aktif olmamızın gerektiğini düşünüyorum."

Bu bölümde Türkiye'den, toplumumuzdan, dünyadaki yerimizden konuşalım istiyorum. Bir sosyolog olarak bizi, ülkemizi nasıl tanımlarsınız; nereye koyarsınız?

Sosyolojik genellemeler faydalı ve gereklidir fakat ben yaşamım boyunca insanları sınıfsal ve demografik özelliklerine göre değil, özerk kişiler olarak değerlendirmeyi çözüm olarak gördüm. Hayalî bir örnek vereyim. Diyelim ki İsmail ve Mahmut'la karşılaştım. İsmail çok başarılı bir sanayicinin oğlu, yirmi yedi yaşında ve evli. Mahmut otuz üç yaşında, babası inşaat işçisi, Şırnaklı, okumamış ve bekâr. İsmail ve Mahmut iki ayrı kişi, farklı rüyaları ve hülyaları var. İşte böyle toplumu oluşturan kişileri tek tek incelemek bana, bütün hakkında yargılar oluşturmaktan daha cazip geliyor. O insanları tanımaya çalışmak, dünyaya onların gözünden bakmak… Böyle baktığım zaman ilginç bir mozaik görüyorum.

Türkiye'deki siyasi yapıdan ve sosyal normlardan konuşmak elbette mümkün ama "Türk insanı şudur, ortak özelliği budur," diye genellemek bence imkânsız. Bir de bu yaklaşım bana o insanların üzerine gereksiz bir dayatma gibi geliyor. İnsanların nereli olduklarını, ne iş yaptıklarını, paralarını nereden kazandıklarını, ilişki tercihlerini sormam; bunları merak da etmem ama insanların hülyaları nedir, onları neler sevindirir; içlerinde kalan, yapamadıkları şeyler nelerdir merak ederim. Kişilerin barındırdığı hikâyelerle ilgilenirim. Ortaklıklar oralardan bulunur. Aksi takdirde diğer konularda kendini üstün ya da aşağıda görme tehlikesi var. İnsanların karakterini anlamaya çalışırım ama bundan bir sonuç çıkaramam. Hikâyelerini dinledikçe ısındığım insanlar da olur, uzaklaştıklarım da… Bu konuda ülkeler arasında bir farklılık görmüyorum.

Türk insanına dair şunları söyleyebilirim, ne sanıldığı kadar kötü ne de sanıldığı kadar iyidir. Yine de ortak sosyolojik veriler önemlidir. Türkiye'de sosyal yaşam hayli güçlü. İnsanlarda merhamet çok fazla. Türk misafirperverliği denilen olgu gerçek bir olgu. Ancak bazen daha iyi tanıyabilmek için ülkene dışarıdan bakmak gerekiyor. Dış ülkelerde yaşayınca kendi ülkeni daha derinden değerlendirebiliyorsun. Ülkene dair bazı şeyleri daha çok eleştiriyorsun, bazı şeyleri ise özlüyorsun. Yeni pencereler açılıyor. İnsan kafası mukayese ile çalıştığında aradaki farkları daha güzel görüyor.

Ahmet Hamdi Tanpınar'ın eseri *Saatleri Ayarlama Enstitüsü* konusunda uzmanların fikirlerini merak ediyorum diyelim.

On farklı uzmanla konuştuğumda kitabın hiç düşünmediğim, yeni yeni taraflarını görürüm. Her bir uzman değişik bir perspektif getirir ve her konuda daha derine inersin. Ne kadar çok mukayese şansın olursa o kadar fark görürsün. Tabii insan gördüğü şeylere açık olmalı ve anlamaya çalışmalı. Bana "Canını en çok sıkan ama politik olmayan bir örnek ver," deseler Almanya'da, Fransa'da, İtalya'da mimari değerleri, köyleri, kasabaları ne kadar iyi koruduklarını gördüğüm zaman Türkiye'deki betonlaşmaya daha da sinirlenmemi söylerim. Bu hâl benim ağrıma gidiyor.

Buna karşılık yabancı bir arkadaş grubu etkinliğine davet edildiğimde, özellikle de Amerika'da, oradaki insanlarla sosyalleştiğimde, ülkemdeki arkadaşlarımla olan konuşmalarımın çok daha içten olduğunu görüyorum. İnsan Amerika'da zayıf tarafını anlatamıyor. Orada her zaman güçlü ve sorunsuz görünmek zorunda hissediyorum. Diğer yandan bir buluşmada, ilk defa tanıştığımız spor yazarı Mehmet Demirkol'a, Amerika'da uzun zamandır tanıdığım birine anlatamayacağım şeyleri anlatabilmiştim. Ülkemde olduğumda öyle bir güven geliyor ve yüzde doksan dokuz yanılmıyorum. Bu aslında çok büyük bir nimettir. Türkiye'de bir hukuk şirketinde çalışan kişi belki Amerika'ya göre daha az kazanıyordur ama oradaki yıpratıcı ve son derece rekabetçi ortamda da yaşamıyordur. Gündelik hayat psikolojimiz için bu çok önemli.

İnsanın olduğu hâliyle kabul görebilmesi belki de hayattaki en güzel his...

Kesinlikle. Amerika'da insanlar senin en küçük açığını bile öyle beklemediğin bir şekilde kullanıyorlar ki şaşırıp kalıyorsun. Batı'nın iyi tarafları yanında beni büyük hayal kırıklığına uğratan yönleri de var. Mesela kurumsallaşmış bir çifte standart ve ikiyüzlülük var. Bu daha çok siyasette geçerli.

Türkiye'den iyi para kazandıkları ve Türkiye'nin stratejik önemi bulunduğu için yüzlerini öteki tarafa çevirdiler. Türkiye uzun zaman önce otoriter bir devlet olmuştu ama sırf işlerine geldiği için görmezlikten geldiler. Libya'da Kaddafi'yi devirdiler ama Batı yanlısı olan ciddi diktatörlüklere bir şey yapmadılar. İsrail, Gazze ve Batı Şeria'da açıkça ırkçılık yapıyor. Bir yabancı olarak orada yaşadığında her alanda ayrımcılığa maruz kalıyorsun. İş yerinde yükselmeyi bırak, iyi bir yerde ev bile kiralayamıyorsun. Cinsiyet ya da cinsel yönelim bazındaki ayrıma çok karşılar ama buna karşılık bu gibi çifte standartlar ve ikiyüzlülük var.

Türkiye'yi konuşurken, tartışırken iş hep vatanı sevmek meselesine gelip dayanıyor. Size de bunu sormak isterim; sizce vatanı sevmek nedir, vatansever kimdir? Bir de şu geliyor akla; insan vatanını nasıl sever, vatanına nasıl katkıda bulunur?

Vatansever olmak için önce insanları sevmek ve dünya insanı olabilmek lazım. Konuya birçok açıdan yaklaşılabilir ama ben bu soruyu tarım üzerinden cevaplamak isterim. Kendi geçmişimi düşündüğümde tadı şimdikilere kıyasla çok güzel, hormonsuz, mis gibi kokan sebze ve meyvelerle büyüdüğümü anımsıyorum. Şimdi ise California'da ülkemize kıyasla çok daha güzel domatesler yiyebiliyoruz. California'daki domatesler ata tohumundan yapılıyor ve "dry girl" denenler sulanmıyor. İlkbaharda yeterince yağmur yağıyor ve sulamaya da gerek kalmıyor. Ülkemizde ise ata tohumları kişisel üretimler dışında yasak. Yani tescilli tohumlar dışında kalan atalık tohumlardan ürettiğiniz sebze ve meyveleri pazarda satamazsınız. İlk yasaklar seksenlerin ortasında, 1986'da geldi. Sonrasında ise tamamen hibrit tohumlara bağımlı kaldık. Aynı tohumdan birden çok kez mahsul alamıyoruz. Tıpkı karpuz tarımında olduğu gibi... Bu ülkeyi sevmek, o ata tohumu örneğindeki gibi, köklerimizde olan güzellikleri sahiplenmekten ve geri getirmekten geçiyor. Tarımın uluslararası kapitalizmin uzantısı olup dejenerasyona uğramasına göz yummamalıyız mesela. Bu tavır her anlamda kırmızı çizgimiz olmalı.

Ülkede, "Kol kırılır, yen içinde kalır," diye kanıksanmış yanlış bir görüş var. "Bazı hatalarımız var ama bunu uluslararası arenada dile getirmemeliyiz," türünde faydasız görüşler kitleselleşmiş.

Bizde komut kültürünün yaygın olduğundan bahsetmiştim. Otoriteye büyük ölçüde itaat edilir. Ama en ufak bir otorite boşluğu olmayagörsün. Yaya geçitlerinde yayaya yol vermeyenleri de görürsün, mevzuatı uydurup yeşil alana bina dikenleri de, piknik yapıp çöpünü bırakanı da, sahil şeridine masa atanı da; her alanda, her yerde, her düzeyde başkasının hakkına saygısızlık yapan, başkasının hakkını elinden almaya çalışan birilerini görürsün. Bunları söylediğinde, yazıp çizdiğinde de vatanı sevmemekle suçlanırsın.

Bu ülkeyi sevmek, o ata tohumu örneğindeki gibi, köklerimizde olan güzellikleri sahiplenmekten ve geri getirmekten geçiyor. Tarımın uluslararası kapitalizmin uzantısı olup dejenerasyona uğramasına göz yummamalıyız mesela. Bu tavır her anlamda kırmızı çizgimiz olmalı.

Kanaatimce, kirli çamaşırlarını ortaya dökmeyenler hiçbir zaman kirden kurtulamaz. En sağlıklı ve doğru olan, evrenselden yöreselliğe geçmektir ve ancak yöreselliğinizi derinlikleriyle keşfettikçe evrensel olabilirsiniz. Bu iki durum arasında diyalektik bir ilişki var: Evrensel ölçütler olmazsa birçok konuda yerimizde sayarız. İnsan hakları, devlet yapısı, tarıma yaklaşım gibi konulara bakışımız evrensel olmalı. Bir yandan da yerel güzelliklerimizi keşfedip bu alanlarda taklitçilikten uzak durarak bu güzellikleri sahiplenmeli ve onlar uğruna inat etmeliyiz.

Hâkim bakışı Türkiye üzerinden yorumlarken en çok önem verdiğim kavramlardan birini sizlerle paylaşmak istiyorum: Tufeylilik. Türkiye'de hâkim sınıf nedir diye sorsanız tufeyli sınıfıdır derim. Dinler, diller, ideolojiler ötesi bir kavramdır bu. Dışarıda yaşayan bir Türk olarak; çocukluğu, gençliği daha çok Türkiye'de geçmiş, daha sonraları Amerika'da kalmış biri olarak ülkeye baktığım zaman kendisi hiçbir şey yaratmadan, gerçekten kazanan sınıfın ya da genelde başkasının yarattığı değere el koymaya çalışan, asalak bir şekilde yaşayan, öyle ya da böyle işini bilen, kafası tamamen buna işleyen, devamlı rant peşinde koşan bir anlayışın ülkeye hâkim olduğunu ve bunun en tepeden en dibe kadar her yeri istila ettiğini görüyorum. Daha da kötüsü bu bir ayıp değil de norm sayılıyor ve her alanda ortaya çıkıyor.

Venedik'te Alle Testiere isimli çok hoş bir lokanta vardır. Lucca ve Bruno işletir. Lucca salonda, Bruno mutfakta durur. Venedik'te sadece bu ikisinin yaptığı ve başka kimsenin girişmediği bazı yemekler vardır. Biri özel bir şekilde marine edilmiş, kabuk değiştiren bir yengeç türüdür. Bu yengeç mart sonu-nisan başında ortaya çıkar. Mevsiminde herkes Bruno'nun lokantasına bu yemeği yemeye gelir. Dedim ya, bunu başka hiçbir lokantacı pişirmez. Çünkü belli bir haysiyetleri var; bu yemek Lucca'nın, Bruno'nun yemeğidir. Bu bir haysiyet meselesidir. Yaparsa da menüde muhakkak yemeğin yanına bu "Bruno'nun tarifidir," ibaresini ekler ve o tarife göre yapar. Aynı şekilde şarap konusunda herkesin farklı bir tekniği vardır, birbirlerini taklit etmezler. Bizde bir bakıyorsun, bir şey başarılı olunca herkes onu taklit etmeye başlıyor. Mesela San Sebastian Cheesecake... Yapılanların pek çoğu da beş para etmez. *Plagiarism*, yani başkasının fikrini çalma politikada, ekonomide, şirketlerin oluşumunda, içtiğimiz şaraplarda, her şeyde ortaya çıkıyor. İşte bu durumun ardında söz konusu zihniyetin hâkimiyeti var. Bunun gastronomi alanındaki yansımasına dönersek mutfak geleneklerimize sahip çıkıp rötuşlarla, kendine özgü farklı dokunuşlarla bir şey yaratmak da bir yoldur ama bu çok zahmetli ve zordur tabii.

Yaratıcılık eksikliğinden söz edilebilir mi?

Sanmıyorum. Tufeyli sınıfını yorumlarken ve taklidin ülkemiz adına kronik bir sorun olduğunu öne sürerken asla "Türkler yaratıcı değildir," diyemeyiz. Çok iyi yazarlarımız var, Nobel Ödülü kazanan insanlarımız var, genel olarak ontolojik bir problem yok fakat sistemle ilgili bir problem var. Bu insanlar hünerlerini bu ülke bazında gösteremiyorlar. Göstermeleri için daha değişik fikirlerin yeşermesi lazım.

Devletin ceberut olduğu doğru fakat aynı zamanda güçsüz bir devlet bu. Kendi doktora tezimin de önemli bir bölümüdür. Güçlü devletle ceberut devleti ayırmak lazım. Güçlü olmak meşru olarak görülmek ve konsensüs yaratmak demektir. Bizdeki devletin tutumu, bir tartışmada karşısındakilerden daha az zeki ama en kuvvetli adamın, "İki tane çakarım! Beni dinleyeceksin!" demesi gibi. Ben ulus devlet sürecinin bile tamamlanmadığını düşünüyorum. Biz daha çok, "Sen nerelisin gardaşım?" kısmındayız. İnsanlar genelde sarılacakları memleketlisini arıyorlar.

Bu "tufeyli"yi biraz daha açabilir misiniz? Taklitten ötesi de var mı bu tanımda?

Tufeyli sözlük anlamıyla "asalak" demektir. Başkasının sırtından geçinen demektir. Yağcı kişidir. Zengin adamın hiçbir şey yapamayan, asalak, yağ çeken, annesinin favori evladı olarak devamlı para sızdıran, dalkavuk, başkasının sırtından geçinen oğlu mesela tipik bir tufeylidir. Türkiye'de hâkim olan normlara, ahlaki değerlere ve gündelik hayatın pratiklerine baktığımız zaman başkasının var ettiği değerleri bazen kandırarak bazen de zorla kendine mâl etmeye çalışmak, dalkavukluk, taklitçilik, eleştirinin yerine aşırı yağcı olanların meşru sayılması, kendine güçlü bir patron bulup mümkün olduğu kadar onun korumasında yaşayanlar...

Bunların en küçük yapı olan aileden başlayarak devlet yapısına kadar her yerde yaygın olduğundan bahsetmiştik. Bunun neden bu kadar yaygın hâle geldiğini anlamak için bazı değişkenlere bakmayı öneriyorum. Biri devlet yapısı; ikincisi toplum-devlet ilişkisi; üçüncüsü toplumsal gelişme süreci; dördüncüsü eğitim sistemi; beşincisi de kişisel düzey, yani mikro düzeyde bu süreçlerin insan psikolojisi üzerinde yaptığı etkiler. Her biri, üzerine doktora tezi yazılacak konular ama ben kısaca değineyim.

Devlet yapısına baktığımız zaman Osmanlı'dan başlarsak devlet hiçbir zaman can ve mal güvenliğinin koruyucusu olmamış. Tam tersine onu her an tehdit etmiş. En basitinden, sultan sadrazamın kafasını kesebiliyor ve malına mülküne el koyabiliyor. Devletin büyümesi ve gelişmesi yağmacılık ve savaşla oluyor. Bundan dolayı da hiçbir zaman hak ve özgürlükler gelişmiyor. Cumhuriyet ilan edilince ve çok partili hayata geçilince de aynı süreç devam ediyor. Dış borçlar ve ülkeye dışarıdan gelen kaynaklarla besleniliyor. Devlet hiçbir zaman pazar ekonomisinin düzenleyicisi ve denetleyicisi olmuyor. Gelişmek için belli bir stratejisi ve planı olan, stratejik olarak yatırımları artıya yönlendiren bir devletten söz edilemiyor. Rant peşinde koşan, kısa dönemde yeni kaynak yaratmak yerine var olan kamu kaynaklarını ve muhaliflerin kaynaklarını kendine yönelten devlet oluyor. Topluma karşı hakem ya da gelişmeye yardımcı bir aktör konumuna gelmiyor, asalak ve cezalandırıcı konumuna çekiliyor. Batı sistemindeki devlet geleneğinin en önemli öğesi olan, devleti yönetenlerin kendi servetiyle kamu servetinin kırmızı çizgilerle ayrılması durumu bir türlü gerçekleşmiyor. "Bal tutan parmağını yalar," türünde deyimler de buradan geliyor.

Türkiye'deki devlet yapısı pazar ekonomisini denetleyemiyor, kurumsallaşamıyor, kaynak yaratamıyor ve var olan kaynakları da kendisi ve yandaşları için kullanıyor. Devlet-toplum ilişkisinde iş dünyasına baktığımızda da devlet, kendinden bağımsız bir burjuvazinin ortaya çıkmasına izin vermiyor. Türkiye'deki büyük servetlerin kaynağı devletten geçiyor. Kötü anlamda bir devlet kapitalizmi söz konusu. Rant kaynağı devamlı değişiyor. Bir gün inşaat oluyor, bir gün enerji sektörü oluyor... Bir gün hastanelere, okullara yatırım oluyor. Bu yüzden de iş insanları bir yerden bir yere sıçrıyorlar, kârlılık arzusu liyakat ve niteliğin önüne geçiyor. Holdingler bünyesinde aralarında organik ilişki bulunmayan birçok şirketi barındırıyor. Bu şirketler aynı sektörün içinde bile yer alsalar aralarında organik bağ olmuyor. Bunun sonucunda zengin oluyorlar ama hiçbir zaman derinleşme, profesyonelleşme olmuyor.

Batı sistemindeki devlet geleneğinin en önemli öğesi olan, devleti yönetenlerin kendi servetiyle kamu servetinin kırmızı çizgilerle ayrılması durumu bir türlü gerçekleşmiyor. "Bal tutan parmağını yalar," türünde deyimler de buradan geliyor.

Gelişmiş kapitalizmin tam tersidir bu. IBM, Volvo, Apple gibi şirketler son derece kurumsallaşmış ve derinleşmiştir; başka sektörlere el atsalar bile orada kendi ana yeterlilikleriyle var olurlar. Bizde birçok alandalar, oradan oraya konuyorlar ama hiçbir derinlik sağlanamıyor. Buna paralel olarak hükümet değiştikçe devlet politikaları da değişiyor. Hükümetten bağımsız devlet geleneği sadece bir ölçüde güvenlik politikasında sürüyor. Risk çok olduğu için patronlar şirketlerinde para tutmuyorlar. Buradan da zengin patronlar, fakir şirketler gerçeği ortaya çıkıyor. Patronlar genellikle ekonomiyi yağmalıyor ve servetlerini çoğunlukla Londra'ya ya da İsviçre'ye çıkarıyorlar. Tüm bu sebeplerle toplumsal gelişimde yerleşik burjuva kültürü hiçbir zaman ortaya çıkamıyor ve kökleşemiyor. Hâkim ideoloji de neticede bir an önce köşeyi dönme ve vurgun yapma gibi arzulara dönüşüyor.

Amerika'da köşeyi dönmek ev ve araba sahibi olmaktır. Bizde bin kişi köşeyi dönmeyi deniyor ama bir kişi başarıyor, bunu başaran biri varsa ötekiler gelip çömez gibi pay almaya çalışıyor. Bizde gerçek anlamda ve teknik açıdan güçlü mühendislere, avukatlara ihtiyaç duyulmuyor. İnsanlar hiçbir şekilde eğitimleriyle yaşamdaki gerçekler arasında bağ kuramıyor. Hemen hemen hiç kimse tahsil gördüğü alanda çalışmıyor. Kazara çalışanlar varsa onlar da öğrendikleri profesyonelliğin getirdiği davranış biçimleriyle iş ahlakı arasında hiçbir benzerlik göremiyorlar. İşlerinin okulda öğrendiklerinden çok daha baştan savma biçimde yapıldığını görüyorlar. Bunun sonucunda genel olarak insanların eğitime olan inançları da ortadan kalkıyor. Eğitim yozlaşmaya başlıyor, insanlar zorla öğreniyor. Son yıllarda politik nedenlerle özümüze dönme safsatası altında ezbercilik dayatılıyor. Nihayet kişisel düzeyde bakarsak makro düzeyde devlet yapılarının, kurumsallaşmaya gidilememesinin, burjuva devrimi yaşanmamasının ve eğitimde yozlaşmanın hepimizin hayatını direkt etkilediğini görebiliriz.

> Türkiye'deki büyük servetlerin kaynağı devletten geçiyor. Kötü anlamda bir devlet kapitalizmi söz konusu. Rant kaynağı devamlı değişiyor. Bir gün inşaat oluyor, bir gün enerji sektörü oluyor... Bir gün hastanelere, okullara yatırım oluyor.

Anladığım kadarıyla kendi gerçeklerinin farkında olan ve buna göre üretim yapan bir ülke yolunda çaba sarf edilmesi gerektiğini düşünüyorsunuz.

Bu çabanın aksi haysiyet ve iş ahlakının tamamen ortadan kaybolması ve taklitçiliktir. Devletçi gelenekten gelen başka ülkelerle örneklemek istiyorum: Güney Kore ve Japonya mesela. Bu ülkelerde insanlar işini iyi yapmak için diğer ülkelere kıyasla çok ciddi çaba harcıyorlar ve işini iyi yapma, yaşama verdikleri anlamın önemli bir parçası hâline geliyor. İnsan haysiyetini en gerekli öğe olarak görüyorlar. Yine aynı ülkelerde kamu ve devlet hazineleri arasında ciddi ve kalın bir çizgi var ve devlet taraf tutmayan bir hakem gibi davranıyor. Can ve mal güvenliğini garanti eden bir aktör olarak ortaya çıkıyor. Buna paralel olarak demokrasi ve orta sınıf gelişiyor. Gerçek bir burjuva devrimi yaşanıyor. Devlet düzenleyiciden çok öncü rolüyle ortaya çıkıyor. Bu gibi ülkelerde öncü rolün, tufeyliliği meşrulaştıran bizim gibi yapılarla alakası yok. Onlarda devlet kendi kaynaklarını tüketmiyor.

Bizde bunun en büyük örneğini Kaz Dağları'nda görüyoruz. Devlet, halkına karşı düşman toprağını yağmalayan bir göçebe gibi görünüyor. Öncü devlet ise getirisi yüksek yatırımlar yapar. 1960'ta Türkiye'de kişi başına düşen gayrisafi milli hasılaya bakın, sonra bir de Güney Kore'ye bakın. O zamanlar onlardan çok öndeydik, şimdiyse çok gerideyiz. Japonya'nın restorasyonunu Osmanlı'ya benzeten çok insanlar vardır ama onlarla da tamamen zıt kutuplardayız. İki farklı devlet modeli ve iki farklı gelişme modeli söz konusu.

Mesele basitçe şudur: Doğru insana doğru iş verilmeli. Doğru insanı doğru iş için bulsanız bile bu sistem değişmedikçe, gelir kaynakları değişmedikçe, devlet yapısı değişmedikçe doğru insan da ya bir süre sonra havlu atacaktır ya da bozulacaktır ve umursamaz hâle gelip yine kendi emeğine yabancılaşacaktır.

Devlet yapısı üzerinde temel değişikliklere gidilmedikçe tufeyli sınıfına karşı mücadele yalnızca bireylere indirgeniyor. Bu toplumda iyi tufeyli olan başarıyor ve sonuç alıyor.

Amerika'da beyin cerrahları çok iyi para kazanıyor. Birçoğu çok zeki ve göçmen çocuğu. Ülkemizde ise para kazanmak için beyin cerrahlığı için uğraşmaya niyet eden az; çünkü taklit, para getiriyor. Burada özgün bir üretim yapmak çok zor. Televizyon programlarında bile bilinen, Batı'da sevilen bir formatı alıp uyguluyorlar. San Sebastian Cheesecake başarılı olmuşsa yalan yanlış herkes onu yapmaya çalışıyor. Bu, insanların giyinişine de davranışına da yansıyor. Hâkim sınıf; pahalı, üretimi ücretini karşılamayan, birbirine benzeyen ve kötü mekânlara akın ediyor. Şu andaki kültür endüstrisi de buna katkıda bulunuyor. Tüm bu devlet yapısı ve olumsuz atmosfer içinde taklitten uzak durmanın, ilkesel davranmanın ve haysiyetli olmanın vicdanen tek makul varoluş olduğunu düşünüyorum.

> Mesele basitçe şudur: Doğru insana doğru iş verilmeli. Doğru insanı doğru iş için bulsanız bile, bu sistem değişmedikçe, gelir kaynakları değişmedikçe, devlet yapısı değişmedikçe doğru insan da ya bir süre sonra havlu atacaktır ya da bozulacaktır ve umursamaz hâle gelip yine kendi emeğine yabancılaşacaktır.

O dünyaya sıkışıyorsunuz ve oradan çıkmanız zorlaşıyor. Böylelikle siz de bir taklide dönüşüyorsunuz. Yirminci yüzyılın başındaki Viyana gibi bazı Batılı başkentlerde farklı mesleklerden, farklı cinsel tercihlerden, yaş gruplarından ve farklı dünya görüşlerinden akıllı insanlar bir arada oturup her konuyu salonlarda tartışıyorlardı. O tartışmalara kulak misafiri olan biri, çok aptal bir kişi olsaydı bile, yine de şu andaki ortalama aydından çok daha aydın olurdu. Daha da önemlisi ciddiye alınıp bu tip salonlarda dinlenen biri olması için seçtiği alan ne olursa olsun kendine özgü bir stil geliştirip o konuya kişisel damgasını vurması gerektiğini anlardı. Bizdeki tarikat anlayışı ise bunun tam tersi. Kendini geliştirmek değil, sürünün bir parçası ve taklitçi olmak öğretilmiş. Yani Türkiye taklitçiliğin çok kolay olduğu ve bunun neredeyse hiçbir cezasının bulunmadığı bir ülke. Batı ise taklitçiliğe karşı oldukça titiz. Bu aşırı titizlik bizdeki geleneksel normların tam karşıtı. Sistem bunun farkında ve bu keskinlik hukuk sistemine de tamamıyla yerleşmiş. Batı'nın tufeyliliğe karşı inanılmaz bir katılığı var ve bu yönelimleri acımasızca cezalandırıyorlar. İşin içine bazen din de giriyor. Örneğin Hıristiyanlıkta boş vakit geçirmek, çaba göstermemek günah sayılıyor. Protestanlığın ve kapitalizmin ruhunun anlatmaya çalıştığı şey bu: Devamlı bir korku var, değer yaratamamaktan çekinmek var. Boşa geçirilen vaktin cezalandırılacağına inanıp korkuyorlar.

Bu yüzden Amerikalıların bütün zamanları doludur. Çocukları yazın bile okula gider. Bizde bunu pek yapamazsınız. Kızım Ceylan lisedeyken kendi kendisine Koç Üniversitesi'nde yaz dersleri bulmuş ve boş vakitlerini doldurmuştu. Katıldığı derslerde kendi dışında sadece bir liseli öğrenci varmış. Bizde hangi liseli kendi isteğiyle üniversite dersi almak ister ki? Batı'da sistem bunu içselleştirmiş. İnsanlar mevcut düzen içinde kendilerini devamlı yenileme, orijinal bir şeyler yapabilme ihtiyacı duyuyorlar. Çok küçük yaşta beklentilerin, normların bir parçası oluyorlar. Bizde ise sistem bizden böyle bir talepte bulunmuyor.

Sistem bizden dâhil olmamızı, çaba sarf etmemizi, özveride bulunmamızı istemiyor; çünkü başarıyı çaba harcamadan taklit yolu ile elde etmek çok daha kolay. Kendi emeğimizle ilgili bir tasarımımız ya da vizyonumuz genellikle yok. Dışarıdaki tasarımlara para verip taklit etmeyi başarı zannediyoruz. Bu taklitçilik devlet politikalarından iş dünyasındaki kârların

> Sistem bizden dâhil olmamızı, çaba sarf etmemizi, özveride bulunmamızı istemiyor; çünkü başarıyı çaba harcamadan taklit yolu ile elde etmek çok daha kolay. Kendi emeğimizle ilgili bir tasarımımız ya da vizyonumuz genellikle yok. Dışarıdaki tasarımlara para verip taklit etmeyi başarı zannediyoruz.

nasıl elde edildiğine kadar her alana yayılmış ve sinmiş durumda. Bu durumu düzeltmek için elbette ki makro düzeylerden başlamak gerekiyor. Tufeyliden kurtulmak için devlet yapısının ve ekonomik yapının dönüşmesi şart. Bu yapı belki hiçbir zaman tamamen ortadan kalkmayacak ama bir yerlerden de başlamak lazım. Burada başlangıcı her insanın kendine dair sorumluluğunda görüyorum ve sistemin bizden talep etmediği noktada aktif olmamız gerektiğini düşünüyorum.

Bu söylediğiniz çok önemli. Çünkü birçok insan neye nereden başlayacağını bilemiyor.

Türkiye olarak sorunları çözmeye yönelirken kolay örgütlenen bir toplum değiliz. Bunun sebebi insanların karakterinden çok, o karakterin oluşmasına neden olan tarihsel nedenlerdir. İnsanlar sorunları çözemediklerini gördükçe silikleşme başlar. Geçenlerde Amerika'da bir yolu kapamışlardı. O yolun kapanması daha büyük sorunlara yol açtı. Kaş yapayım derken göz çıkardılar. İnsanlar bir araya gelip nasıl çözeceklerini konuştular ve kısa zamanda soruna çözüm buldular. Türkiye'de ise benzer örneklerde yollar kapanır ve neden kapandığını polis de bilmez, yolu kapatan da; sorunu saptayıp çözmek isteseniz muhatap bile bulamaz, nihayetinde düzene mağlup olup o ânın içinde silikleşirsiniz. Medeniyet biraz da kime, neyi, neden şikâyet edeceğini bilmektir. Nasıl sonuç alacağını bilirsen kendini silik değil, aktif hissedersin.

Taklit meselesinin altını çizdiniz. Bunun bir sonucu da aynılaşmak sanırım. Bir yandan her şey birbirine benziyor, bir yandan da bunu gösterme ihtiyacı veya imkânı artıyor. Görünenler de birbirine çok benzer. Siz ne dersiniz?

Çok haklısın. Burada önem verdiğim bir konudan daha bahsedeyim o hâlde. Bu konu küçük ihtiyaçları zevke dönüştürmektir ve çok mühimdir. Komünist düşünceyle ayrıldığım noktalardan biri de budur. Dört kişide yüzer bin dolar olsun ve o kişilere aynı büyüklükte odalar verilsin. "Bu odaları zevkinize göre lokanta gibi döşeyin," desinler. İtalyan, Fransız, Türk ve Alman birbirinden farklı döşer. Burada kültür farkları devreye girer ve değişik tarzlar ortaya çıkar. Konu para değil, zevktir.

O hâlde zevke gelelim. İşin enteresan tarafı bizim kendimize göre bir zevkimiz vardı. Eskiden Ege'nin ya da Anadolu'nun pansiyonlarına gittiğimizde estetik bir bakışla döşenmiş yerlerde kalırdık. Şimdi ne oldu onlara bilmiyorum. Artık çoğu şeyi çirkin buluyorum. Belki paranın gelmesiyle her şey birden çirkinleşti. Yarı taklit, stilsiz şeyler ortaya çıktı. Estetik çok önemlidir. Mesela sevgili Nurhak, ikimize aynı evi verseler farklı boyamak isteriz. Ama şimdi zevkler aynılaştı. Amerika'da insanların giyiminden dekorasyona, bahçedeki peyzaja kadar her şeyin birbirine benzediğini görüyorum. Kimse zengin komşusundan geri kalmak istemiyor. Bizde de benzer bir hâl mevcut. Bunun en pejmürde biçimi de yeni Osmanlılaşma. Gerçekten Türkiye'de kültür sosyolojisi için çok ilginç temalar var. Kolektif bir bayağılık ve zevksizlik döneminin ortasındayız. Herkes bir diğerinden şaşaalı bir şekilde daha iyi olduğunu göstermek istiyor ve en kudretli, en devasa olanın en estetik olduğu yanılgısıyla yaşıyoruz.

Annemin yakın arkadaşı Belma Artut belli bir yaştan sonra resim yapmaya başlamıştı. Bir resminde koskoca bir dünya vardı ve küçücük bir insan o dünyadaki binalara bakıyordu. O resim beni çocukken çok etkilemişti. İnsan çaresizliğini dışa vurdukça ve kendisini iyi hissetmeye çalıştıkça etrafındaki her şeyin ölçeği büyüyor. Tam bir negatif diyalektik. Sonunda da yitilip gidiliyor.

Taklidin üretimin yerini aldığını söylüyorsunuz. Bu bir ölçüde entelektüel düşünce eksikliğinden de kaynaklanıyor olmalı. Bu konuyu kapatmadan önce son olarak şunu sormak isterim: Size göre entelektüel kimdir? Siz bu anlamda kendinizi nereye koyarsınız?

Entelektüel hem kendinin hem başkalarının önyargılarını, sabit fikirlerini öne çıkaran, sorgulayan kimsedir. Politik bir tanım vermiyorum bu konuda. "Neden?" sorusunu sormak, anlamaya çalışmak, tartışılmayan varsayımları ortaya çıkarmak entelektüellerin ortak özelliğidir. Ne kadar acı hissettiğini anlamak için 1'den 10'a kadar sayı vermeni isterler ya, ben de entelektüelliği bir skala olarak düşünüyorum. Bazı insanların bu merakı diğerlerinden daha güçlüdür ama yüzde yüz entelektüel olarak yaşamak çok zor. O zaman yalnız kalırsın. Her yanlışı doğrulamak zorunda hissetmek, uzun açıklamalar yapmak kolay değildir. Diğerleri için de sıkıcı olur. Hiç kimse her şeyi sonuna kadar sorgulamaz. Kendime gelirsem; dedim ya, bir skala var. Ben bu skalada kendimi merak eden, soru soran, bundan zevk alan bir insan olarak tanımlarım. Ama şunu da bilirim: Çok fazla sorguladığında birçok insan kendi kendini de rahatsız eder.

Dostoyevski *Yeraltından Notlar*'da, "Her şeyi fazlasıyla anlamak hastalıktır," diye yazmıştı.

Bu çok doğru bir laf. Bu yüzden de özellikle neyi anlamaya çalıştığın konusunda bazı kararlar vermen, bazı seçimler yapman gerekiyor. Daha önemlisi bu seçimleri kendin yapman gerekiyor. Türkiye'de bu konuda ciddi bir sorun var. Kendi kendimle çelişkiye düşmek pahasına toplumumuzla ilgili bir genelleme yapacağım. Buna daha önce de değinmiştik. Türkiye'de tavsiye vermek çok seviliyor. Entelektüel olduğunu düşünen insanlar daha çok tavsiye veriyor. Ben bundan hoşlanmıyorum. Şeytan da tanrı da ayrıntılarda gizlidir. Şimdi bak, böbrek sorunun vardır ve daha önce böbrek sorunu yaşayıp çözmüş birinden belki tavsiye alabilirsin. Bu durumda ben de tavsiye alırım, tavsiye de veririm ama hangi şarabı içeceğin, kiminle evleneceğin, ne okuyacağın gibi soruların net bir cevabı yoktur. Kişiden kişiye göre değişir. Burada ciddi bir bilimsel yanılgı yatıyor. Kendin için geçerli olan bir şeyi başkası için de geçerli sanıyorsun. İş insanları bunu çok yapar örneğin. İş insanları neden başarılı oldukları sorulması gereken en son insanlardır. Çünkü hiçbir zaman kendi başarılarını ekonomi, sosyoloji, kültür ve talih açısından idrak edemezler. Denizde yaşayan balıkların neden denizde yaşadıklarını bilmedikleri gibi... Daha sonra bu iş insanlarının neden başarılı olduğunu inceleyen psikologlar, ekonomistler, tarihçiler onların başarılarını anlatabilir. Birçoğu tesadüfen başarılı olmuştur.

> Ben de birçok insandan yararlı bilgiler öğrenmeye çalışırım. Fakat kendi kararımı kendim veririm. Hele hele ben sormadan bana tavsiye verilmesi bende negatif etki yaratır. Sorulmadan tavsiye verenler kendilerini tatmin ediyor.

Ben de birçok insandan yararlı bilgiler öğrenmeye çalışırım. Fakat kendi kararımı kendim veririm. Hele hele ben sormadan bana tavsiye verilmesi bende negatif etki yaratır. Sorulmadan tavsiye verenler kendilerini tatmin ediyor. Buna tepki gösterdiğim için mümkün olduğu kadar tavsiye vermemeye çalışıyorum. Biri benden kitap önerisi istediğinde, "Sevdiğini oku," derim ama bunu söylemek için İlber Ortaylı olmaya gerek yok; bunu taksici Burhanettin Ağa da söyler.

Dahası insanların tercihleri de zaman içinde değişebiliyor. *The Graduate*[13] filmini ilk izlediğimde çok etkilenmiştim. Tam da o zamanlar benden büyük biriyle ilişkim vardı. Yakın zamanda yeniden izledim ama benim için bir şey ifade etmedi. Tercihlerimiz yaşadığımız dönemlere, yaşımıza ve yaşadıklarımıza göre değişkenlik gösteriyor.

* * *

Biraz geleceğe dair konuşalım istiyorum. Ülkemizin, toplumumuzun geleceğine dair. Sizin Türkiye'nin geleceğine dair öngörüleriniz nelerdir? Bir de şunu çok merak ediyorum, böyle bir gücünüz olsa değişimi nereden başlatırdınız?

Biliyorsun ben kurumsal politika, politik ekonomi ve siyaset sosyolojisi konularında uzmanım. Ama şimdi önce bilemediklerimi söyleyeyim: İleride dolar ne kadar güçlü olacak, petrol fiyatları ne olacak, Avrupa ne zaman büyümeye geçmeye başlayacak? Bunları bilemem. Fakat bildiklerim de var: Gerek Batı gerekse Amerika giderek içine kapanıyor. Amerika'da her zaman atıl duran korumacı güdüler tekrar su yüzüne çıkmaya başladı. Öyle gözüküyor ki ileriki yıllarda Amerika eski hâline dönemeyecek. Biden döneminde de geçerli bu eğri; çünkü Amerika'nın dünya meselelerindeki iştahı azaldı. Rusya ve Çin de bunun farkında. Çin'in Amerika'ya karşı ciddi bir savaş hazırlığı içinde olduğunu

13 1967 yapımı film kendinden büyük bir kadınla ilişki yaşayan genç bir adamı anlatır.

gözlemliyoruz. Dünyanın tekrar bloklaşmaya gidebileceğini görüyoruz. Önümüzdeki yıllar, İkinci Dünya Savaşı sonrası, 1950'lerde 1960'larda olduğu gibi refah ve büyüme yılları olmayacak. Devletlerin kendi başlarına belayı savuşturmaya çalışacakları yıllar olacak gibime geliyor. Tam ne olacağı kestirilemiyor ve bu kestirilemezlik giderek artacak.

Bizim de artık tüm kaynaklarımızı kullanmamız lazım. Eskiden olduğu gibi sırtımızı NATO'ya, Batı'ya verip yatırım ve dövizleri beklemek gibi bir rahatlığa sahip değiliz. Şimdi döviz pozisyonu ve ekonomik konuları bir kenara bırakalım, çünkü dedim ya onlar benim uzmanlık alanıma girmiyor. Benim uzmanlık alanıma insan ve kültür sermayesi giriyor. En iyi insanların en doğru yerlere gelmesi ve çeşitli kriz senaryoları üzerine çalışıp bir ordunun savaş planı yapması gibi A ve B planları üretmeleri lazım. Bunun için de kaynakların seferberliği ve her türlü krize karşı hazır olmamız gerekiyor. Ülkedeki envanterin çıkarılması gerekiyor. Endüstride neredeyiz, ona bakmalıyız. Şirketlerin sermaye yapıları sağlamlaştırılmalı. Liyakat sahibi insanların Türkiye'ye geri dönmesi, insan kaynağının kullanılması ve kültürel sermayenin dolaşıma girmesi lazım. İnsan ve kültürel sermayenin en önemli öğesi ise güvendir.

2002-2009 arasında Türkiye'de gelir dağılımı iyiydi ve ortalama refah giderek yükseliyordu. Dış faktör olarak da konjonktür çok iyiydi. Şimdi bu ortam yok. Evvela kaybolan güvenin tazelenmesi lazım. 2009 sonrasına baktığımızda, yeni iktidarın eski kültürel sermayeyi ortadan kaldırmak için bir mücadele verdiğini görüyoruz. Çoğunlukla da korkutarak ortadan kaldırdı. Bunun sonunda da kendi bindiği dalı kesti. 2000'lerin ilk yarısında güvendiği kültürel sermaye Fethullah Gülen'di. O sermayeye yanaştı. Bu yapı da eski kültürel sermayeyi dolduramadı ve onlar da gittikten sonra gerek insan sermayesi gerekse kültürel sermaye açısından büyük bir boşluk oldu. İnsan sermayesi ve kültürel sermaye eksikliğinin trajikomik sonuçlarını hepimiz görüyoruz. Kurumlarda inanılmaz bir bilgi, tecrübe ve yetenek eksikliği var. Bu tip toplumlarda insan sermayesini ve kültürel sermayeyi artırmak barışı getiriyor. Burada ilk elini uzatacak olan iktidardır. Türkiye'de ittifakların yenilenmesi gerekiyor. Partiler düzeyinde olmasa da toplumsal tabakalar üzerinde bu sağlanmalı. Biz tam tersini yaptık. En çok ittifakın gerektiği zamanda başkanlık sistemi geldi. Yangına bilmem kaç ton körükle gittik. Bu yüzden öngörülerimde çok iyimser değilim.

Toplum mühendisliği açısından bakarsam; en iyi beyinleri tekrar Türkiye'ye çağırmak ve tüm kesimler arasında diyalog kurmak gerekiyor. Bu diyaloğu yeniden kurmak için de sivil toplum şart. Siyasi olayları ve ülkede ne olup bittiğini anlamak için dünyada en çok sosyal medya kullanan ülkelerden biri Türkiye'ymiş. Çünkü basına hiç güvenilmiyor. Sivil toplum yıkılmış durumda. Güçlü bir sivil toplum olmadan, partiler sivil toplum örgütlerinden ellerini çekmeden gelecek krizleri karşılamak çok zor. Sivil toplumu tekrar oluşturmaya çalışmak, yasaları ona göre değiştirmek, örgütlenmeyi kolaylaştırmak, danışma mekanizmaları kurmak önem arz ediyor. Farklı meslek ve menfaat gruplarıyla, farklı azınlık gruplarıyla diyaloğa girilmesi ve onların sorunlarıyla ilgilenilmesi hem toplumsal barış hem de strateji için gereklidir. Güç dengeleri değişmeli. Nitekim gücün tek elde toplanmaya çalışılması toplumun üzerine kâbus gibi çöktü ve güç yönetene, idare edene değil, yasaklayana dönüştü; söz konusu güç de sorunları öngören ve sorun çözümü için mekanizma bulan bir güç hâline gelmedi ve gelemeyecek de. Merkezileşme oldukça devlet iyice çöküyor.

Devletin yeniden inşa edilmesi için toplumun yeniden inşa edilmesi lazım. Bu bir dipten çıkma fırsatıdır. İşte bu anlamda iyimserim. Şu anda Batı kendi içine kapandığı için bizi biraz yalnız bırakabilirler. O yüzden dış müdahale olmadan yeniden sivil toplumu inşa edebiliriz. İşçi sendikalarından başlayarak öğretmen sendikaları ve hukuk sistemini yeniden inşa etmek lazım. Hemen hemen her şeyi tekrar inşa etmeliyiz. Çözüm yoluna girmek için iletişim kurmak gerekiyor. "Haklı benim," diyerek ya da komut vererek iletişim kurmak mümkün değildir.

Nasıl olacak dersen, ülkemizde şu an iddialı bir politik oluşum göremiyorum. Şu anda sihirli bir değnek olsa, bambaşka bir cumhurbaşkanı olsa, sivil toplum değişmeden, kültürde ve toplumda büyük değişimler olmadan bir şeylerin farklılaşacağını zannetmiyorum. Çünkü kolay bir çözüm yok. Dediğim gibi birçok aydınımızı yeniden Türkiye'ye çekmek gerekiyor. Diğer ülkelerde yüksek teknoloji şirketlerinde çalışan çok yetenekli Türkler var. Dünyanın böbrek alanındaki en iyi doktoru Türk'müş ama Türkiye'de çalışmayı tercih etmiyor. Ülkenin böyle yeteneklerini doğru kullanması lazım. Türk aydını politikaya girerek yaşamda bir değişiklik yapacağını zannediyor. Hâlbuki alakası yok. Dürüstsen moralin bozulur, değilsen cebini doldurursun. Bunun dışında fark yaratılamaz. Türk aydını farkı ancak sivil toplumda yaratabilir. Bana neden politikaya girmediğimi soruyorlar ama bu şekilde etkim belki daha fazladır. Zaten politikanın içindeyim.

Yurt dışındaki birçok aydınımızı yeniden Türkiye'ye çekmek gerekiyor. Diğer ülkelerde yüksek teknoloji şirketlerinde çalışan çok yetenekli Türkler var. Dünyanın böbrek alanındaki en iyi doktoru Türk'müş ama Türkiye'de çalışmayı tercih etmiyor. Ülkenin böyle yeteneklerini doğru kullanması lazım.

Biz daha A ya da B konusunda anlaşamıyoruz. Mutfak konusunda bir örnek vermek istiyorum. Ben "Şarapçılık gelişirse ülke mutfağı daha da gelişir," diyorum. Bir başkası buna şeytan işi olarak bakıyor. Bakılabilir elbette ama sonra da Türk mutfağını Batı'ya tanıtmaya çalışıyorlar. Hangi mutfak şarap olmadan Batı'da kabul görmüş? Hint ve Tayland gibi mutfaklar derseniz hemen bir konuya açıklık getireyim. Evet Hint, Çin, Tayland yemekleri seviliyor. Ama pek çoğu hızlı yemek yenilip kalkılan ve daha çok öğrencilere hitap eden ucuz lokantalar. Michelin yıldızı alan gastronomik örnekleri de var bu mutfakların. Ama hepsinin çok ciddi şarap listeleri var ve farklı yemeklerini farklı şarap ve içkilerle eşleştiriyorlar.

Şarap işin içine girince sofrada daha uzun süre oturuluyor. Fiyatlar da ona göre olunca yemeklere daha çok özen göstermek gerekiyor. Mutfak kalitesi ile şarap kültürü birbirini karşılıklı destekliyor. Bunları tartışmak ve iddiaları bu gerçeklikler üzerine konumlandırmak lazım. Şayet devlet kademesi, Türk mutfağını ve gastronomik ürünlerimizi uluslararası düzeyde yükseltmeyi samimi olarak istiyorsa önce kendi koyduğumuz maddi-manevi içki baskısını sofradan kaldırmalıyız. Dört kadehten birinin vergiye gittiği bir çarpıklığı düzeltmek bunu yapanların elindedir. Lokantalarımızın izlemesi gereken yol ise devletten hiçbir şey beklemeden kendi yaratıcı fikirleriyle mücadele yoludur ama görüyorum ki pek de parlak fikirler yok.

Bu noktada biraz dışarıyı da konuşalım isterim, hem dışarıyı hem de dışarıdan görünen Türkiye'yi. Evvela sizin dışarısı hakkında görüşlerinizi dinlemek isterim. ABD'de yaşıyorsunuz, kendinizi hem Doğu'yu hem de Batı'yı yaşayan biri olarak görür müsünüz?

Amerika'yı hiçbir şekilde Batı medeniyetinin bir parçası olarak görmüyorum. Bence Amerika birçok açıdan üçüncü dünya ülkesidir. Daha çok Avrupa'yı Batı olarak görüyorum. Japonya'yı da birçok anlamda Batı olarak değerlendirebilirim. Doğu'da sözlü gelenekler, destanlar çok güçlü. Tarihin belli zamanlarında, değişik yerlerde zekâ, akıl, mizah gücü ve felsefe patlama yapmış. Zamanında Hindistan'da, Eski Mısır'da, Çin'de böyle patlamalar yaşanmış. İslam'ın ilk yıllarında patlama olmuş. En son patlama ise Rönesans'tır. Tarihsel süreci devamlı ileri giden ve belli bir amaca varması gereken bir süreç olarak görmüyorum. Tarihin zaman zaman pozitif, zaman zaman karanlık tarafları ortaya çıkıyor. Bu yüzden kültür konusunda keskin bir ayrılık görmüyorum. Her kültürün kendi içinde referans noktaları vardır.

Türkiye'de çok farklı kültürler bir arada yaşıyor. Fakat Batı'yı ayıran bazı özellikler var. Örneğin ulus devlet ilk defa Batı'da ortaya çıkıyor. Ulus devlette ortak bir tarih, ortak kültür, ortak normatif yapılar, sosyal normlar ve belli bir hassasiyet biçimleri bulunur. Ulus devlet birçok ülkede suni bir şekilde ortaya çıkmıştır ve bu ülkeler birçok nedenden dolayı bu süreci tamamlayamamıştır. Türkiye de ulus devletin tam manasıyla oluşmadığı bir ülkedir. Birçok sebep var. Türk dili; Fransız dili, İngiliz dili, Alman dili gibi yeteri kadar tüm duygu ve düşünceleri toparlayacak güçte değil. Ulus devletlerde kamu hukuku geçerlidir. Ülkemizde böyle bir şey yok. Bunun olmamasının sebebi kesinlikle ve kesinlikle hükümetler değildir, normlar buna müsaade etmiyor. Albert O. Hirschman bir örnek vermişti: Yolda aşırı hızla giderken polis seni durdurdu diyelim. Batı kültüründe polise hiçbir şey denmez. Doğu kültüründe ise polis tarafından durdurulan mevki sahibi biriyse, "Sen benim kim olduğumu biliyor musun?" diye sorar polise. Bizde her şeyden önce insanlar devamlı ayrıcalık arar ve bu, sonuç verir. Bizde kadının toplumdaki yerinden tutun da kamusal alanın nasıl kullanılması gerektiğine kadar birçok konuda ortak norm yok. Herkesin soluduğu hava farklı.

Gelişim, kendi ayakları üzerinde duran bir burjuvazinin orta sınıfa yayılmasıyla, demokrasinin ortaya çıkıp norm hâline gelmesiyle güçleniyor. Doğu toplumlarında ulus devlet aşaması tamamlanmadığı için kanun önünde herkesin eşit olduğu bilgisi topluma yayılmadığı, geniş anlamda kabul görmediği, devletin ceberut ve güçlü olduğu, bir ölçüde orman kanunlarının geçerli olduğu bir yapıdan bahsediyoruz. Doğu toplumlarında yönetimler tipik olarak yozlaşmıştır. Genel anlamda demokratik süreçler işlemez. Güçlü sivil yapılar, yürütmenin karşısındaki diğer ağırlıklar işlemez. Buna rağmen güzel bir denge vardır. Bu denge de mizah anlayışıyla sağlanır.

Sekizinci yüzyıldaki Abbasi halifesi Harun Reşid'in bile soytarısı vardır. Soytarı halkın sesidir. Hükümdarla alay eder ve bazen de hükümdarın gözünü açar. Doğu toplumlarında bunu sıklıkla görürüz. Bu tip ezilen toplumlarda mizah anlayışı çok gelişir. Karşı tarafa konan bir ağırlık vardır. Türk toplumunda da bu her zaman vardır. Aziz Nesin gibi dünya çapında bir mizah ustası Türkiye'de yetişmiştir. Kemal Sunal da bana göre gerçek bir halk kahramanı ve mizah ustasıdır. Mizah, Türk toplumunda zorluklara karşı bir emniyet supabı gibidir. Toplumu yönetenlerin hoşgörüsüzlüğü arttıkça ve mizaha izin vermedikçe toplumda öfke de artar. Dayanışmanın ve mizahın artması baskıcı toplumların özelliklerindendir. Bu yüzden kendi ülkemde yaşarken kendi kafama göre arkadaşlar bulabiliyorum. Mizahla birlikte birçok şeyi dengeleyebiliyorum.

Mizah, Türk toplumunda zorluklara karşı bir emniyet supabı gibidir. Toplumu yönetenlerin hoşgörüsüzlüğü arttıkça dayanışmanın ve mizahın artması baskıcı toplumların özelliklerindendir. Bu yüzden kendi ülkemde yaşarken kendi kafama göre arkadaşlar bulabiliyorum. Mizahla birlikte birçok şeyi dengeleyebiliyorum.

Doğu Avrupa ülkelerinden Polonya ve Macaristan şimdi otoriter rejimlerle yönetiliyor. Her ikisi de Avrupa'da olmalarına rağmen bana göre tam bir Doğu ülkesi. Arnavutluk bir zamanlar çok yoksul ve baskıcıydı. Meksika aşırı yozlaşmış bir ülkedir. Rusya hayli baskıcı bir ülkedir. Malezya da son derece baskıcı. Azerbaycan, Özbekistan keza öyle. Suriye'de ve Lübnan'da da inanılmaz bir mutsuzluk görmüştüm. Bu tip ülkelere gittiğim zaman o baskıcı havayı, insanların mutsuzluğunu, öfkesini, rahat konuşamadıklarını çok rahat görebiliyorum. Bu işin zevkli tarafı yok. Arkadaş edinemiyorsun. Toplumdaki özgürlükçü kesime ulaşamıyorsun.

Suriye'ye ne zaman gitmiştiniz?

Arap Baharı'ndan hemen önce gitmiştik. İnsanlarda şüphecilik vardı. Herkese casusmuş gibi endişeyle yaklaşıyorlardı. Baskıcı rejimin yarattığı bir gerginlik ve o gerginlikten dolayı dışarıdan gelen insanlara karşı ciddi bir şüphenin söz konusu olduğu ortadadır. Bu da oralara gittiğinizde sizi zorlar. Doğu kültürüne sahip olan Çin, Arabistan, Hindistan gibi ülkelerde önemli bir kültür ve görülecek yerler var ama o ülkelere seyahat etmek benim için çok cazip değil; çünkü işin içine güvenlik de giriyor. Mesela Meksiko City ve Moskova'da kişisel tehlikeler yaşamışımdır.

Meksika'da bir taksici beni gideceğim yerin aksine bambaşka bir yere götürdü. Orada bir polis görüp hemen arabadan kaçtım ve yanına gittim. Sonradan öğrendim ki bazı taksiciler seni istediğin yere götürmüyormuş. Yoldan birileri biniyormuş ve insanları soyup soğana çeviriyorlarmış. Bir ara bu olay Meksika'da çok sık oluyordu. Hatta *The New York Times*'a bile çıktı bu konu. Türkiye'deki taksiciler turistleri en kötü ihtimalle biraz fazla dolandırıp kazıklar ama can ve mal güvenliğin vardır. Meksika'da can ve mal güvenliğin yok. ATM'ye götürüp para çektiriyorlarmış ve dediklerini yapmazsan da dövüyorlarmış. Sonra da dağın ortasında donunla bırakıyorlarmış. *The New York Times*'ın muhabirinin başına gelmiş bu.

Bir de Doğu ülkelerinde inanılmaz bir açlık ve fakirlik var. İnsan o sefaletin içinde kendini kötü hissediyor. Cezayir'de gördüklerim de umut verici değildi. Dünya Bankası'nda çalışırken oraya gitmiştim. Cumhurbaşkanları bizi yemeğe davet etmişti. Kuzu çevirme yemiştik. Hayatta yediğim en iyi kuskusu da orada tattım. Hurmalı ve tereyağlıydı. Ama ülkede gördüğün sahnelerden sonra o yemeklerden zevk alamıyorsun ki! Yine bu ülkelerde yaşamış çok derin insanlar var. Doğu uygarlıklarına saygım sonsuz. Kültürel olarak fazlaları var, eksikleri yok ama oralarda tatil yapmak başka bir konu.

Türkiye'de sizi hâlâ şaşırtan veya hep şaşırtan konular, insanlar veya unsurlar var mı?

Evet, var. Öncelikle Türkiye'yi hangi ülkelerle daha rahat kıyasladığımı açıklayayım. Yaşamımda Türkiye dışında uzun süre yaşadığım yerlerden biri ABD, diğeri de doktora tezim sırasında dokuz ay kaldığım Fransa. Daha sonra yine bir dört ay Fransa'da kaldım. Yani genelleme yaparken Türkiye ile kıyasladıklarım Fransa ve ABD diyelim. Bunlar dışında Dünya Bankası seyahatlerimde, kişisel seyahatlerimde ya da başka iş gezilerinde pek çok ülkeyi gördüm tabii. Ama bunlar kısa süreliydi, bir yaşantı deneyimi edinecek kadar uzun erimli değildi. Bu ne demek? Türkiye'yi daha çok Batı'yla kıyaslıyorum demek.

Şimdi söyleyeceğim şey aslında biraz paradoksal. Yani hem pozitif hem de negatif ve ikisinin bir arada olması bir çelişki gibi geliyor ilkin ama daha yakından bakarsanız bir çelişki olmadığını göreceksiniz. İyi anlamda şu var: Türkiye'de insanlar genel olarak yabancılardan korkmuyor, yani insanlar birbirlerinden korkmuyor. Batı'ya kıyasla burada çok daha rahat ilişki kurabiliyorlar. Her kesimden insan birbiriyle rahatça konuşuyor. Batı'da eğer yaşadıkları mahalleye biraz farklı görünen bir insan gelirse hemen şüpheyle bakılmaya başlanıyor. Bir korku ve çekingenlik oluyor. Oysa bizde insanların aklına, "Acaba bu insan bana zarar verebilir mi?" sorusu gelmiyor. Tam tersine pozitif tarafı öne çıkabiliyor. Buna göre de Türkiye'de tanımadıklarına da güvenebiliyor insanlar. Batı'da belki küçük şehirlerde, kasabalarda bu güven olabilir ama büyük şehirlerde yok.

Türkiye'de insanlar genel olarak yabancılardan korkmuyor, yani insanlar birbirlerinden korkmuyor. Batı'ya kıyasla burada çok daha rahat ilişki kurabiliyorlar. Her kesimden insan birbiriyle rahatça konuşuyor. Bu iyi bir özelliğimiz.

Örneğin 2019 yazında kızım on yedi yaşındaydı, Sarıyer'de ciciannesiyle kalıyordu; otobüs beklerken kâğıt helva almışlar. Kâğıt helvayı veriyor adam, cici annesi ödeme yapacak fakat cüzdanını bulamıyor bir türlü. Çantasını karıştırıyor, karıştırıyor ama yok. Sonunda kâğıt helvacı diyor ki; "Abla sonra verirsin, önemli değil. Otobüsünü kaçırma." Bu, Amerika'da da olmaz, Fransa'da da.

Ancak bizde bunun tam tersi de mevcut. Farklı olana karşı empati duygusu Türkiye'de, Amerika ve Fransa'ya kıyasla daha az gelişmiş. Bizden biraz farklı insanlara kolay kolay empati kurmuyoruz. Sabırsızız. Bir örnekle anlatayım. Bir ara tanıdığım bir hanım vardı, Batılı bir kız arkadaşım. Bir bacağı protez. Hâliyle yürürken, taksiden inerken ya da taksiye binerken daha yavaş hareket ediyoruz. Dar bir sokaktaysak eğer, bizim yavaşlığımıza sabır gösteremeyen insanlar itip geçiyor âdeta. Hatta bir kere, "Yürümeyi bilmiyorsan sokağa çıkma!" diyen bile oldu. Bu hiçbir zaman Batı'da görmediğiniz bir şey; tam tersine empati göstermeyi çok ciddiye alıyorlar, farklı olanlar için hayatı kolaylaştırmaya çalışıyorlar. Hele hele, "Yürümeyi bilmiyorsan sokağa çıkma!" ya da "Yürüyemiyorsan sokağa çıkma!" lafı yurt dışında edilse bu laf mahkemeyle sonuçlanır ve söyleyen davayı kaybeder. Çok ciddi bir hakaret sayılır bu. Bizde maalesef olabiliyor. Aklıma gelen en şaşırtıcı fark bu.

Toplumumuzun en güçlü ve zayıf yönleri desem neleri gösterirsiniz? İyi yaptığımız, iyi olduğumuz neler var size göre? Ya da belli bir seviyeye gelmemiz gereken? Hangi huyumuzu acilen bırakmalıyız?

Yine pozitiften başlayayım. Dediğim gibi yabancılara karşı yaklaşımımız ilk başta Batı'ya göre daha olumlu diyelim. Hem korkmuyoruz hem de bir güven var, bunun getirdiği bir sıcaklık da söz konusu. İnsan ilişkilerinde pozitif bir taraf var. O da şu; bizde genelde sınıf farklılıklarına rağmen insanlar birbirleriyle ilişki kurdukları zaman o ilişki daha sıcak, daha insancıl oluyor. Yine bir örnek vereyim. Mesela biz şu an bunları konuşurken bir yandan da evde damı tamir ediyorlar [Milor, o sırada ABD'deki evinde]. Üç işçi var. Arada da eve girip çıkıyorlar. Bir Amerikalı olarak hiçbir zaman eşimin aklına biz kahve içerken onlara da "Bir kahve ister misiniz?" demek gelmez. Söylesek de onlar çok şaşırır, almazlar. Çünkü onların kültüründe böyle bir anlayış yok. Eve gelen gündelikçi kadın kendi yemeğini kendi getirir ya da öğlen izni vardır. Ama onu sofraya davet etmek, onunla yemeğini paylaşma gibi şeyler Amerika'da yok. Versek de kendi kabul etmez, çekinir. Bu konuda Türkiye'deki ilişkiler çok daha sıcak ve yakın. Hatta daha insancıl. Hâl böyle olunca ilişkiler daha doğal, daha akıcı yürüyor. Bu olumlu bir özellik...

Hangi huyumuzu acilen bırakmalıyız soruna gelelim. Eksiklik olarak gördüğüm üç özelliğimizi vurgulayabilirim. Biri; gene yurt dışından gelen birinin, mesela kızımın açısından bakarsam en çok sinirini bozan özelliğimiz; İngilizcede *unsolicited advice* denilen mesele. Yani karşı taraf istemeden ona nasihat çekme. "Ben senin yerinde olsam şöyle yapardım," diyerek hemen bir fikir belirtme. Burada kendi üstünlüğünü gösterip aslında karşındakini küçük düşürme var. Mesela biz bunu çok çok rahat yapıyoruz. Uzun süredir görmediğiniz birinin kilo aldığını fark ediyorsak hemen, "Ah çok şişmanlamışsın! Spor yap," diyebiliyoruz. Hâlbuki bilmiyoruz, belki adam hastadır, belki kortizon kullanıyordur, belki şeker hastalığından kilo veremiyordur. Onu incitip incitmediğimizi düşünmüyoruz bile. İşte bu biraz da az evvel bahsettiğim empati eksikliğinden geliyor. Bu bir örnek ve çok yaygın...

Bundan daha önce de başka bir bağlamda bahsetmiştik hatırlarsan, benim her zaman çok ters tepki gösterdiğim bir yaklaşımdır. Çünkü bir sınır ihlalidir, başkasının alanına girmektir. Örneğin çok işittiğim bir laf, "Senin yerinde olsam Anadolu'yu gezerim, niye Fransız lokantasına gidiyorsun, gidip tavuk pilav ye, onu yaz." O benim bileceğim iş. Ama Türkiye'de biri bunu rahatlıkla söyleyebiliyor. Çok zaman da bunu, "Ama senin iyiliğin için yapıyoruz," diyerek savunuyorlar. Hâlbuki senin iyiliğin için değil, kendini iyi hissetmek için yapıyor bunu.

Asla sorumluluk kabul etmiyoruz. Çok kolay bir şekilde başkasını suçluyoruz. Kişi bu konuda haklı bile olsa başkasını suçlama hâli genellikle hiçbir işe yaramıyor. Ben buna "hâlâ çocuk kalma" diyorum. Çünkü çocuklar sorumluluğu idrak etmeyi, kendi sorumluluklarının farkında olup onu içselleştirmeyi zamanla öğrenirler.

Buna paralel bir özelliğimiz daha var ve o da maalesef negatif bir özellik: Asla sorumluluk kabul etmiyoruz. Çok kolay bir şekilde başkasını suçluyoruz. Kişi bu konuda haklı bile olsa başkasını suçlama hâli genellikle hiçbir işe yaramıyor. Ben buna "hâlâ çocuk kalma" diyorum. Çünkü çocuklar sorumluluğu idrak etmeyi, kendi sorumluluklarının farkında olup onu içselleştirmeyi zamanla öğrenirler. Bunun dramatik örneklerini futbolda sık görüyoruz. Yenilen takım hemen hakemleri suçlar. Fakat o zaman ne oluyor; sonunda kendine zarar veriyorsun, kendi oynayacağın futbolu düşünmüyorsun. Devamlı hakemle uğraşıyorsun.

Toplum olarak biz böyleyiz. Devamlı başkasıyla uğraşıyoruz. Âdeta kurban olmaktan, mağdur olmaktan zevk alıyoruz. Sanki bunun gerisinde mazoşist bir güdü var ve bu güdü toplumsallık kazanmış durumda. Toplumsal bir fobiye dönüşmüş. Bu huyumuzu acilen bırakmalıyız. Çünkü böyle yaparak kendi kendimize zarar veriyoruz.

Son bir negatif özelliğimizden daha söz edeceğim. Hoşumuza gitmeyen olumsuz durumları, "Aman aman başkaları bilmesin. Aman bütün pislikleri halının altına süpürelim, kimse görmesin," diye örtbas etmeye çalışıyoruz. Yüzleşmiyoruz, sorumluluk almıyoruz, tamire girişmiyoruz. Ama böyle yapınca Dimyat'a pirince giderken evdeki bulgurdan da oluyoruz. Durum daha da kötüleşiyor. Yara kabuk bağlamıyor, kanamaya devam ediyor, kangren oluyor. Yazık! Yazık, çünkü böyle yapınca kendi kendimizle yüzleşme fırsatını kaçırıyoruz. Gerçek ya da hayal ürünü pislikleri halının altına süpürmek temizlik yapmak değildir. Tersine, bu pislikler kabarır kabarır, bir gün bizi boğar.

Toplum olarak neden böyle davrandığımızı kendimize sormamız gerekiyor. Meseleleriyle yüzleşen toplumlara bakmamız, onları anlamamız gerekiyor. Birçok Batı toplumu sorunlarıyla sanat yoluyla yüzleşiyor. Yetmiyor, bu meseleleri bilimsel araştırmalara konu yapıyor; deştikçe deşiyor. Ama bizde inkâr var. Böyle yaparak ancak kendimizi aldatıyoruz.

Çocukluktan beri hep aynı, "Aman kimseler duymasın!", "Aman kimseler bilmesin!" Bir şeyler oluyor ama sanki tek sorun onun başkaları tarafından duyulması ya da bilinmesi. Toplumun dayatması hep bu. Böyle yetişiyoruz. Küçüklükten beri tartışmayı öğrenmeden yetiştiriliyoruz. Tartışma yok bizde, komutlar var. Küçük yaşta komut alarak hayata başlıyoruz, büyüdükçe komut verir pozisyona geçiyoruz. Hayat içindeki yerimiz değişiyor ama komut aynı kalıyor. Ailede, iş yaşamında, ilişkilerde...

Bu komut meselesi çok can yakıcıdır. Çünkü analitik düşünme yeteneğinin yerine geçer. Otoriter, buyurgan insanlar da böyle çıkar; hiç düşünmeden itaat edenler de. Yasak kültürü de böyle böyle içimize işler.

Peki ya yalanlar? Sizce yalanlarla aramız nasıl? Dışarıyla kıyaslayınca ne dersiniz?

Bu ilginç bir soru. Son yıllarda Türkiye'de büyük yalanlara şahit olduk ama benzer hadiseler dışarıda da yaşandı. Yalanlar değil, büyük yalanlar diyorum ben. Tüm toplumlar büyük yalanlara son derece açık ve hiç kimse, hiçbir toplum bundan kendini mükemmelen koruyamıyor. Biliyorsun, pandemi her topluma girdi ama farklı şekillerde girdi. Örneğin ABD'de ve Brezilya'da daha da yıkıcı oldu. Bazı ülkelereyse daha az zarar verdi. Büyük yalanlar da öyle işliyor. Hiçbir toplum bundan muaf değil. Fakat bazı toplumlar büyük yalanlara karşı daha savunmasız, işte oralarda bu yalanlar daha kolay yayılabiliyor.

Bunu sosyolojik açıdan incelemek lazım. İki tip toplum büyük yalanlara karşı daha savunmasız oluyor. Bir uçta Amerika'nın başını çektiği, insanların oldukça izole ve atomize yaşadığı toplumlar var; yani bireyselliğin çok geliştiği, aşırı bireyci toplumlar. Ne oluyor o toplumlarda? İnsan savunmasız kalıyor, toplumun katmanları arasında bilgi akışı olmuyor. O zaman da belli bir söyleme kolaylıkla inanabiliyorsun. Örnek verecek olursak, WMD dedikleri kitle imha silahlarını

[WMD, Weapons of Mass Destruction] söyleyebilirim ya da son seçimlerdeki seçimi aslında Trump'ın kazandığı yalanını. Bunların, bugün tıpkı virüsün yayıldığı gibi, atomize toplumlarda yayılması çok kolay.

İkinci tür toplum ise işin diğer ucundakiler. Aşırı kolektif, kolektivizmin çok güçlü olduğu toplumlar. İnsanların belli toplulukların üyesi olduğu toplumlar yani. Bu tür toplumlarda nerenin mensubuysanız bilgi akışını o cemaat, o topluluk yönetir. Yani insanların oturdukları mahallelerden tut, konuştukları kişilere, dinledikleri televizyon kanallarına, okudukları gazetelere, boş zamanlarında gittikleri kahvelere, ibadet ettikleri camilere veya kiliselere kadar... Hep benzer görüşten kişiler bir aradadır. Atomize değillerdir, belli bir topluluk içindelerdir ama o topluluk da çoğulcu bir topluluk değildir. Fikir açısından homojendir, heterojen değildir. Bilgi kaynakları tek bir kaynaktan yönlendirilir. Tıpkı atomize toplumlar gibi bu tip toplumlar da büyük yalanlara karşı savunmasızdır.

Bu açıdan baktığınızda biz bireyciliğin, özerkliğin güdük kaldığı bir toplum olduğumuz için büyük yalanlara karşı oldukça savunmasızız. Bunun tersini de Amerika gösteriyor. O da oldukça savunmasız.

Bu iki toplum yapısına bakınca şunu söyleyebiliriz; bireysellikle kolektivizm arasında belli bir denge kurmuş toplumlar büyük yalanlara karşı nispeten daha iyi müdafaa yapıyor. Bunlardan daha az zarar görüyorlar. Yani sivil toplum örgütlerinin güçlendiği, farklı görüşlerden, kesimlerden insanların bir araya gelebildiği, bir yandan da bireysel hakların geliştiği toplumlar büyük yalanlardan daha az etkileniyor.

Toplumbilimci Émile Durkheim da modern toplumda kolektif bilincin nasıl geliştiğini anlatırken bu dengeye dikkat çekiyordu. Modern toplumda birey, ümmetten çıkıp yurttaş hâline gelirken, yani bireysellik gelişirken toplumsal bağlar da giderek gevşer. Ama bu bağların tamamen gevşemesi de zararlıdır. Öte yandan topluluk içinde bireyselleşemeden kalmak da zararlı. İkisi arasındaki dengeyi kurmak kolay değil. İnsanın kendi dengesini arayıp bulması gibi toplumlar da bu dengeyi arar.

İyi beyinlerin dışarı gittiğini, onları tekrar Türkiye'ye dönmeye ikna etmenin yollarını aramamız gerektiğini söylediniz. Ama bir yandan Türkiye'den Batı'ya giderek artan bir beyin göçü dalgası olduğunu gözlemliyoruz. Gitmeyi taze bir başlangıç olarak görenlere, bu yollardan yıllar önce geçmiş biri olarak, neler söylemek istersiniz?

Yıllardır hem Türkiye'de hem de Amerika'da yaşamam sebebiyle iki ülkeyi de uzun uzadıya gözlemleme şansım oldu. Yine aynı dönemde sayısız ülkeye seyahat ettim, işim ve hobim sebebiyle dünyanın birçok ülkesini gözlemledim. Yıllarımı geçirdiğim bir ülke olmasına rağmen hâlen Amerika'da kendimi yeterince rahat hissetmediğimi söyleyebilirim. Ülkeler bu anlamda kıyafetlere benziyor; bazı insanlar bana kıyasla Amerika'ya daha uygunlar, bense Akdeniz ülkelerinde daha rahat ve özgür olduğumu hissediyorum.

Bununla beraber gitmek isteyen insanları çok iyi anlıyorum, çünkü Türkiye'de günden güne kötüleşen politik bir atmosferin tam ortasında yaşıyoruz. Bu atmosferdeki toksik ve negatif duygular toplumun her kesimine yayılıyor. Gitmek istiyorlar, çünkü hayat yalnızca kişinin kendi sorumluluklarıyla bağımsızlaşamıyor; insanlara müdahale ediliyor, yaşamın etki alanları sınırlanıyor. İstediklerimizi yaşamaktan çok, maruz kaldıklarımızdan kurtulma arzusuyla hayatımıza devam ediyoruz.

Bizler aslında duygusal olarak yurduna ve toprağına bağlılık refleksi oldukça yüksek bir toplumuz. Yurt dışında yaşayan

Türkler, bilhassa da gurbetçiler, yaşlandıklarında genellikle ülkelerine, köylerine geri dönüyorlar. Bu bahsettiğim eğilime Asyalılarda şimdiye dek pek rastlamıyorduk, onlar da dönmeye başladı. 1981'de Amerika'ya geldiğimde Güney Koreli, Tayvanlı ve Hong Konglu mühendisler Amerika'da kalma ve yaşama arzusu duyuyorlardı. Şimdi ise kendi ülkelerine dönenlerin sayısı kalmak isteyenlerden daha fazla. Çünkü aradan geçen zaman içinde gelişim gösterdiler ve artık dönüşen ülkelerinde kendilerini güvende hissediyorlar.

İnsanımız ise geri dönme arzusunu yılların biriktirdiği bir özleme dönüştürüyor ve gittiği coğrafyada kendini devamlı ikilemde hissediyor. Bunu da bilmemiz lazım. Biz gittiğimiz yerden de yurda dönmeyi isteyen kişileriz.

Beyin göçünün bu kadar yüksek olmasının en temel sebeplerinden biri de ülkemizde entelektüel mülkiyet haklarının gelişmemesi. Yıllar önce televizyon için bir yarışma formatı geliştirmiştim. Görüştüğüm yapımcılar başta projemi beğendi; sonrasında ise bana sormadan değiştirip, bir anlamda hırsızlık yaparak, habersizce yayımladılar. Aynı problem Batı'da ortaya çıksa açacağım davayla büyük tazminatlar elde edebilirdim ve bu hırsızlığı yapanlar caydırıcı cezalarla karşı karşıya kalabilirlerdi. Bu basit gözüken örnek Türkiye'de adalete duyduğumuz inancın ne kadar az olduğunun büyük bir delili aslında. Haklarınızı koruyacak sistemin varlığına inancınız ne kadar azalırsa o kadar güvensiz hissedersiniz. Ülkemiz bu anlamda insanına kendini güvende hissettiremiyor ve aydınlar haklarının korunacağını düşünerek başka ülkelere göç etme isteği duyuyorlar. Sermayesi aklı olan sınıf, topluma değer katan ve toplumu geliştiren sınıftır. Onların hakları güvence altına alınmazsa kendilerine gidecek yer ararlar.

Az önce tufeyli sınıftan bahsetmiştik. Dışarıda yaşamış bir Türk olarak ülkeye baktığımda kendisi hiçbir şey yaratmamış, gerçekten kazanan sınıfın ya da genelde başkasının yarattığı değere el koymaya çalışan, asalak bir şekilde yaşayan, öyle ya da böyle işini bilen, kafası tamamen buna işleyen, devamlı rant peşinde koşan bir anlayışın ülkeye hâkim olduğunu ve bunun en tepeden en dibe her yeri istila ettiğini görüyorum.

Ama şunu da söylemek zorundayım Nurhak. Gittiğimizde elde ettiklerimiz, kaybettiklerimizden daha çok olabilir ama kendi adıma eksikliğini hissettiğim ve telafi edilemez bulduğum durumlar da var. Örneğin mizah… Yurt dışında geçirdiğim zamanla Türkiye'de geçirdiğim zamanı kıyasladığımda, insanlarla aynı mizah duygusunu paylaşmanın değerini daha iyi anlıyorum. Bir insanla gülebildiğimizde mutlu oluyoruz ve mizah kültürlere özgü olarak her toplumda değişkenlik gösteriyor. Olaylara birlikte gülüp birlikte üzülebilmek insanın içindeki boşluk ve yalnızlık duygusunu kolayca aşmasına sebep olurken yurt dışında bu eksikliği hissetmeniz kaçınılmaz oluyor.

Evet, az gelişmiş bir ülkeyiz ve son yıllarda birçok fırsatı geri teptik; kaliteli eğitim, fırsat eşitliği ve kökleri haysiyete dayanan temel haklarımızı da kaybettik. Hukuka ve adalete sığınmak yerine, arada tanıdık olursa her sorunun hallolacağını zanneden bir toplum olmaya başladık. Tüm bu olumsuzluklara rağmen insanımız Batılılara kıyasla alabildiğine sıcak ve dostane. Türk toplumunda Batı'ya kıyasla koşulsuz ve menfaatsiz olarak başınızı dayayacağınız insanların sayısı her zaman daha fazla. "Ben haklıyım," duygusuyla karşı tarafın zayıflığını kullanan çok

Türk toplumunda Batı'ya kıyasla koşulsuz ve menfaatsiz olarak başınızı dayayacağınız insanların sayısı her zaman daha fazla. "Ben haklıyım," duygusuyla karşı tarafın zayıflığını kullanan çok insanımız da var, doğru fakat aynı zamanda başka ülkelerde rastlanamayacak psikolojik bir dayanışma kültürünün de temsilcisiyiz.

insanımız da var, doğru fakat aynı zamanda başka ülkelerde rastlanamayacak psikolojik bir dayanışma kültürünün de temsilcisiyiz. Birlikte sevinip birlikte üzülebiliyoruz. Belki de bu yüzden *Hababam Sınıfı* Amerika'da liberal bir kolejden değil de Türkiye'de bir devlet okulundan çıkabiliyor.

İki ülkede birden yaşadığınız, birçok ülkeyi de dolaştığınız için gözlemleme şansınız çok olmuştur. Dışarıdakilerin kafasında nasıl bir Türkiye var? Türkiye'ye ilişkin fikirler ne minvalde seyrediyor?

Bu soruya cevap vermeye Amerika ile başlayayım, çünkü benim için en kolayı bu. Amerika da çok basit; çünkü Türkiye'yi tanımıyorlar, yani bilmiyorlar. Bana "Nerelisin?" diye sordukları zaman Türkiye deyince konuşma orada bitiyor, çünkü insanların bunun üzerine söyleyecek bir şeyleri yok. Bunun birkaç istisnası var. İki doktor tanıyorum. Biri göz doktorum, diğeri diş hekimim. Onlar biraz Türkiye'yi izliyor ve Türkiye'de olup bitenlere çok üzülüyorlar. Yani Türkiye'nin politikacılardan ötürü düştüğü hâle üzülüyorlar. Benim de mutsuz olduğumu görüyorlar. Türkiye için her şeyin daha iyi olmasını umduklarını söylüyorlar.

Şunu da söylemek isterim, ben insanların ülkem hakkında ne düşündüklerini hiç merak etmem. Çünkü ben yaşarken kendimi temsil ediyorum sonuçta, ülkeyi temsil etmiyorum. Yani o yüzden belki ben de vücut dilimle olsun, sorularımla olsun karşı tarafa Türkiye hakkında konuşma fırsatını pek vermiyor olabilirim. Birinin ancak ben sormadan söylemesi lazım. Bir tek bir şey dikkatimi çekmişti. Avrupa'dayken insanlar nedense beni hep Doğu Avrupa kökenli zannederlerdi. Türk olduğumu söyleyince, Fransa'da mesela, "Biz seni Macar sanmıştık," derlerdi. Amerika'da daha çok Fransız ya da İtalyan diye tahmin ediyorlar. Bir tek o beni güldürüyor ama nedenini bilmiyorum.

Yeri gelmişken hayatınızın öbür yarısı olan Amerika'ya dair gözlemlerinizi de dinlemek isterim. Birçok örnek verdiniz ama genel bir değerlendirme de yapar mısınız?

Amerika zengin ülkeler arasında gelir bölüşümü en kötü olanlardan biridir. 1973'ten beri ücretler durağan. Gayrisafi milli hasılaya baktığınız zaman sermayenin aldığı pay arttıkça artmış ama çalışanların aldığı pay aynı. Avrupa ülkelerinde gayrisafi milli hasılanın yüzde 45-60 arası vergidir. Amerika'da ise bu oran yüzde 25-30'dur. Avrupa'da kamusal mallar, sağlık ve eğitim hizmetleri bedavadır ve herkese açıktır. Amerika'da ise paralıdır. Dahası Amerika'da son derece acımasız bir sistem var. İnsanları işe almak ve işten atmak çok kolay. Eğitim konusunda da aşırı polarize bir toplum. Dünyanın en iyi üniversiteleri orada olsa da genellikle eğitim düzeyi kötüdür ve fırsat eşitliği yoktur. Toplumun neredeyse yarısı bireysellik adı altında aşırı bencildir. Demokrasi kamusal yarar için bazı özverilerde bulunmak demektir. Amerika aşırı bireyciliğin çıkmazlarını çok net bir şekilde gösteriyor.

Çok çalışma ile başarının sağlanabileceği, refah ve şöhretin yakalanabileceği fikrini savunan "Amerikan Rüyası" bir rüyadan mı ibaret yani?

Amerika çok geniş bir kıta ve zamanında göç edenler rahat bir şekilde toprak sahibi olabiliyordu. Avrupa o sırada açlıktan kırılıyordu ve Amerika'da imkânlar vardı. İkinci Dünya Savaşı sırasında Avrupa'nın toparlanması zaman aldı. 1950-1973 arasında da Amerika hızla büyüyordu. Hemen herkes araba sahibi olabiliyordu. Orta sınıf genişliyordu. Bu, Amerikan rüyasının maddi tarafıydı. Bu sırada diğer ülkelerde bilgi ve beceri hayatta başarıya dönüşemiyordu. İmkânlar az, önyargılar güçlüydü. Bazı pozisyonlar hak etmeyenler tarafından politik nedenlerle tutulmuştu. Dünyanın birçok yerindeki bazı gruplar köşeleri tutmuştu. Okuyan ve beceri düzeyi yüksek insanlar ülkelerinde kendilerini gösteremiyordu. O sırada Amerika onlara kucak açmıştı ancak şu sıralar Amerikan rüyasının karanlık tarafları ortaya çıktı. Cesetlere ya da başkalarının omuzlarına basa basa yükselmek, kapitalizmle gelişen ırkçılık, çok güçlü önyargılar Amerika'nın büyümesi durunca ortaya çıktı.

Pandemi döneminde varlıklı insanların hiçbir şeyini kaybetmediğini gördük. Güçleri azalmadı, hatta daha da zenginleştiler. Öyle ki Amazon'un kurucusu Jeff Bezos'un ve Tesla'nın kurucusu Elon Musk'ın servetleri iki yüz milyar dolara yaklaştı. Söylerken bile bu miktarı kavrayamıyorum. Öte yandan şu anda ne kadar çalışırlarsa çalışsınlar, toplumun önemli kesimi bir ev almak için gerekli parayı biriktiremiyor. Amerikan rüyasının maddi temelleri ortadan kalktı. Cumhuriyetçi parti bu nedenle yabancı düşmanlığı ve ırkçılık politikası üzerinden söylemlerine devam ediyor.

Tüm faşist ülkeler aynısını yapar. Alman parlamentosunun Hitler tarafından yakılması gibi bir karışıklık yaratırlar. Sonra da ortaya kanun ve nizamı sağlamış gibi çıkıp, "Balyoz bende," derler. Hemen hemen bütün sağ diktatörlüklerde ortak nokta budur. Amerika da şu anda bu duruma geldi. Nitekim seçim yenilgisini kabul etmeyip Parlamento'ya karşı ayaklanmaya öncülük eden eski başkan Trump, başarısız olsa bile faşizmin Amerika için uzak bir ihtimal olmadığını ortaya koydu.

Amerika'nın güçlü yanı başka ülkelerden gelen beyinlerdir. Bilime, sanata, tıbba önemli katkılar sağlamış bir ülke bu. Beyin göçünden bu anlamda hayli faydalanmış. Bizim açımızdan bakacak olursak, Türkiye'de değer görmeyip Amerika'da değer gören birçok insan var. Bu, Amerika için büyük bir şans ama bizim için bir kayıptır.

Örneğin sosyal psikolojinin kurucusu Muzaffer Şerif...

Keza Pertev Naili Boratav... Stanford Üniversitesi Türkiye Bölümü'nü kurdu. Halil İnalcık, Niyazi Berkes yurt dışında ders verdiler. Nazım Hikmet'i de Rusya'ya kaçırmıştık. Şu sıralarda Amerika'da farklı üniversite ve bölümlerde o kadar çok Türk asıllı öğretim üyesi var ki adları saymakla bitmez. Hepsini bir araya getirsen ve bilimsel yayınlarını toplasan dünyanın önde gelen herhangi bir üniversitesi ile eş düzeyde olduğunu görürsün. Biz hepsini kaçırdık. Boğaziçi Üniversitesi'nde son olanlar da maalesef yaşadıklarımızdan hiç ders çıkarmadığımızı ve yangına körükle gittiğimizi gösteriyor.

SEKİZİNCİ BÖLÜM

YEME-İÇME KÜLTÜRÜ İÇİN PARA ŞART MIDIR?

"Yemek öğrenmeye ve dolaşmaya başladığım sırada paramın olmaması, yani ne züğürt ne de zengin olmam benim şansımdı. 'Bu işler için para gerekir,' denir hep. Ama oradaki denge de önemlidir, çünkü paranın çokluğu da aleyhinize olabilir. Ülkemizde de damağı en iyi olan ve malzemeden anlayan insanların çok azı varlıklıdır. Yani bizde zevk sahibi insanla, para sahibi olan zümre örtüşmüyor. Tabii para sahibi olan herkesin damak tadının kötü olduğu söylenemez ama bu ikisinin birbiriyle örtüşmediğini sıklıkla görüyorum."

Bu son bölümde tüm Türkiye'nin sizi esasen tanıdığı alan üstüne konuşalım. Yani geldik gastronomiye. Gerek gazete yazılarınızda gerek televizyon programlarınızda ya da sosyal medyada sıklıkla değindiğiniz konularda çok fazla tekrara girmemeye çalışarak birkaç temel unsuru sormak istiyorum. İlk sorum şu: Doymak için de yiyoruz haz için de. Gastronomi hangisine bakıyor?

Kısa ve temel bir tarifim var: Gastronomi yemek yoluyla mutluluk sanatıdır. Dünyadaki en önemli iki güdünün açlık ve cinsellik olduğunu düşünürüm. Yeme-içme ve cinsellik her zaman için haz arayışının en önemli unsurlarıdır, ayrıca insan davranışlarına şekil de verirler. Bu kadar önemli olmalarına rağmen bu iki unsur hakkında bence yeterince yazılmamıştır, sosyal bilimlerde bir araştırma dalı hâline gelmemişlerdir. Hâlbuki yeme-içme ve cinsellik mutluluğun alt ya da üst başlığı şeklinde bir araştırma dalı olabilirdi.

> Gastronomi yemek yoluyla mutluluk sanatıdır. Dünyadaki en önemli iki güdünün açlık ve cinsellik olduğunu düşünürüm. Yeme-içme ve cinsellik her zaman için haz arayışının en önemli unsurlarıdır, ayrıca insan davranışlarına şekil de verirler.

Şimdi gastronomiye kişisel haz arayışının yanında işlev olarak da bir bakalım, insanları bir araya getirme ve birleştirme açısından birçok etkenin yapamadığını çatallar ve bıçakların yaptığını görürüz. Oraya buraya bombalar fırlatıyorlar ama sonrasında bürokrasi insanları birleştirmek için yemeği kullanıyor. İnsanları yatıştırmak ve kültürleri birleştirmek için herkesi bir sofra etrafına toplamak etkili bir yol. Öte yandan gastronominin son derece karanlık bir tarafı da bulunuyor. Haz arayışına herkes eşit olarak katılamaz. Dünyada açlık sınırında yaşayan çok insan var. Bu yüzden de gastronomi ve haz üzerinden konuşmak insanların tepkisini de çekebiliyor. Bu konu hakkında konuşmak bazı insanların bam teline basıyor, çok kolay bir şekilde egoistlikle suçlanabiliyorsunuz. Gastronomi, doğası gereği bencil bir alan olmasa da, insanları bir araya getirse bile bunun üzerine çok konuştuğunda kendini hedef tahtası hâline getirebiliyorsun. Her konu gibi bu da değer yargıları ve duygularla çok iç içe olduğu için nasıl ele alınacağı hususunda anlaşamıyoruz. Dar bir çerçeveden bakanlar sizi yargılayabiliyorlar.

Gastronominin cinsellik gibi son derece kişisel bir tarafı da var. Bu konuda bir diyalog kültürü oluşması için karşı tarafın da benzer tatları deneyimlemesi lazım. Bu yoksa, konu hemen suçlamaya dönüşebiliyor. Bu yüzden kişisel konulardan çok, genel konuşmak istiyorum. Ben gastronomiye baktığımda üç farklı yaklaşım görüyorum. Birincisi, geleneksel ve tutucu yaklaşım. İkincisi, eğlence ve sürpriz arayışı. Üçüncüsü de yaratıcılık anlayışı.

Dünyanın her yerinde ilk sıradaki yaklaşım, geleneksel ve tutucu yaklaşımdır. Bu yaklaşımda korku öne çıkar. Şunu söyleyebilirim, gastronomi de her şeyden önce konforu ve hazzı bilindik lezzetlerde arar. Muhafazakârlığın mutfağa yansıyan biçimi gibi... Bunun iki ayrılmaz parçası var: Haz ve korku. Buradaki haz, yani doygunluk hissi büyük porsiyonlarda aranır. Bilindik bir şeyi çok miktarda yemek açlık korkusudur. Açlığı yenmek için de "Önce göz doğar," anlayışı bol miktarda ve bildik şeyleri tüketmektir. Korku tarafı ise kendi vücudunu bilinmeyenden, yabancı cisimlerden korumak güdüsüdür. Bu bilinmeyenden korunmak çorbadan çıkan sinek anlamına gelmiyor. Burada insanı tehdit eden; bilinmeyen, yasaklanmış olan, tabu olanlardır. Hayatın bir rutini var ve o rutin dışına çıkan her şey seni tehdit ediyor. Bilindik yemek sigorta gibidir. Kazalara ve afetlere karşı bir sigorta gibi...Vücudunu yabancı maddelerden korursun.

Bu, alışılmış olanın garanticiliğiyle yola devam etmek anlamına mı geliyor?

Evet ve alışılmamış olana çok fazla tepki gösterirsin. Yabancı olanı, farklı olanı istemez; kabul etmezsin. Dünyanın birçok yerinde böyledir. Haz bildik olanla sınırlıdır. Sana güven verir. Bilinmeyenden, tehlikeden korur. Bu durumda dışarıdan geleni tehlike olarak görürsün. Tehlike çanları çalar ve sen de hemen savunmaya geçersin.

İkinci olarak eğlence ve sürpriz demiştim. Bu unsur çok daha farklı ve maceracıdır. Biliyorsun; bazı insanlar seyahat etmeyi, sürprizleri severler. Farklı deneyimlere açıklardır. O âna kadar bilmediği bir lezzeti merak eder ve bunu deneyimlemeye açıktır. Ben bunu biraz caz müziğine benzetiyorum. Caz müzisyenleri için süreç önemlidir. Çok iyi bir caz müzisyenini izlemeye gittiğinde sürprizlere açık olursun. Belli bir kalıp vardır ama o kalıp içinde seni farklılıklar bekler.

Şunu gözlemledim, başka birçok ülkede neyin nasıl pişirildiği merak ediliyor. Mesela uykulukla birlikte karides aynı tabakta nasıl olur merak edip deneyimlerler. "Hamburgere otlu peynir koysak nasıl olur?" derler ve bu, meraktır. Sonucu bilmeseler dahi farklı deneyimlere açıklardır.

Üçüncü unsura gelelim. Bu da eğlence ve sürprizin devamı olan yaratıcılıktır. Füzyon dediğimiz, o âna kadar düşünülmemiş farklı lezzetlerin bir araya getirilmesiyle ortaya çıkıyor ve bu son derece leziz alternatifler doğurabiliyor; sen de o zamana kadar bilmediğin tatlar ve hazlar keşfediyorsun. İyi ve yaratıcı bir şef o âna kadar kimsenin bir araya getirmediği malzemeleri birleştirir ve farklı pişirir. Bu arayış seni en iyi bileşimler nasıl olur, en iyi malzemeler nedir diye keşfetmeye yöneltir. Bu da gastronominin haz arayışının farklı noktalarıdır.

Son ikisi birbirine yakın görünüyor ama ben şöyle anladım: Yaratıcılıkla sürpriz arasındaki fark; sürprizde olanı olduğundan farklı hâlinde sunma, yaratıcılıkta da olmayanı yaratma çabası, doğru mu?

Analitik ve çok hoş bir açıklama. Sürpriz o zamana kadar yapılmamış bir sunum yapmak, yani hamurun kırılması ve içinden ıstakoz çıkması gibi. Istakozu yiyoruz ama farklı bir sunumla geliyor. Aklımıza gelmeyen sunumlardan bahsediyorum ya da şef tutuyor, balığın pastırmasını yapıyor. Yine balıklı mantıdaki gibi, bilindik lezzetlerin farklı şekilde karşımıza çıkması sürpriz oluyor. Yaratıcılık aşamasında ise kendimizi yeni bileşenlerle farklı tatlara açıyoruz. Şef çok başarılı şekilde, o âna kadar hiç düşünmediğimiz tatları, fener balığının ciğerini, kuzunun ayağını ve çilek suyunu birleştirebiliyor. Ekvator'dan gelen bilmem ne bitkisini, balığın yanağını ve kuzunun böbreğini kullanıyor. Değişik bileşimler ortaya çıkarıyor.

Picasso'nun kübik dönemine geçiş yapmadan önce geleneksel resimde ve portre sanatında yetkin eserler vermesi gibi, mutfaktaki yaratıcılık da önce geleneksele hâkim olmayı mı gerektiriyor? Yani olumlu anlamda bozmadan önce bilmek, tüm kültüre hâkim olmak mı lazım?

Kesinlikle. Tabii bu değişkenlik de gösterebilir. Sana acayip gelen bir bileşim Katalan mutfağının geleneksel mutfak kültürüne ait olabilir. Ayrıca bazı insanlar bu üç başlıktan birden de zevk alabiliyor. Örneğin ben yaratıcı mutfaktan zevk alıyorum ama birinci ve ikinci maddeyi de unutmuş değilim. Çocukluğumda yediğim, babaannemin yaptığı vişneli ekmeği çok özlüyorum ama buna benzeyen "torrejas"ı duyduğum zaman merak ediyorum. Bu arada şunu da söylemeliyim: Ülkemizde daha çok birinci madde güçlü; ikinci maddede benim arabesk sunum dediğim, abartılmış sunumlar halkın ilgisini çekiyor.

Gastronomi konusunda dünyayı üç bölüme ayırabiliriz. Hemen her ulusun ve ulusal mutfağın karnını doyuran üç ana besin var; buğday, mısır, pirinç. Bunları bazen aynı yerlerde de görebilirsiniz. Mesela İtalya'nın bazı yerlerinde pirinç ve buğday öndedir, bazı yerlerinde de mısır. Türkiye bu konuda enteresan bir yerde duruyor. Buğday Asya'da yoktur fakat Türkiye'de pirinç, buğday ve mısır beraber bulunur. Daha çok pirinç ve buğdayı görürsünüz ama mısır da tüketilir.

İnsanlar bu ürünleri daha lezzetli hâle getirmek için çeşitli baharat ve soslar kullanıyor. Akdeniz bölgesinde zeytinyağı, Çin'de soya yağı, Meksika'da chili biberi, Almanya'da kaz ve ördek yağı, Hindistan'da bilumum baharatların birleşimi, Türk mutfağında da uzun yıllar kuyruk yağı ve iç yağlar kullanılmış. Günümüzde kültürler arasında bu farklılık giderek azaldı. Amerikalıların pazarladığı şeker herkesi birleştiriyor ve mutfaklar arasındaki farklılıkları kabul edilir hâle getiriyor. Çikolata Latin Amerika'dan çıkıyor ama şeker olmadan çikolatayı pazarlayamıyorlar. Çikolata yemeyen ulus yoktur ama yüzde yüz çikolatayı da kimse beğenmez. İşin içine para girince politik farklılıklar nasıl ortadan kalkıyorsa gastronomide de şekerin yayılması çok enteresandır. Şekerin fiyatı inanılmaz artmıştır. Yüz senede yüz misli artıştan ve rafine şekerden bahsediyorum. Tüm insanlık tarihi boyunca insanlar tatlıya Tanrı'nın iksiri olarak bakmışlar.

Bugün Rus mutfağını patatesten ayıramayız. Patates çok önemli. Rusya'ya on sekizinci yüzyılda getirildi; kıtlığa çare olsun diye Rus çarları patates konusunda ısrarcı oldular ama bu, 1840'larda isyanlara yol açmış. Patates yoluyla onlara yeni bir din dayatıldığını düşünmüşler. Patates için "Şeytanın işi!" demişler. Patates tarlalarını yakmışlar, bir sürü insan ölmüş. "Patates yiyen kısırlaşır," bile denmiş.

Yeni olan her şeye karşı inanılmaz bir direnç var. Günümüzdeki birçok tartışma bu duyguyla gelişiyor. Ortaya çıkan bir yenilik için, "Bunun yoluyla kısırlaştırılmış bir ırk yetiştirmeye çalışıyorlar," bile deniyor. Görüldüğü üzere tüm bunlar tarih boyunca da oldu, yeni değil.

Bugün geleneksel olan birçok şey zamanında bir yenilik olarak ortaya çıkmıştı.

Tam da dediğin gibi... Örneğin İtalyanlar... On altıncı yüzyıldan itibaren yemek kitabı yazıyorlar ama uzun zaman kitaplarında domatesten bahsetmediler. Çünkü domates nedir bilmiyorlardı ama domates bugün İtalyan mutfağının ayrılmaz bir parçası. Makarna desen on üçüncü yüzyılda Çin'den gelmiş. Geleneksel olan, zamanında çok büyük mücadeleler, tesadüfler sonucu hayatımıza girmiş. Dünyada öne çıkan bütün mutfaklar etkileşim ve füzyonla zenginleşmiş. Dünyanın ilk yemek globalizasyonu Çin'de yaşanmış. Avrupa'dan bile önce, on ikinci yüzyıldan itibaren Çinli tüccarlar dünyanın her yerine gidip gelmişler ve oradaki lezzetleri Çin'e taşımışlar. Osmanlı sarayında Gürcü, Arap, Ermeni, Rum, Çerkes ve Orta Asya geleneklerinden çıkan o kadar farklı lezzetler mevcut ki… Fransa ve İtalya mutfağında da etkileşim çok fazla. Eskiden Fransız mutfağının kalbi Lyon'du. Lyon'a İtalyan asıllı aileler yerleşmiş ve adlarını değiştirmişler. Mutfakların gelişiminde asimilasyon var. Mutfaklar da bu şekilde gelişiyor.

Bize gelirsek… Yemek konusunda Türkiye yeniliklere yeterince açık mı?

Türkiye'nin hem büyük bir avantajı hem de büyük bir dezavantajı var. Çoğulculuk bir avantaj. Büyük dezavantaj ise sadece yabancı mutfaklara değil, kendi mutfağımıza da kapalı olmak. Her genellemenin elbette ki bir sürü istisnası vardır dedikten sonra farazi bir örnek vereyim. Bir Karadeniz insanı bırakın Ege mutfağına açık olmayı, yan köyünde yapılan pideyi farklı olduğu için beğenmiyor. Pidede önemli olan; unun kalitesi, usta bir elle açılması ve mayadır. Ama işte o Karadenizli yediği pideyi üstü kapalı diye ya da peyniri farklı diye, bu tür biçimsel nedenlerle beğenmiyor.

Mutfak dendiğinde bizde üç unsur var. İlki Osmanlı mutfağı. Büyük ölçüde kaybolmuş bir mutfak. Örneğin trüflü ya da ıstakozlu tirit bile yemişler ama sofistike ve rafine olduğunu tahmin ettiğim bu mutfak günümüze kalmamış. İkincisi kozmopolit İstanbul mutfağı. Bunu günümüzde en çok meyhaneler yansıtıyor ama Rumlar ve Ermeniler gittikten sonra bu alan da epey yara aldı. Bir de Anadolu mutfağı. Onu da halk ve esnaf lokantaları temsil ediyor. Esnaf lokantaları şu anda çok zayıf. Aynı yemekleri devamlı kötü yağlarla yapıyorlar. Ben lisedeyken esnaf lokantalarının sonuna yetiştim ki o zaman da yemekten bu kadar anlamıyordum. Referans noktalarım yoktu. Benden çok daha iyi anlayan arkadaşlarım vardı. Hacı Salih Lokantası en iyi Osmanlı yemekleri yapan lokantaydı. Osmanlı saraylarında mutfak çok güzel gelişmiştir fakat yazıya dökülmemiştir. Hâliyle halka da yansımamıştır. Bir de kaybolmuş yemekler ve tatlar meselesi var. Örneğin eskiden Kayseri'de Ermeniler varken mantıda güvercin eti de kullanılıyordu. Şimdi bunu Kayseri'den birine söylesen inanmaz. Kendi tarihine o kadar yabancılaşmış insanlarla yaşıyoruz ki...

Kendi geçmişini unutan toplumlarda *fast-food*'un kötü örnekleri çok kolay yayılıyor. Burada ilginç bir tablo ortaya çıkıyor: Gelenekselliği savunduğunu iddia edenler genellikle geleneklerden uzaklaşıyorlar. Bilgi birikiminin etrafındaki teknikler ve malzemeler giderek kaybolmaya başlıyor. Dünyadan gelen ama kötü yapılan pizza, hamburger gibi lezzetler süratle yayılıyor. Tüm bunlara paralel olarak kaliteli malzeme bulmak zorlaşıyor. Denizler kirleniyor, balık türleri ortadan kayboluyor. Ülkede iyi sığır bulmak neredeyse imkânsız, koyun ve keçiler giderek azalıyor. Bizim floramız küçükbaşa uygun ama giderek türleri yok oluyor. Süt kalitesi kötü olduğundan iyi peynirler yapılamıyor. Bu açılardan ülkede ciddi bir malzeme sıkıntısı baş gösteriyor.

Kendi geçmişini unutan toplumlarda *fast-food*'un kötü örnekleri çok kolay yayılıyor. Burada ilginç bir tablo ortaya çıkıyor: Gelenekselliği savunduğunu iddia edenler genellikle geleneklerden uzaklaşıyorlar.

Önemli bir şey daha... Ülkemizde gastronomi yazmak neredeyse mümkün değil. Çünkü tepki alıyorsun. Başkalarının yediklerini beğenmediğinde onlara kişisel bir hakaret etmişsin gibi algılıyorlar. Yemek ve kimlik arasında çok ilginç bir ilişki var. Bu durumlarda tamamen kafamız karışmış. Türkiye gastronomisi insanlarda giderek bazı güdüleri ve korkuları ortaya çıkarıyor. Farklı tercihler öfke kusulmasına yol açıyor. Tüm bu açılardan bakarsak, ben de bir mazoşist olmadığım için ciddi gastronomi yazılarımı İngilizce gastromondiale.com sitesinde yazıyorum.

Bu nasıl değişecek diye sorarsak bir ölçüde herkesin kendisine yemekler ve malzeme konusunda referans noktaları geliştirmesiyle diyebilirim. Çünkü referans noktaları olmayan insanları mutlu etmek çok kolaydır. Muhtemelen karın doyurmak için yiyecektir. Tabii bunlara da devam edilmeli. Ama Türkiye'de geleneksel emek-yoğun yemeklerimiz söz konusu olduğunda, referans noktaları bitmek üzere. Gene de hâlâ üç beş iyi pideci, köfteci, sakatatçı falan kaldı.

Tam da onu soracaktım. Nereleri var?

Ben iyi malzeme arayışı peşindeyim. Doğu Karadeniz'e gitsem ülkede çok iyi cağ kebabı yiyeceğim bir yer var. Müthiş bir kavurmacı var. Yedi sekiz tane çok iyi pide yiyeceğim yer mevcut. Güneydoğu'da çok iyi lahmacun bulabilirim. Türkiye'de yirmi, bilemedin otuz iyi restoran var fakat şu anda gastronomi konusunda dışarıda yemek ölçü olarak alınıyorsa Türkiye hiçbir şekilde dünyayla rekabet edemez. Maalesef o düzeyde değiliz. Türkiye'de dışarıda yemek yemek için ayda ancak bir kez dışarı çıkarım. Oysa San Francisco ve civarında bir sokakta bile çok iyi on on iki lokanta bulabilirim. Çünkü amacım ya bir şeyin olağanüstüsünü bulmak, ya yaptığını çok iyi yapanı bulmak ya da yaratıcı olanların en iyi örneklerine erişmek.

Ülkemde hâlâ çok sevdiğim ürünler var; lüfer, cağ kebap, çok iyi bir pide gibi… Bunları iyi yapan şefler var ama bazen onlar da çaresiz kalıyor. Çünkü imkânlar el vermiyor. Türkiye'de deniz ürünü olarak kalkanı buluyorum ama lüferin iyisini bulmak zorlaştı. Lakerda var, tamam. Karadeniz yaylalarında iyi yapılırsa ekmek ve tereyağı var. İyi ciğer bulmak son yıllarda zorlaştı ama hâlâ mümkün. Ciğer konusunda hâlâ dünya birincisiyiz. Edirne tava, yaprak ciğer, şiş ciğer sarma, arnavutciğeri. İyi olursa hepsi nefis. Bunların dışında meyhane mezeleri güzel. Uykuluklu kokoreç, kuyu kebabı, Konya'nın tandırını birkaç yerde bulmak mümkün. Zeytinyağlılar da evde yapılınca güzel oluyor, çünkü iyi zeytinyağı kullanan restoran hemen hemen yok.

Ülkemde hâlâ çok sevdiğim ürünler var; lüfer, cağ kebap, çok iyi bir pide gibi… Bunları iyi yapan şefler var ama bazen onlar da çaresiz kalıyor. Çünkü imkânlar el vermiyor. Türkiye'de deniz ürünü olarak kalkanı buluyorum ama lüferin iyisini bulmak zorlaştı. Lakerda var, tamam. Karadeniz yaylalarında iyi yapılırsa ekmek ve tereyağı var. İyi ciğer bulmak son yıllarda zorlaştı ama hâlâ mümkün.

Genel olarak ciddi bir şarap kültürü gelişmeden ülke gastronomimizin yerinde sayıp geriye gideceğini düşünüyorum. Ama bu ayrı ve çok uzun bir konu. Başka sefere.

Sevdiğiniz yemekleri saydınız genellikle.

Saydıklarım bu arayışta muhafazakâr tarafıma denk geliyor. Türkiye benim işte bu muhafazakâr tarafıma cevap veriyor. O açıdan Türkiye'deki muhafazakârlığı, sebeplerini, sonuçlarını anlıyorum. Sosyolojik ve ekonomik nedenlerle Türkiye gastronomisinde bu muhafazakâr ya da geleneksel taraf azaldıkça mutfağımız giderek kötü *fast-food*'a talim ediyor. Arabesk sunumlarla içi boş bir mutfak kültürü gerçekleşiyor.

Bugün ülke mutfaklarının öne çıkması için gereken bazı koşullar var. Hem geleneksel hem de sürprizlerle dolu olacaklar ve bu sürprizler arabesk ya da bayağı olmayacak, dahası yaratıcılık ve farklı lezzetler içerecekler. Yani az önce saydığım üç arayışa da cevap verecekler. Dedim ya, benim için bu üç farklı arayışın hepsinin de cazip tarafları var. Muhafazakâr, geleneksel tarafım da var; sürprizlere açık tarafım da var; yeni bileşenler arayan tarafım da var.

Yine bize bakacak olursak, Türkiye'de geleneksel lezzetlerin kaybolmaya yüz tuttuğunu söylemeliyim. Sunum konusunda ise demografik ve sosyolojik nedenlerle dünyada sadece Orta Doğuluların ilgisini çekecek arabesk sunumlarla iş yapılıyor. Bunun yanında yeni lezzetlere karşı inanılmaz bir reaksiyon ve âdeta nefret var. Yeni lezzetler bizim insanımızın içgüdülerini ve duygularını tehdit ediyor. Sözün özü, dünya açısından baktığımızda Türkiye hâlâ enteresan ama çok sınırlı bir mutfak olarak kalıyor.

Burada bir parantez açmama izin ver Nurhak. Muhafazakârlık deyip duruyoruz da ülkemizde bu kavram da sık sık karıştırılıyor. Muhafazakârlık; geleneksel olanın, kültürel ve tarihî kodlara sadık kalınarak yaşamasına katkıda bulunmaktır. Örneğin Galata Kulesi'nin restorasyonuna karşı çıkmak muhafazakârlığın hakkını vermektir. Tarihimiz konusunda en bilgisiz kesim, hamaset edebiyatı

Muhafazakârlık deyip duruyoruz da ülkemizde bu kavram da sık sık karıştırılıyor. Muhafazakârlık; geleneksel olanın, kültürel ve tarihi kodlara sadık kalınarak yaşamasına katkıda bulunmaktır. Örneğin Galata Kulesi'nin restorasyonuna karşı çıkmak muhafazakârlığın hakkını vermektir.

yaparak kendini muhafazakâr addedebiliyor. Oysa iş doğayı korumaya, tarihe sahip çıkmaya, mutfağımızı savunmaya gelince değerlerimize sahip çıkma konusunda hiçbir çabalarını göremiyorum. Bu da gastronomiyle diğer konular arasında bir benzerlik olarak burada dursun.

Muhafazakâr mutfağa da kendini muhafazakâr addedenler zarar veriyor sanırım.

Ben onlara muhafazakâr değil, muhafazakârcı diyorum. Dünyanın en tehlikeli siyasi hareketlerinden biri muhafazakârcılıktır. Kendi mutfaklarına da zarar veriyorlar. Çarşamba'da Galip Usta var ve olağanüstü güzel pide yapıyor. Güzel un kullanıyor ve elle açıyor. Herkes elde açamaz. Galip Usta'da yemek yerken lokantada Karadenizli biri vardı. "Ben Bafralıyım. Bizim orada da bu pideden yapıyorlar ama bu kadar güzel olmuyor," dedi. Türkiye'yi işte bu anlayış kurtarır. Yemekte milliyetçilik ya da bölgecilik olmaz. Türkiye mutfağının gelişmemesindeki en önemli şey muhafazakârcılık. İmparatorluklar nasıl gelişmiş? Gidip bakmışsın, sonra da kendi ülkene uyarlamışsın. Bunu yapamazsan muhafazakârlık taklitçilikle sonuçlanıyor. Mutfak insanın en iyi ve en kötü taraflarını ortaya çıkarıyor. Türkiye'deki toksik atmosferde düzgün iş çıkarmak çok zor. Hâliyle o değerleri korumak da çok zor.

En çok sevdiğiniz iki konu yemek ve seyahat. Michelin bize üç yıldızlı lokantaların "uğruna seyahat edilecek kadar önemli ve olağanüstü" olduğunu söyler ya... Siz böyle seyahatler yapar mısınız?

Yaparım ama ben Michelin rehberini artık bir seyahat kriteri olarak kullanmıyorum. Bunun nedeni rehberin kendisinden kaynaklanan yapısal problemler. Niteliğin değişmesi. Michelin zaman içinde bol yıldızlı lokantaların birbirine benzemesine prim veren, onları ülkelerinden ve kültürlerinden kopartan bir yapıya büründü.

Çok sevdiğim ve defalarca ziyaret ettiğim Bask bölgesinden bir örnek vereyim. Orada dört tane üç yıldızlı lokanta vardır. Arzak, Akelare, Azurmendi ve Berasategui. Haydi bir de Mugarritz'i sayalım. O iki yıldızlıdır ama avangartlığıyla öne çıkar. Şimdi şöyle düşün, oraları gezdin ve yemeklerini de hep bu saydığım lokantalarda yedin. Ne güzel! Belki sevdin, belki sevmedin, orası da sana kalmış. Ne yedin? Dünyanın sayılı şeflerinin elinden çıkmış yemekler. Peki, bu yediklerinle o gezip gördüğün yerler uyumlu muydu? Yani geleneksel Bask bölgesi mutfağının yemekleri miydi? Hayır. Şefler Bask kökenli, lokantalar Bask bölgesinde ama sunulan yemeğin yöreyle bir ilgisi yok. İşte sorun bu. Bu lokantalar dünyanın herhangi bir yerinde olabilirdi.

Soruna gelecek olursak, Michelin bize üç yıldızlı lokantaların özel olarak seyahat edilmesi gereken olağanüstü bir lokanta olduğunu söylüyor. İyi de mesela San Francisco'da ya da Paris'te bulabileceğim bir lokanta için neden Bask bölgesine gideyim? Bu kriter eskiden geçerliydi ve yerindeydi. Bahsi geçen lokantalar nerede bulunuyorsa çoğunlukla oraya aitlerdi. Oranın malzemesi kullanılıyordu. Oranın reçetesi yapılıyordu. Ama şimdi globalleştiler. Yaratıcılar, tamam ama standartlaştılar. Kendi topraklarından koptular. Bu, Michelin'in kendi politikası. Geleneksel yemekleri yeterince yaratıcı bulmuyorlar, önemsemiyorlar. Rehberin eski yöneticilerinden birine bunu bizzat sormuştum ve o güne kadarki tahminlerimde haklı çıktığımı da görmüştüm. Ne anlattı biliyor musun? Bir İtalyan yemeği var: Tagliatelle alla Bolognese. Emilio-Romagna yöresinin klasiğidir. O yemeğin en iyisini yapan lokantaya bir yıldız vermişler. Çünkü yaratıcı bulunmamış. İşte ben bu yaklaşımı sakıncalı görüyorum.

Bugün ülkemizde gastronomi kültürü geliştikçe insanların yemeklere, lokantalara, şeflere ilgisi de artıyor. Sırf iyi lokantalara gidebilmek için para biriktirenler var. Bu kültürün oluşmasında kendi katkınızı nasıl değerlendirirsiniz? Yemek yemek için para biriktirilir mi? Siz bunu yaptınız mı?

Ben para biriktirmedim ama elime para geçer geçmez bu uğurda harcadım. Çünkü seviyorum. Özellikle şarap için çok para harcamışımdır. Öyle ki Dünya Bankası'nda ilk çalıştığımda elime geçen paranın hemen hemen üçte ikisini şaraba yatırmıştım. Çünkü bekârdım ve fazla harcama yapmıyordum. Daha sonra şaraplarımı sigorta ettirmeye çalıştım. Ama ilkin bunu da gerçekleştiremedim, çünkü bunun için evvela bir ev sahibi olmak gerekiyordu. Ben kirada oturuyordum, ev alacak param da yoktu. Ev almak için yüzde yirmiyi önceden kapora olarak vermek gerekiyor. O yüzde yirmiyi biriktirecek durumda değildim, çünkü şaraba harcıyordum. Kısır döngü. Sigortacı bu işe çok şaşırmıştı. "İlk defa bu kadar pahalı şarapları olup da bin dolarlık bir evde oturan birini görüyorum," demişti. "Bu gerçekten klinik bir vaka!" diye de eklemişti ve öyleydi hakikaten.

Bir orta sınıf hobisi ya da uğraşı mıdır yemekten anlamak? Daha da net sorayım, bu işler için en azından bir orta sınıf mensubu olmak mı gerekir?

Valla sınıfı, kökeni bilmiyorum; böyle bakmak indirgemeci olur biraz. Ama bildiğim bir şey var: Bu işlerde çok paran olması da iyi değil, hiç olmaması da. Kendimden örnek vereceğim. Fransa'da bu işi ilk öğrenirken Fulbright bursum vardı. Doktora için araştırma yapıyordum, elime bir para geçiyordu ama kısıtlıydı. Yani fakir değilsem de bol param olduğunu söyleyemem. Ama biliyor musun, bunun avantajı var: Dünyanın her yerinde sadece Michelin yıldızlı lokantalara giderseniz birçok şeyi kaçırırsınız. Çünkü az önce de anlattığım gibi Michelin yıldızlı lokantalar genellikle halk yemeklerini yapmaz. Mesela Fransızların en başarılı olduğu yemekler kanımca sakatat yemekleridir. Bunları Michelin yıldızlı lokantalarda bulamazsınız. Çok param olsaydı belki de hep böyle üst düzey yerlere gidecektim. Belki çok güzel yemekler yiyecektim ama birçok şeyi de kaçıracaktım. Mesela Fransız mutfağının olağanüstü uykuluklarını, böbrek yemeklerini, çiğ istiridyelerini, işkembe yemeklerini... Aynı şekilde İspanya'da o güzelim domuz şarküterilerini kaçıracaktım. Onların da olağanüstü halk yemekleri var. Kaçacaktı.

> Dünyanın her yerinde sadece Michelin yıldızlı lokantalara giderseniz birçok şeyi kaçırırsınız. Çünkü Michelin yıldızlı lokantalar genellikle halk yemeklerini yapmaz. Mesela Fransızların en başarılı olduğu yemekler kanımca sakatat yemekleridir. Bunları Michelin yıldızlı lokantalarda bulamazsınız.

Bizde de öyledir. Mesela etin en lezzetli tarafı bonfile değildir, hatta bonfile belki en yavan tarafıdır. Hâlbuki güveç harika bir yemektir. Çünkü komplekstir, içinde çok fazla sayıda ürün vardır ve çok güzel birleşir. Mesela ülkemizde güzel güveçler, nohutlu işkembeler, paça çorbaları daha çok halk lokantalarında olur. Üst düzey lokantalarda, öyle pahalı lokantalarda yiyemezsiniz. İşte bu açıdan çok paran olması bence iyi değildir. Tabii ara sıra dünya mutfağında neler olduğunu görmek için bol yıldızlı lokantalara gitmek gerekir ama çok parası olan biri büyük bir olasılıkla sadece buralara gidip birçok lezzetten mahrum kalacaktır. Eh, hiç paran olmaması da kötü. Yani züğürtsen de peynir ekmek yersin diyeceğim ama peynir de pahalı, yani peynirin iyisi de pahalı. O zaman da patso yiyeceksin; ekmek içinde donmuş patates kızartması, ketçap mayonez. Onunla da bir ülke mutfağını tanıyamazsın.

Demek ki önemli olan, şarap olsun-yemek olsun, çeşitliliktir. Bir de referans notları oluşturmaktır.

Nasıl oluşacak bu referans noktaları? Bir sınır, kıstas var mı?

Tecrübeyle oluşacak elbette. Şaraptan anlamak için bir yirmi otuz bin şişe denemek gerekiyor. Yemekte de öyle, çok fazla denemeli. Ama denge de gerekiyor. Tekrarlayayım; yemek öğrenmeye ve bu uğurda dolaşmaya başladığım sırada imkânlarımın sınırlı olması, yani ne züğürt ne de zengin olmam benim şansımdı. Bak işte burada ilginç bir felsefe de ortaya çıktı. Çünkü akıntının tersine konuşuyoruz. "Bu işler için para gerekir," denir hep. Ama oradaki denge de önemlidir, çünkü paranın çokluğu da aleyhinize olabilir.

Ülkemizde damağı en iyi olan ve malzemeden anlayan insanların çok azı varlıklıdır. Yani bizde zevk sahibi insanla, para sahibi olan zümre örtüşmüyor.

Zaten bunu ülkemizde görüyoruz. Ülkemizde de damağı en iyi olan ve malzemeden anlayan insanların çok azı varlıklıdır. Yani bizde zevk sahibi insanla, para sahibi olan zümre örtüşmüyor. Tabii para sahibi olan herkesin damak tadının kötü olduğu söylenemez ama bu ikisinin birbiriyle örtüşmediğini sıklıkla görüyorum.

HAYATIMI ETKİLEYEN ON KİTAP

Elbette on kitap seçmek kolay değil. Bu liste o yüzden bir "en sevdiğim" listesi değil, hem çok sevdiğim hem de beni farklı açılardan etkilemiş kitaplardan bir seçme. Kurgu ve kurgu olmayan eserler arasında da bir denge gözettim. Bunun dışında listeyi daha çok kronolojik olarak, yani yaşamımın hangi aşamasında okuduğuma göre düzenledim.

***İlyada / Odysseia* - Homeros**

Ben dokuz yaşındayken büyükbabam bana Homeros'un ünlü destanı *İlyada*'yı hediye etti, onu bitirir bitirmez de ikinci kitap olan *Odysseia*'yı. Aslından okumanın zevki nasıldır bilemem ama Azra Erhat'ın şiir gibi olan güzel Türkçesinden büyülendiğimi hatırlıyorum. Bu kitaplarda anlatılan zengin temaları da ne kadar anladığım tartışılır ama kesin olan okuma zevkimin Homeros ile başladığıdır.

***Suç ve Ceza* / Fyodor Dostoyevski**

Bu listeye fazla sayıda klasik roman almadım, çünkü klasiklerin hepsi çok iyi ve etkileyicidir. Hepsi de fırsat olduğunda okunmalıdır. "Proust ya da Joyce çok iyidir, önemlidir," dersem ancak "Dünya yuvarlaktır," kadar anlamlı bir ifadeye imza atmış olurum! Ayrıca işin doğrusu Proust ve Joyce okumadan evvel bu yazarlarla ilgili çok sayıda yazı okumuştum ve onlar hakkındaki algılarım bir ölçüde şekillenmişti. *Suç ve Ceza*'yı ilk okuduğumda ise lise birinci sınıftaydım. Sanırım annem hediye etmişti. Bir on dokuzuncu yüzyıl klasiğidir. Kitabın uzun süre etkisi altında kaldım. Tanıştığım her insan bana Raskolnikov'u hatırlatmaya başladı. Karakter rüyalarıma giriyordu. Daha sonraki yıllarımda da tanıdığım ya da tanımadığım bazı kişiler için, "Şu herifi gebertsem!" diye düşündüğüm olmuştur. Böyle anlarda aklıma Raskolnikov gelir ve "Boş ver, ölen kurtulur; bazıları için yaşamak en büyük ceza!" diye düşünürüm.

***Tutunamayanlar* - Oğuz Atay**

Üniversite yıllarında okudum. Yani kırk sene önce ve artık romanın detaylarını unuttum. Ama Selim Işık karakteri belleğime öyle bir kazındı ki onu oradan istesem de söküp atmak mümkün değil. Bunun bir nedeni, romanın çocukken meraklı olduğum ve parçaları birleştirerek büyük resme ulaştığın bir bilmece gibi kurgulanması. Yine de o resme ulaşamazsın. Ara ara düşünürüm, kim birinin intiharının gerçek neden veya nedenlerini bilebilir ya da bulabilir ki? Ben on üç yaşımdayken annemin ve dayımın arkadaşı, egzistansiyalist [varoluşçu] şair Can İren'in kendi yaşamına son vermesi annem kadar beni de çok etkilemişti. Henüz yirmi yedi yaşında olan ve Almanya'da mühendislik doktorası yapan geleceği parlak bir genç neden yaşamak istemez? Romanda Selim'in arkadaşı Turgut Özben de mühendistir. Can'ın anneme yazdığı mektuplar vardı, hâlâ da bende duruyorlar. Ben bacak kadarken bana bakıp, "Bu çocuk bay herkes değil," diye yazmış. Acaba bende ne görmüştü? Ben de *Tutunamayanlar*'ı okurken hem annemin "sosyalist prens" diye tanımladığı Can'ı anlamaya çalışıyor hem de kendi geleceğimi düşünüyordum.

***Leopar* - Giuseppe Tomasi di Lampedusa**

Listemdeki üçüncü roman. Kızım Ceylan'a lise sondayken okuması için ilk tavsiye ettiğim ciddi roman da budur. Açıkçası okumadan önce Luchino Visconti'nin film adaptasyonunu izlemiştim. Bugüne dek hem o harika filmi defalarca gördüm hem de romanı birkaç kez okudum. Salina Prensi Don Fabrizio, onun yakışıklı yeğeni Tancredi ve Tancredi'nin kayınpederi olma şerefine erişen oportünist Don Calogero gibi karakterler neden en yakın çevremdeki insanlar kadar bana yakın ve tanıdık geliyor? Bu tarihî roman sonuçta, devrimci Garibaldi'nin İtalya'yı birleştirmek için bayrak açtığı dönemde geçer; Sicilya özelinde olup bitenleri, değişen (ve değişir gibi görünse de değişmeyen) sınıflar arası ilişkileri mercek altına alarak anlatır. Bizle ilgisi nedir? Buna cevap vermek için romanı okumak şart. Benim açımdan bir de otobiyografik bir boyut var. Romanı üniversite yıllarında ilk okuduğumda büyükbabam Mecidiyezade Tahir Milor hayatta değildi ama Prens Salina'yı kafamda canlandırırken olsun, Visconti'nin filminde Prens'i oynayan Burt Lancaster'ın mavi gözlerine bakarken olsun, hep büyükbabamı hayal ettim.

***Kötülük Çiçekleri* - Charles Baudelaire**

Lütuf, zarafet ve incelik... *Grace* sözcüğünü Türkçeye çevirmek zor. Bir şiir kitabını çevirmek daha zor. Baudelaire ise imkânsız gibidir. Lisedeyken *Kötülük Çiçekleri*'ni ilk defa Fransızcadan okumuştum. Zaman içinde tekrar tekrar okudum. Her kelimesini anladığımı söyleyemem. Ayrıca kaçınılmaz olarak, şairin kullandığı birçok imgeyi doğru referans noktalarına ve tarihsel-kişisel bağlama oturtmaktan aciz olsam da bir şeyi iddia edebilirim: Bana *grace* nedir diye sorsalar "Baudelaire'in şiirleridir," derim. Tarif edilemez. Bazı duyguları kelimeye dökmek zordur. Şiir şarap olsa Baudelaire için, iyi bir Mosel

Riesling tarif eder gibi, *filigreed* derim. Berraktır. Su gibi akıp gider. Tutku doludur ama duygusal değildir. Hafifmeşreptir ama hafife alınacak gibi değildir. Erotiktir ama seksi değildir. Benim on sekiz yaşındaki genç kafamda oturan "Batı" imajı da Baudelaire ile birlikte, analitik bir temele oturmaktan ziyade duyularım sayesinde gelişti. Baudelaire'in erotik çiçeklerine âdeta dokundum, onları kokladım ve okşadım. Tadını da çok merak etmedim, çünkü hayal kırıklığına uğramak istemedim. Bu yüzden uzmanların Baudelaire hakkında ne düşündükleri ve yorumları beni ilgilendirmiyor. Esrar perdesi size haz veriyorsa onu kaldırmaya ne gerek var?

***Saatleri Ayarlama Enstitüsü* - Ahmet Hamdi Tanpınar**

Bu kitabı orta yaşlarda okudum ve o âna kadar neden okumadığıma şaşırdım. "Romandaki favori karakterin kim?" diye sorulsa Psikiyatr Doktor Ramiz olduğunu söylerim. Viyana'dan ayağının tozu ile gelmiş. Freud öğrenmiş. Hasta bakıyor. Elindeki bulgulara göre hastanın iyileşmesi için belli bir rüyayı görmesi gerekiyor. Çünkü Freudyen psikanaliz böyle buyuruyor. Ama hasta olduğu varsayılan Hayri Bey bir türlü bu rüyayı görmüyor. Ta ki... Neyse. Viyana özentisi Doktor Ramiz'e çuvaldızı batırmadan önce iğneyi kendime batırayım. Ben ve yakın çevrem ipek böcekleri gibi kendi ördüğümüz kozalar içinde yaşamadık mı hep? Niye Türkiye'yi, mesela Pakistan veya Mısır ile kıyaslayacağımıza, hep Batılı ülkelerle kıyaslayıp gereksiz yere kederlendik ve kendimizi yıprattık? Söylemesi acı ama aynaya baktığımız zaman Doktor Ramiz'den hiç yansıma görmüyor muyuz?

***Adultery and Other Diversions* - Tim Parks**

Çağdaş yazarlar arasında favorim İtalya'da yaşayan bir İngiliz olan Tim Parks. Romanlarını seviyorum ama deneme kitaplarını daha da başarılı buluyorum. Futbol, Medicilerin tarihi, İtalyan demiryolları, İtalya eğitim sistemi, meditasyon, bilinç; hangi konuya el atarsa atsın derine inip hiç kimsenin yakalayamadığı detayları müthiş zekâ ve gözlem gücü ile yakalıyor. *Adultery*, yani eşini aldatma üzerine olan kitabı da her biri on-on beş sayfalık, farklı konulardaki on üç denemeden oluşuyor. Zaman zaman tekrar döndüğüm bir kitaptır; çünkü "sadakat", "kader", "tutuculuk", "sihir", "görkemlilik" gibi çok farklı temaları işleyen bu denemeleri okudukça kendimi daha donanımlı, daha zengin hissediyorum.

Parks, insan denen yaratığın zaaflarını, kaprislerini ve tutarsızlıklarını çok iyi kavrayan bir yazar. Bu özelliği; kayda değer bilgi birikimi, sentez yeteneği ve çok az insanda bulunan kendi kendini kandırmama anlamında bir dürüstlükle birleşince ortaya müthiş eserler çıkıyor. Ayrıca çok iyi bir yazar ve kendini yalın biçimde ifade edebiliyor. Zina konusunu bir erkeğin bakış açısından öyle bir işlemiş ki sanki sizin kendinize bile itiraf edemeyeceğiniz ve hiçbir zaman dile getiremeyeceğiniz duygu ve saplantılarınızı yakalamış. Hiçbir şekilde öğüt verir gibi yazmaması, ahlakçı (moralist) olmaması ve üstten bakmaması da düşüncelerini daha etkili kılıyor. En nefret ettiğim popüler "kişisel gelişim" tarzı kitapların tam antitezi Parks. Belki bu yüzden kişisel etik anlayışımın gelişmesinde etkisi olan nadir insanlardan biridir.

***Tutkular ve Çıkarlar* (*Kapitalizm Zaferini İlan Etmeden Önce Nasıl Savunuluyordu?*) - Albert O. Hirschman**

Princeton'daki Institute for Advanced Study'de seminerlerine katıldığım Hirschman, yirminci yüzyılın en önemli düşünürlerinden biriydi. "Konusu neydi?" diye sorarsanız cevap vermekte zorlanırım, çünkü sınır tanımayan zekâsı ve insana şaka gibi gelen bilgi donanımı onu belli bir kutuya yerleştirmeyi imkânsız kılıyor. Ama Hirschman'ın tüm eserlerinin gerisinde yatan bir soru vardır: Genel olarak ekonomik sistemler ve özel olarak kapitalist sistem, insanlara refah ve mutluluk getirdi mi ya da getirebilir mi? Gelişmekte olan ülkeler ve kültür-ekonomi ilişkisi üzerine de özel bir ilgisi olan Hirschman, ele aldığı her konuda, mikro detaylarla makro tabloları ya da tek tek ağaçlarla tüm orman arasındaki karşılıklı etkileşimi de gözler önüne serer.

Bir tek kitabını seçmekte zorlanıyorum ama orijinal olma, yani o zamana kadar hiç kimsenin tam kavrayamadığı yeni bir şeyi söyleme açısından bakarsam ya bu seçtiğim *Tutkular ve Maddi Çıkarlar*'ı ya da bu kitaptaki sohbetimizde de bahsettiğim *Exit, Voice and Loyalty*'yi öne çıkartırım. İlkinin benim için önemi, kapitalist sistem konusundaki temel bir önyargımı kökünden söküp atmama değilse de soruyu daha nüanslı sorup tarihsel bağlama oturtmama yardımcı olmasıdır. Bu kitapta Hirschman, on yedi ve on sekizinci yüzyıllarda gelişen yeni ekonomik sistemin karşıtları ve savunucuları arasındaki polemiklerden yola çıkarak bu yeni sistemin, insan doğasının zaafları ve güçlü tutkularından doğan yakıcı-yıkıcı eğilimleri dizginleyip dizginleyemeyeceğini tartışır. Başka bir deyişle acaba kapitalizm en vahşi hayvan olan biz insanları ehlileştirme potansiyeline sahip midir? Elbette ki hepimizin bu konuda güçlü fikirleri vardır ama Hirschman'ı okumanın yararı en azından karşı argümanları da anlayıp kendi tezlerimizi daha açıklayıcı hâle getirebilmekte de yatıyor. En azından benim üzerimdeki etkisi bu oldu.

***Salem Possessed* (*The Social Origins of Withcraft*) - Paul Boyer & Stephen Nissenbaum**

Her organize toplumda yapısal fay hatları, yani ciddi bölünme ve her an savaş hâline dönüşebilecek çatışmalar bulunur. Bu bölünmelerin nedenleri farklıdır. Ekonomik, sosyal, politik, ideolojik nedenler de vardır; cinsiyet farkından, kentle kır farkından, kuşaklar arası farklardan çıkan nedenler de. Bazen bu bölünmeler üst üste biniyor ve iki cephe çok keskin hatlarla ayrılıyor. Bazen de denklemin bir tarafında ezilenler, diğer tarafında güçlü olabiliyor. Dinsel ve etnik azınlığa mensup zengin bir birey gibi.

Benim uzmanlaşma alanım sosyoloji bu yapısal fay hatlarının kaynaklarını, karşılıklı etkileşimlerini ve gelişme dinamiklerini analiz eder. "Bu analizi çok iyi yapan bir örnek ver," derseniz işte bu kitabı öneririm. Kitap, 1692 senesinde Amerika'daki bir İngiliz kolonisinin bir bölgesinde başlayıp giderek yayılan "cadı avı" ile ilgilidir. Yani bazı insanların "cadı" olarak suçlanıp idam isteğiyle yargılanması ile başlayan bir kolektif histeriyle ilgilidir. Salem bu histerinin başladığı yerdir. Hem gelişen bir kasaba vardır orada hem de kırsal bir bölge. İlki Salem Town, ikincisi Salem Village. Olaylar bazı kadınların cadılıkla itham edilmesi ile başlar.

Bu iftirayı ortaya atıp cadı ve cadılık ayinlerinden ilk bahsedenler henüz ergen bile olmayan çocuklardır. Kısa sürede suçlamalar tüm eyalete yayılır. Kan gövdeyi götürür. Asılanlar, kesilenler, hapse tıkılanlar... Vatandaşların çoğu muhbirliğe soyunur ve birbirlerini siyasi otoriteye jurnallerler. İki sosyal tarihçi, Boyer ve Nissenbaum, bu kitapta tarihsel arşivlere dayanarak metodolojik açıdan da çok sağlam, detaylı ve çok yönlü bir çalışma yapmış. Sizi alıp on yedinci yüzyılın Salem'ine taşıyorlar. Sanki bir roman okur gibi tüm tarihsel şahsiyetleri tanıyor ve onları harekete geçiren motivasyonları çok iyi kavrıyorsunuz. Bu arada modernleşme ve kentleşme sürecinin ayrılmaz parçası olan sosyal gerginlikler ve hem din hem de cinsiyet temelli çatışmalar da gözünüzün önünde sergileniyor.

Bu kitabı bu kadar önemsememin ve bu listeye almamın birkaç nedeni daha var. Biri, dünyaya din odaklı püriten bir çerçeveden bakmanın günümüzde de devam eden trajik sonuçları. İkincisi, sorumsuz politik liderlerin, kendi menfaatleri için cadı kazanlarını ısıtmaya, yani hamaset edebiyatı yoluyla toplumu polarize etmeye başladıklarında küçük virüs salgınlarının bile pandemiye dönüşme olasılığı. Üçüncüsü, dinin politikaya alet edilmesinin günümüzde de devam etmesi ve nihayet bu sorumsuz güç gösterisinin galibinin bulunmaması, her kesimin farklı derecelerde olsa bile zarar görmesi. Dördüncüsü, günümüzde olduğu gibi, "komplo teorilerinin" bir toplumda yaygınlaştığı ve siyasi otoritenin de buna çanak tuttuğu ülkelerde, tüm toplumsal hücrelerin kanserli hâle gelmesi ve herkese zarar veren öfke patlaması. Son neden ise kişisel. Salem şehrini kuran İngiliz kolonist oranın ilk belediye başkanı da olmuş. Adı Conant. Salem Müzesi önünde heykeli var. Kayınpederime benziyor. Tesadüf değil. Eşimin baba tarafı bu Conant soyundan geliyor. Allah'tan, bu kişi olaylar başlamadan bu dünyadan göç etmiş.

***Dünün Dünyası* - Stefan Zweig**

Zweig belki kelimenin tam anlamıyla bir dünya vatandaşıdır. Dahası, son dünya vatandaşıdır. 1942'de yaşamına Brezilya'da son vermeden hemen önce yayımlanan bu kitap bir otobiyografi. Viyana'da varlıklı bir Yahudi ailesinde dünyaya gelmiş Zweig. Huzurlu, istikrarlı, hem sanat hem de bilim alanında büyük atılımların yapıldığı son derece renkli bir zaman diliminde ve doğru yerde dünyaya gelmiş. Yirminci yüzyılın ilk çeyreğinde, Batı dünyasında görülmesi gereken ne kadar yer varsa dolaşmış; tanışılması gereken her türlü kalburüstü ve çağa damgasını vurmuş düşünür-yazar-çizer-diplomat-müzisyen-sanatçı ile tanışmış. Çizdiği portreler gerek fiziksel tasvirleri gerek psikolojik detaylarıyla olağanüstüdür ve Batı dünyası ile burjuva kültürünün altın çağının elimizdeki en zengin bilançosudur.

Ama madalyonun öteki yüzü trajik. Çünkü o yüzde faşizm yükseliyor. *Dünün Dünyası*'nı okudukça tüyleriniz ürperiyor ve Hitler'in yükselişinin önlenebilir olduğunu ama fırsatların hep kaçtığını görünce "Bu kadar aymazlık ve sorumsuzluk nasıl olur?" diye düşünmekten kendinizi alıkoyamıyorsunuz. Zweig'ın o taklidi imkânsız akıcı dili ile anlattıkları maalesef karanlık rejimlerin ve sağ otoriter-popülist iktidarların güçlendiği günümüz için de geçerli. Belki ben görmesem de bir gün gelir, bu sözde demokrasi ama özde dikta rejimleri arka arkaya çöpe atılır.

Öte yandan geri gelmeyecek bir gerçek var. Zweig'ın çocukluk ve gençliğinin geçtiği yirminci yüzyıl başı Avrupa'sı, ulus devletlerin kimliklerinin politik veya ekonomik güç sahipliğiyle değil, sanatçı ve düşünürleri ile tanımlandığı yıllar. Zamanın geçerli değerleri ve değer yargıları günümüzün âdeta zıddı. O çağ geri gelir mi? Hiç sanmıyorum. Belki biraz da bu yüzden Zweig'ın son kitabı bana insanlığın kara döneminden önce kozmopolit ve hümanist sekülarizmin son çırpınışı gibi geliyor!

HAYATIMI ETKİLEYEN ON YABANCI FİLM

Sevdiğim o kadar çok yönetmen ve film var ki aralarından onunu seçmek kolay değil. Yönetmen olarak ülkemizden aklıma gelen ilk isim Nuri Bilge Ceylan. Yurt dışından Polonyalı Andrzej Wajda ve Krzysztof Kieslowski; Hindistan'dan Satyajit Ray; Yunanistan'dan Theo Angelopoulos; Rusya'dan Andrey Tarkovsky ve Sergei Eisenstein; ABD'den Charlie Chaplin, Howard Hawks, Orson Welles, Martin Scorsese, Jim Jarmusch; Japonya'dan Yasujiro Ozu, Kenji Mizoguchi, Akira Kurosawa; Tayvan'dan Edward Yang; Çin'den Zhang Yimou; Koreli Hong Sang-soo; Belçika'dan Dardenne Kardeşler; İsveç'ten Ingmar Bergman; İtalya'dan adları Yeni Gerçekçilik ile özdeşleşmiş yönetmenlerin hepsi ve Pier Paolo Pasolini ile Bernardo Bertolucci; Fransa'dan tüm Yeni Dalga yönetmenleri dışında Jean Renoir, Jean-Pierre Melville, Robert Bresson, Jacques Tati, Bertrand Tavernier ve Maurice Pialat; İspanya'dan Luis Buñuel, Pedro Almodovar ve Carlos Saura; İngiltere'den Alfred Hitchcock, Mike Leigh, Ken Loach, Joseph Losey ve Stanley Kubrick; Almanya'dan Fritz Lang, Max Ophuls, Ernst Lubitsch, Werner Herzog, Wim Wenders ve Rainer Werner Fassbinder; Avusturya'dan Michael Haneke; Danimarka'dan Lars Von Trier; İran'dan Asghar Ferhadi... Bunlar çok sevdiğim yönetmenler.

On film seçmek çok zor. Bu yüzden ilk aklıma gelen filmleri yazdım. Aşağıdaki listedeki her film benim için farklı nedenlerden dolayı eşdeğerdedir.

Rastgele Balthazar (Au Hasard Balthazar) **- Robert Bresson**
Bu filmi ilk gördüğüm zaman lise sondaydım. Beyoğlu'daki Fransız Kültür Merkezi'nde seyretmiştim. O günden beri en az beş kez daha seyrettim ve her seferinde filmin farklı yönlerini gördüm. Bresson belki de gelmiş geçmiş en önemli sinema sanatçısıdır, on dört filminin hemen hepsi başyapıttır. Amatör aktörlerle çalışan yönetmenin bu filmde ana karakteri Balthazar isimli bir eşek. Sıpalığından ölümüne kadar Balthazar birkaç kez sahip değiştirir. Filmde, tekil bir eşeğin dramının insanlığın genel dramı ile tamamen örtüştüğünü görürüz. İnsan-doğa ilişkisi, ikincisini boyunduruk altına alıp onu bizim amacımıza hizmet ettirmek olunca, insan-insan ilişkisi de tamamen araçsal, yani başkasının yaşamının sadece bize fayda sağladığı sürece değer taşıdığı bir eksene oturuyor. Sonuç herkes için hüsran, kazanan yok ama kaybetmenin dereceleri var. Bu kısır döngüden çıkış mümkün mü? Ucu açık bir soru. Ben bu filmi her seyredişimden sonra bu soruya farklı şekilde cevap verdim ve sizin de ne düşündüğünüzü merak ediyorum.

Oyunun Kuralı **(*La Règle du Jeu*) - Jean Renoir**
Bu filmi ilk seyrettiğimde etrafımda çok gördüğüm, yaşamda birbirine gösteriş yapmaktan ve kız tavlamaktan başka amacı olmayan aylak zenginlerden nefret ediyordum. Filmi izledikten sonra bu nefretim pekişti. Önyargılarım teyit edildi. Derken sosyoloji okumaya başladım. Örneğin Erving Goffman'ı okudum. Bazı konuları daha iyi anlamaya başladım.

Yaşam bir tiyatro. Hepimiz farklı rollere çıkıyoruz. Aynı anda farklı roller oynuyoruz. Baba, iş adamı, âşık, sadık koca, patron vs. Yaşlandıkça yeni rollere soyunuyoruz. Her rol sosyal bir ilişki, bir bağlam içinde anlam kazanıyor. Baba rolü için çocuk, patron rolü için işçi gerek. Aynı kişi bazen iki rolü de oynuyor. İşimde bir patronum var ama eve gündelikçi geliyor, onun patronu da benim gibi.

Bu rollerin performansı ve gelişmesi belli kurallara bağlı. Hem statik hem de dinamik. Özellikle kadın-erkek ilişkisinde bu böyle. Bu ilişkiler bütününün hem değişmez evrensel boyutları var hem de tarihsel bağlama göre değişen sınıfsal boyutları. Bütün bu temaları iki saatlik bir filmde, arka arkaya gelen bir dakikadan uzun çekimlerle, izleyiciyi hiç sıkmadan ve devamlı şaşırtarak incelemek mümkün mü? Dâhi olmak lazım. Ünlü ressam Auguste Renoir'ın oğlu Jean Renoir böyle bir dâhiydi. Bu filmi kaç kez izlediğimi unuttum ama artık her yeniden izleyişimde kimseye kızmıyorum, çünkü filmde kendimi ve tanıdıklarımı farklı rollerde görüyorum.

***Serseri Âşıklar (À Bout de Souffle)* - Jean-Luc Godard**

Bu film altmış yaşını devirdi ama hiç de yaşlanmıyor. Godard, Fransız Yeni Dalga'sını sinemaseverlerin zihnine çakan bu filmi, sanki ne konuda film yaptığını bilmeden, hiçbir amacı olmadan, cebi delikken ve boş zamanında çekmiş. İncir çekirdeğini doldurmayan bir konu, zekice diyaloglar yerine absürt tek cümlelik monologlar ve üçüncü sınıf bir araba hırsızı ile kuş beyinli ama libidosu zirve yapmış, kısa saçlı, seksi bir Amerikalı kızın kısa süren ve derinlikten yoksun cinsel ilişkisi. Sonuç? Başyapıt ötesi, bir devri simgeleyen ve altmışlı yılların özgürleştirici ruhunu önceden yakalayan bir sanat şöleni. Karanlık rejimlerle ahlak kisvesi altında rezil ikiyüzlülük ve çifte standartlar var oldukça bu film kara bulutların arasından çıkan güneş gibi pırıl pırıl parlamaya devam edecek.

***Jules ve Jim (Jules et Jim)* - François Truffaut**

İki arkadaşın aynı kadına âşık olup arkadaşlıklarının bundan etkilenmemesi mümkün mü? Özellikle de biri Alman, diğeri de Fransız'sa ve savaşta karşı cephelerde yer alıyorlarsa? İnsanın havsalasının alması zor ama çok sevdiğim yönetmen Truffaut'nun bu başyapıtını seyrettikçe aslında filmin, konusu ötesinde bir ilanıaşk olduğunu düşünüyorum. Truffaut kadın denen yaratığın fiziksel özelliklerinin de ötesinde âdeta transandantal bir boyuta sahip olduğunu sergiliyor bu filmde. Bakmayı ve sevmeyi bildiğinde onunla sen de güzelleşiyor, kendini aşıyor, birlikte yaşadığınız deneylerin de ötesinde hem bedenen dinçleşip hem de ruhen zenginleşiyorsun. Ama dikkat! Diyalektik bir ilişki bu. Hem kendini hem de seni tersine dönüşüp yok da edebiliyor. Sonuçta bir seçim söz konusu. Banko oynayıp sıradan ama öngörülebilir ve nasıl gelişeceği kestirilebilir bir ilişki mi? Yoksa? Sorunun cevabı kafamda bu filmle şekillendi.

***Tokyo Hikâyesi (Tokyo Monogatari)* - Yasujiro Ozu**

Ne zaman bir Ozu filmi seyretsem kendimi yeni bir dönemecin eşiğinde hissediyorum. Hayır; titreyip kendime dönme, özümü keşfetme, "İşte bu!" deyip yeni ve radikal kararlar alma anlamında değil. Olaylara aşırı tepkiler gösterip ortalığı velveleye vermemek anlamında. Etrafımız çok gürültülü; hem mecazi hem de gerçek anlamda son derece tantanalı, kaba, saldırgan bir ortamda yaşıyoruz. Kendimizi çok ciddiye alıyor ve dünyanın merkezinde görüyor, bir bardak suda fırtınalar yaratıyoruz. Ozu ise sessiz sakin, ince ince nakış işleyen, kalın fırça darbeleri yerine incecik dokunuşlarla yaşamdaki nüansları yakalayan büyük usta.

Yaşlı bir anne-babanın *rat race* denen rekabet ortamında büyük şehirde arı gibi çalışan çocuklarını ziyareti ile başlayan gündelik ve bildik olaylar dizisi, onun anlatımı ve kamerası ile ruhumuzda âdeta travma yaratıyor. Hem düşüncelerimiz hem de duygularımız zirve yapıyor ve Ozu bir kez hayatımıza girdikten sonra dünyamızın ayrılmaz bir parçası oluyor. Olmalı da. Olmalı; çünkü Ozu'nun dünyası yaşadığımız dünyaya göre daha nazik, daha yumuşak, daha kibar.

***Şahane Ambersonlar (The Magnificent Ambersons)* - Orson Welles**

Rags to riches... Yani fakir başlayıp aşırı zengin olmak. Bir Amerikan rüyası. Hollywood'un favori teması. Ülkemizdeki çoğu insanın bir türlü gerçekleşmeyen hülyası. Bir de tersi var. Ciddi zenginken yoksul düşme. Kaderin cilvesi mi? Kişisel hatalar zincirinin kaçınılmaz sonucu mu? Yoksa tarihsel dönüşüm sürecinde ortaya çıkan yeni üretim tarzı ve ilişkilerinin, aile kurumu dâhil, bu dinamiklere uyum sağlayamayan her kurumu silip süpürmesi mi? Herhâlde hepsi birden. Soylu ve bir zamanların "Şahane Ambersonlar" olarak tanınan Amberson ailesinin kaçınılmaz dramı ile Amerikan endüstriyel kapitalizm ve Fordist üretim ilişkilerinin yükselişi aynı madalyonun iki ayrı yüzü. Booth Tarkington'ın Pulitzerli romanından yola çıkan Welles, dar ufuklu Hollywood film stüdyosu yönetiminin tüm dayatmalarına rağmen ortaya bir başyapıt çıkartmış.

Bu çok boyutlu filmden bu kadar etkilenmemin kişisel bir boyutu olduğunu ve filmdeki baba-oğul ilişkisinin bana büyükbabamla babam arasındaki ilişkiyi anımsattığını da itiraf etmeliyim. Belli bir yaşam tarzına alışmış ve buna uygun bir onur anlayışını benimsemiş insanların gelişen ticari ilişkilere uyum sağlaması çok zordur. Eski Türkiye insanlarının "yeni Türkiye" gerçekleri karşısında sudan çıkmış balığa dönmeleri gibi.

***Yaban Çilekleri (Smultronstället)* - Ingmar Bergman**

Bergman'ın bu kadar filmi varken neden *Yaban Çilekleri*? Açıkçası kendisine verilen bir ödülü almak için geliniyle yola çıkan yaşlı, aksi, cimri ve katı prensipler sahibi bir profesörün küçük dünyasında birkaç gün içinde olup bitenlerin beni neden bu kadar etkileyip heyecanlandırdığını bilmiyorum. Tek bildiğim bu filmin en kötümser anlarımda bile bana yaşama zevki vermesi. Kötümserliği ve ölüm üzerine meditasyonları ile tanınan Bergman'ın benim üzerimdeki ters etkisi paradoks gibi duruyor ama değil. İnsan ruhunun tomografisini çekmekte benzeri olmayan Bergman, en katı ve kabuk bağlamış kalplerin bile için için kanadığını bilir. Bazen büyük laflar ve iddialı sözler yerine minik bir gülümseyiş yaşamımıza anlam katıyor. Katıksız bir kötümser olmak yerine temkinli bir iyimser olmak hâlâ mümkün.

***Vertigo* - Alfred Hitchcock**

Kafamı dinlemek istediğim zaman filmlerini tekrar tekrar seyrettiğim iki yönetmen var: Éric Rohmer ve Alfred Hitchcock. Birbirlerinden çok farklıdırlar tabii ama ikisinin de diyaloglarını çok seviyorum. Son derece zekice ve az sözle çok şey ifade ediliyor. Hitchcock aynı zamanda kendine özgü bir espri anlayışına sahip. Ritim açısından da filmleri benzersizdir.

Hani bazı yemekler vardır. O kadar mükemmeldir ki ne içine yeni bir şey eklemeyi düşünürsün ne de bütünlüğü ve ahengi bozmadan bir şey çıkarabilirsin. Hitchcock filmleri de öyle. Peki niye *Vertigo*? Bir kere filmin San Francisco'da geçmesini seviyorum, çünkü orayı özlüyorum. Şaka bir yana, asıl neden filmin çok zor bir soru sorması. Tutkulu aşk nedir? Acaba birine onun kişisel özelliklerinden dolayı mı deli gibi âşık oluyoruz? Yoksa kafamızdaki belli bir imaja uyduğu için mi? Ya uymazsa, ya o kalıplara girmeye tepki gösterirse? Ne kadar zorlayabiliriz karşımızdakini? Kendimizi ne dereceye kadar aldatabiliriz? Ya da ip inceldiği yerden kopar mı? İpi koparmamız karşımızdakini uçuruma sürüklemek anlamına mı gelir? Acaba son kertede bir anlamda fetişist olmadan âşık olmak mümkün mü? Tabii ki zor sorular bunlar, bir yandan da hem evrensel hem de kişisel sorular. Carlos Saura'nın *Peppermint Frappé*'si ile *Vertigo* bu konularda en derine inen iki film. Belki çetin sorulara kesin cevap vermekten kaçınıyorlar ama kendi kendimizi tanımamıza yardımcı oluyorlar.

Özgürlük Hayaleti (Le Fantôme de la Liberté) **- Luis Buñuel**
Buñuel'in son filminden bir önceki bu başyapıtı, yedinci sanatın usta bir yönetmenin elinde bir boomerang gibi ters tepip onu kullananı vuracağını gösteriyor. Ama burada onu kullanırken vurulan seyirciler, yani bizleriz. Ekranda gördüğümüz; başkalarının şapşal suratları, farkında bile olmadıkları ikiyüzlü davranışları ve çifte standartları değil. Gördüklerimiz, bizzat aynadaki yansımamız.

Buñuel, filmi ardı ardına gelen ve tam gerilim arttığı anda sonuca bağlanmayıp bir sonrakine atlayan minik bölümler şeklinde organize etmiş. Aynı karakter bazen ileriki bir bölümde de karşımıza çıkıyor ama aradaki bağ kronolojik değil, mantıksal. Neyin mantığı? İnanılmaz bir aymazlık ve inkâr durumunun mantığı. Kahraman ve suçlu aramayın. Filmin unutulmaz sahnelerinden birinde, bir akşam yemeği davetinde tuvalette oturmuş ihtiyaç görürken "iklim krizi" ve "endüstriyel kirlilik ve atıklar" sorunlarını tartışan aymazlar bizleriz. Filmin bir başka sahnesinde kamera, "saygıdeğer burjuvaları" bir balık tankının berisinde, balıkların onları gördüğü gibi çekmiş. Onlar (ya da bizler) atıp tutar, duyar keserken balıklar ölüyor belki ama dikkat eden yok. İnanılmaz bir ironi. Başka bir sahnede bir anne-babayı okul müdiresi arıyor; "Kızınız kayıp." Anne-baba okula koşa koşa gidiyor ve sınıfa giriyor. Kızlarını gören yok. Ama aslında sınıfta minik kız. Annesinin yanına gelip eteğini çekiyor; "Anneciğim ben buradayım." Azar işitiyor; "Sus, müdire hanımı dinliyoruz!" İroni üzerine ironi. Günümüz toplumunda, özellikle de karanlık ve baskıcı bir rejimde "ironi" en etkin silah değil mi? Elimizdeki tek direniş silahı belki de? Buñuel'e göre öyle. Katılıyorum.

Yaşamak (Ikiru) **- Akira Kurosawa**

Hangi konuya el atarsa atsın onu derinlemesine, çok boyutlu işleyen ve ortaya taklit edilmesi zor başyapıtlar çıkaran büyük bir sanatçı Kurosawa. "En iyi filmi şudur," demek mümkün değil ve her filmi beni etkilemiştir ama en derinden sarsan yapıtı *Ikiru*'dur. İki nedenle. Birincisi, kim olursak olalım sonumuzun ne olacağını biliriz. İkincisi de bu gerçekten kaçmak mümkün değil ama buna nasıl tepki vereceğimiz bizim elimizdedir.

Kurosawa'nın *Ikiru*'sunda, sonunun yaklaştığını öğrenen küçük bir devlet memurunun kalan yaşamını anlamlı kılmak için verdiği uğraş ve kazandığı minik zafer hiçbir zaman hiçbir şey için geç olmadığını hatırlatıyor bize. Ayrıca "büyük insan"ın gerçek anlamda kim olduğuna da kafa yoruyoruz bu filmi izleyince. Küçük gibi görülen ve kendi çocukları dâhil başkalarının burun kıvırdığı kişi belki de aslında büyük bir insandır. Diğer taraftan maddi açıdan başarılı ve iktidar sahibi, güçlü kudretli biri de belki küçük insandır.

Filmde, yaşamın anlamı ve başarılı olmanın ölçüsü üzerine soruların ötesinde bir başka boyut var. Ikiru'yu izleyince insanın çağdaş dünyada bir hiyerarşinin parçası olduğu andan itibaren kendi kendisine yabancılaşmasının kaçınılmaz olduğunu anlıyor ve bu tedirgin edici duyguyu iliklerimize kadar hissediyoruz. Öte yandan yaş ilerleyip son durak ufukta gözükünce de kendi kendimizi kandırmaktan vazgeçip "Başkaları ne düşünür, bana ne yapar?" diye sormadan risk almamızın mümkün olduğunu da görüyoruz. Kısacası hepimiz er veya geç vicdanımızla baş başa kalacağız. Hesap günü öte dünyadan önce bu dünyada yaşanacak, yaşayacağız!

İNDEKS

THE #1 NEW YORK TIMES BESTSELLER
ROBERT IGER
THE WALT DISNEY COMPANY CEO'SU
DÜŞLER
NASIL
GERÇEKLEŞTİ?
WALT DISNEY'NİN BAŞINDA
GEÇİRDİĞİM 15 YILDA
ÖĞRENDİKLERİM
ÇEVİRİ
BELGİN SELEN HAKTANIR
Kronik
ROBERT IGER
DÜŞLER NASIL GERÇEKLEŞTİ?